Graham Greene

Que Graham Greene (1904-1991) ait été l'un des plus grands romanciers de son siècle, voire de toute l'histoire de la littérature anglaise pourtant riche en talents, voilà ce qu'aucun de ses lecteurs ne voudra contester.

Né à Berkhamsted, il fit ses études au Balliol College d'Oxford puis entama une carrière de journaliste au *Times*. Son premier roman *L'Homme et lui-même* paraît en 1929, bientôt suivi par *Orient Express* (1932), *C'est un champ de bataille* (1934), *Mère Angleterre* (1935) et *Tueur à gages* (1936) ; mais c'est avec *Rocher de Brighton* (1938) et *La Puissance et la Gloire* (1940) qu'il conquiert la notoriété. Son œuvre, considérable, est marquée par de purs chefs-d'œuvre tels *Notre agent à La Havane*, *Un Américain bien tranquille*, *Les Comédiens*, *Le Fond du problème* et, dans un genre plus léger, *Voyages avec ma tante* ou *Monsignor Quichotte*. C'est une œuvre puissante et ambitieuse par les thèmes abordés (la condition humaine à travers des personnages de tous bords et de tous horizons) et à ce titre sans doute inégalée, mais aussi par la façon dont ils sont traités. Car Greene était surtout un prodigieux raconteur d'histoires, un de ces « story-tellers » de génie dont les livres résonnent dans la mémoire du lecteur longtemps après qu'il en a achevé la lecture. Ce fut aussi un homme de passion resté jusqu'en ses derniers jours à la recherche de l'humain, du vrai, du bien, et prompt à pourfendre l'injustice. Il est mort en Suisse en 1991.

Monsignor Quichotte

Graham Greene

Monsignor Quichotte

Traduit de l'anglais
par Robert Louit

PAVILLONS POCHE

Robert Laffont

Titre original : MONSIGNOR QUIXOTE
© Graham Greene, 1982
Traduction française : Éditions Robert Laffont, S.A.S., Paris
1982, 2012, 2018

ISBN 978-2-221-21936-2
(édition originale :
ISBN 0-370-30923-5 The Bodley Head, Londres)
Dépôt légal : août 2018

« There is nothing either good or bad,
but thinking makes it so. »

William SHAKESPEARE

*(Il n'existe ni bien ni mal,
c'est la pensée qui le rend tel.)*

Pour le Père Leopoldo Durán,
Aurelio Verde,
Octavio Victoria
et Miguel Fernandez,
mes compagnons sur les routes d'Espagne,
et pour Tom Burns, qui inspira
mon premier voyage en 1946.

Première partie

1. Comment le père Quichotte devint un monsignor

Ça s'est passé comme ça. Le père Quichotte avait commandé son déjeuner solitaire à sa gouvernante et s'était mis en route afin de se procurer du vin à une coopérative locale, à huit kilomètres d'El Toboso, sur la route de Valence. C'était un jour de chaleur immobile où l'air tremblait au-dessus des champs secs, et sa petite Seat 500, achetée d'occasion huit ans auparavant, ne possédait pas de climatiseur. Tout en conduisant, il songeait avec tristesse au jour où il lui faudrait changer de voiture. L'homme vit sept fois plus longtemps qu'un chien : à ce compte, sa voiture n'était pas entrée depuis trop longtemps dans l'âge mûr, mais il avait remarqué que ses paroissiens jugeaient déjà la petite Seat presque sénile. Ils lui prodiguaient des avertissements. « Impossible de s'y fier, don Quichotte », et il ne pouvait que répondre : « Nous avons traversé ensemble bien des mauvais jours, et je prie le Seigneur qu'elle me survive. » Tant de ses prières étaient demeurées sans réponse qu'il nourrissait quelque espoir que celle-ci fût demeurée logée tout ce temps, tel un bouchon de cérumen, dans l'Oreille Éternelle.

Il pouvait deviner la grand-route aux petits nuages de poussière que les voitures soulevaient au passage. Tout en conduisant, il s'inquiétait du sort de sa Seat, qu'il nommait, en souvenir de son ancêtre, « ma Rossinante ». Il ne pouvait souffrir l'idée de la voir finir à la ferraille. Il avait parfois songé à acheter un peu de terrain qu'il laisserait en héritage à l'un de ses paroissiens, à condition qu'un coin abrité fût réservé pour le repos de son véhicule, mais il ne pouvait faire confiance à aucun de ses paroissiens – d'ailleurs une mort lente par la rouille était inévitable, et le broyeur constituerait peut-être une fin plus clémente. Il ruminait ces pensées pour la centième fois lorsqu'il faillit emboutir une Mercedes noire arrêtée à l'angle de la grand-route. Il supposa que la silhouette vêtue de sombre, derrière le volant, s'accordait un peu de repos avant de reprendre le long trajet de Valence à Madrid, et il continua sans s'arrêter jusqu'à la coopérative afin d'acheter sa bonbonne de vin. C'est seulement au retour qu'il distingua le col romain blanc, tel un mouchoir agité en signal de détresse. Comment l'un de ses collègues avait-il pu s'offrir le luxe d'une Mercedes ? Mais en s'arrêtant, il remarqua le rabat violet qui annonçait au moins un *monsignor*, et peut-être un évêque.

Le père Quichotte avait quelque raison de craindre les évêques ; il n'ignorait pas que celui de son diocèse le détestait et, malgré son illustre ascendance, le considérait à peu près comme un vulgaire paysan. « Comment pourrait-il être descendu d'un personnage imaginaire ? » avait-il un jour demandé, lors d'un entretien privé qu'on s'empressa de rapporter au père Quichotte.

L'interlocuteur de l'évêque s'était étonné.

— Un personnage *imaginaire* ?

— Le héros d'un roman dû à un écrivain surestimé, nommé Cervantes – un roman qui, de plus, comporte de nombreux passages répugnants que le censeur, du temps du *generalissimo*, n'aurait jamais admis.

— Mais, Votre Excellence, on peut voir la maison de Dulcinée à El Toboso. C'est écrit là, sur une plaque : maison de Dulcinée.

— Piège pour les touristes. Rendez-vous compte, poursuivit sèchement l'évêque, Quichotte n'est même pas un nom espagnol. Cervantes lui-même dit que son nom était probablement Quixada ou Quesada, voire Quejana, et sur son lit de mort Quichotte se donne le nom de Quijano.

— Je constate que Votre Excellence a lu l'ouvrage.

— Je n'ai jamais dépassé le premier chapitre. Bien que j'aie naturellement jeté un coup d'œil sur le dernier, ce qui est ma manière habituelle avec les romans.

— Peut-être quelque ancêtre du père se nommait-il Quixada ou Quesana ?

15

— Les hommes de son espèce n'ont pas d'ancêtres.

Ce ne fut donc pas sans quelque émoi que le père
Quichotte se présenta à la haute silhouette ecclésiastique installée dans l'élégante Mercedes.

— Je suis le père Quichotte, Monsignor. Puis-je
vous être utile ?

— Certes oui, mon ami. Je suis l'évêque de Motopo.

Le monsignor parlait avec un fort accent italien.

— L'évêque de Motopo ?

— *In partibus infidelium*, mon ami. Y a-t-il un garage près d'ici ? Ma voiture refuse d'aller plus loin, et
s'il se trouvait aussi un restaurant – mon estomac commence à réclamer pitance.

— Mon village possède un garage, mais il est fermé
pour cause de décès – c'est la belle-mère du garagiste
qui est morte.

— Qu'elle repose en paix, répliqua machinale-
ment l'évêque en serrant sa croix pectorale. (Puis il
ajouta :) C'est bien ennuyeux.

— Il sera de retour dans quelques heures.

— Quelques heures ! Y a-t-il un restaurant à
proximité ?

— Si Monsignor voulait me faire l'honneur de
partager mon humble déjeuner… Le restaurant d'El
Toboso n'est pas à conseiller, ni pour la table ni pour
la cave.

— Dans ma situation, un verre de vin serait essentiel.

— Je puis vous proposer un bon petit vin de pays, et si vous parvenez à vous satisfaire d'un simple bifteck… et d'une salade. Ma gouvernante prépare toujours plus que je ne peux avaler.

— Il semble bien que mon ange gardien ait revêtu votre forme. En route.

La bonbonne de vin occupait le siège avant, mais l'évêque – un homme de haute taille – insista pour se tasser à l'arrière.

— N'allons pas troubler le vin, déclara-t-il.

— Ce n'est pas un grand vin, Monsignor, et vous serez bien plus à l'aise…

— Depuis les noces de Cana, mon ami, aucun vin ne peut être tenu pour négligeable.

Le père Quichotte prit cela comme une rebuffade et le silence tomba entre les deux ecclésiastiques jusqu'à l'arrivée au petit presbytère proche de l'église. Le père se sentit soulagé lorsque l'évêque, qui dut se baisser pour franchir la porte qui menait directement au salon, remarqua :

— C'est un honneur pour moi de recevoir l'hospitalité dans la maison de don Quichotte.

— Mon évêque n'approuve pas ce livre.

— La sainteté et le jugement littéraire ne vont pas toujours de pair.

L'évêque se dirigea vers l'étagère où le père Quichotte gardait missel, bréviaire, Nouveau Testament, ainsi qu'une poignée de volumes de théologie à l'aspect loqueteux, reliquat de ses études, et quelques œuvres de ses saints préférés.

— Si Monsignor veut bien m'excuser…

Le père Quichotte alla trouver sa gouvernante à la cuisine, qu'elle utilisait aussi comme chambre à coucher – avec, il faut bien l'avouer, l'évier pour tout lavabo. C'était une femme carrée aux dents proéminentes, dotée aussi d'un soupçon de moustache ; elle ne faisait confiance à âme qui vive, mais conservait une certaine estime pour les saints, ou plus précisément pour les saintes. Elle s'appelait Teresa, et nul, à El Toboso, n'avait songé à la surnommer Dulcinée, car personne à l'exception du maire, réputé communiste, n'avait lu le roman de Cervantes, et encore était-il douteux que le maire eût dépassé la bataille contre les moulins à vent.

— Teresa, annonça le père Quichotte, nous avons un hôte à déjeuner et il faudra faire diligence.

— Il n'y a que votre bifteck et une salade, et aussi le reste de fromage *manchego*.

— Mon bifteck est toujours assez gros pour deux, et l'évêque est un homme accommodant.

— L'évêque ? Je refuse de le servir.

— Il ne s'agit pas du nôtre. C'est un Italien. Un homme fort courtois.

Le père narra les circonstances de leur rencontre.

— Mais le bifteck…, dit Teresa.

— Eh bien quoi, le bifteck ?

— On ne peut pas donner de la viande de cheval à l'évêque.

— Mon bifteck, c'est du cheval ?

— Depuis toujours. Avec l'argent que vous me donnez, vous croyez que je peux vous acheter du bœuf ?

— Vous n'avez rien d'autre ?

— Rien.

— Mon Dieu, mon Dieu ! Prions le ciel qu'il ne remarque rien. Après tout, moi je n'ai jamais rien remarqué.

— Mais *vous*, vous n'avez jamais mangé quelque chose de plus raffiné.

Quelque peu troublé, le père Quichotte prit une demi-bouteille de malaga et revint auprès de l'évêque, heureux de voir celui-ci accepter un premier verre, puis un second. Peut-être le vin émousserait-il ses papilles. L'évêque s'était installé confortablement dans l'unique fauteuil du père Quichotte. Celui-ci l'observait anxieusement. L'évêque n'avait en apparence rien de redoutable. Son visage lisse semblait n'avoir jamais connu le feu du rasoir. Pour sa part, le père Quichotte regretta de ne pas s'être rasé ce matin-là, après la première messe qu'il avait célébrée dans une église vide.

— Monsignor est-il en vacances ?

— Pas exactement, bien que le changement d'avec la vie romaine me soit un plaisir. Ma connaissance de l'espagnol a amené le Saint-Père à m'assigner une petite mission confidentielle. J'imagine, mon père, que vous voyez défiler à El Toboso nombre de touristes étrangers.

— Pas tant que cela, Monsignor, car il n'y a guère à voir ici, hormis le musée.

— Et que gardez-vous, dans le musée ?

— C'est un tout petit musée, Monsignor. Une seule salle, qui n'est pas plus grande que mon salon. Il n'y a rien de bien intéressant, à part les signatures.

— De quelles signatures voulez-vous parler ? Pourrais-je vous demander un autre verre de malaga ? J'ai souffert grand-soif à rester assis au soleil dans cette voiture détraquée.

— Pardonnez-moi, Monsignor. Vous pouvez juger combien le rôle d'hôte m'est peu familier.

— Je n'avais jamais jusqu'ici entendu parler d'un musée de signatures.

— Il y a bien des années, voyez-vous, le maire d'El Toboso se mit à écrire aux chefs d'État afin de leur demander des exemplaires de traductions de Cervantes portant leur signature. La collection est assez remarquable. On trouve, bien sûr, dans ce que je pourrais nommer l'exemplaire princeps, la signature du général Franco. Il y a aussi celles de Mussolini et de Hitler (minuscule, comme des chiures de mouche), celles de Churchill et de Hindenburg, et de quelqu'un qui s'appelle Ramsay MacDonald. Je pense qu'il devait s'agir du Premier ministre d'Écosse.

— D'Angleterre, mon Père.

Teresa apporta les biftecks et les deux hommes passèrent à table. L'évêque bénit le repas.

Le père Quichotte versa le vin et regarda avec appréhension l'évêque avaler sa première bouchée, qu'il fit descendre d'une gorgée de vin – peut-être afin d'effacer le goût de la viande.

— C'est un vin très ordinaire, Monsignor, mais ici, nous sommes très fiers de ce que nous appelons notre *manchego*.

— Le vin est agréable, déclara l'évêque en contemplant son assiette, mais le bifteck, le bifteck… (Le père Quichotte s'attendait au pire.) Le bifteck, dit une troisième fois le prélat, comme s'il fouillait sa mémoire à la recherche de l'anathème tiré de quelque rite ancien et qui conviendrait à la circonstance.

Teresa, dans l'expectative elle aussi, se tenait sur le seuil de la pièce.

— Jamais, à aucune table, il ne m'a été donné de goûter une viande… aussi tendre, aussi savoureuse – oserai-je risquer un blasphème : aussi divine. J'aimerais féliciter votre admirable gouvernante.

— La voici, Monsignor.

— Très chère dame, permettez-moi de vous serrer la main.

L'évêque tendit sa main baguée, paume vers le bas, comme s'il escomptait un baiser plutôt que la poignée de main annoncée. Teresa battit précipitamment en retraite vers la cuisine.

— Ai-je commis un impair ? demanda l'évêque.

— Sa mine est simple et honnête. De nos jours, et même en Italie, c'est souvent embarrassant d'avoir des gouvernantes « épousables » – le mariage, hélas, ne s'ensuit que trop souvent !

En un éclair, Teresa apporta le fromage et disparut.

— Un peu de notre *queso manchego*, Monsignor ? Et peut-être un autre verre de vin pour l'accompagner ?

Le père Quichotte commençait à se sentir à l'aise. Il alla jusqu'à risquer une question qu'il n'aurait jamais osé poser à son propre évêque. Après tout, un évêque romain était plus proche des sources de la foi, et l'accueil que celui-ci avait réservé à la viande de cheval constituait une manière d'encouragement. Ce n'était pas en vain que le père avait donné à sa Seat le nom de Rossinante, et sans doute obtiendrait-il plus volontiers une réponse favorable s'il parlait d'elle sous cette forme.

— Monsignor, dit-il, je me suis souvent posé une question – une question qui, sans doute, vient à l'esprit d'un homme de la campagne plus souvent qu'à celui d'un citadin. (Il hésita, tel un nageur au bord d'une eau froide.) Serait-ce une hérésie, selon vous, que d'adresser une prière au Seigneur pour la vie d'un cheval ?

L'évêque répondit sans hésiter.

— Pour sa vie terrestre, non – une prière serait tout à fait recevable. Les Pères de l'Église nous enseignent que Dieu créa les animaux à l'usage de l'homme ; et, au regard de Dieu, une longue vie de service est aussi désirable pour un cheval que pour ma Mercedes qui, je le crains, va me faire défaut. Toutefois, il me faut reconnaître que l'on n'a jamais enregistré de miracle concernant les objets inanimés – alors que, dans le cas des animaux, nous avons l'exemple de l'âne de Balaam, qui, par la grâce de Dieu, se révéla d'une utilité singulière à son maître.

— Je songeais moins à l'utilité d'un cheval pour son maître qu'à une prière pour son bonheur – et même pour une bonne mort.

— Je ne vois pas d'objection à prier pour son bonheur – cela pourrait le rendre docile et plus utile à son possesseur, mais je ne suis pas certain de ce que vous entendez par une bonne mort, lorsqu'il s'agit d'un cheval. Bien mourir, pour un homme, signifie mourir en communion avec Dieu, la promesse de la vie éternelle. Nous pouvons prier pour la vie terrestre d'un cheval, mais quant à sa vie éternelle – j'ai bien peur que cela ne frise l'hérésie. Certes, il existe au sein de l'Église un mouvement qui admet qu'un chien puisse posséder une sorte d'âme embryonnaire, mais pour ma part je ne vois là qu'une idée sentimentale et dangereuse. Si le chien a une âme, pourquoi pas le rhinocéros ou le kangourou ?

— Ou le moustique ?

— Exactement. Je constate, mon père, que vous pensez droit.

— Mais, Monsignor, je n'ai jamais compris comment le moustique pouvait avoir été créé à l'usage de l'homme. De quel usage s'agit-il ?

— N'est-ce pas évident, mon père ? Le moustique peut être comparé au fouet dans la main du Seigneur. Il nous enseigne à supporter la souffrance pour l'amour de Lui. Ce pénible bourdonnement à nos oreilles – peut-être est-ce le bourdonnement de Dieu ?

Le père Quichotte possédait la malheureuse habitude des solitaires : il formulait ses pensées à voix haute. « Il en irait de même pour la puce. » L'évêque dévisagea attentivement le prêtre, mais il ne put déceler la moindre trace d'humour dans son regard : le père Quichotte était visiblement plongé dans ses pensées.

— Ce sont là de grands mystères, dit l'évêque. Et où serait notre foi, sans les mystères ?

— Je me demande où j'ai pu ranger cette bouteille de cognac qu'un habitant de Tomelloso m'avait apportée il doit y avoir trois ans de cela. Le moment serait bien choisi pour l'ouvrir. Si Monsignor veut bien m'excuser… Teresa le saura peut-être.

Il gagna la cuisine.

— Il a bien assez bu pour un évêque, jeta Teresa.

— Chut ! Vous avez une voix qui porte. Le pauvre évêque se fait du souci au sujet de sa voiture. Il a l'impression qu'elle l'a laissé choir.

— Si vous voulez mon avis, tout est de sa faute. Étant jeune fille, j'ai vécu en Afrique. Les Noirs et les évêques oublient toujours de faire le plein.

— Vous pensez réellement que… Il est vrai qu'il est très au-dessus des soucis de ce monde. Il croit que le bourdonnement du moustique… Teresa, apportez-lui le cognac et dites-lui que je suis allé voir ce que je pouvais faire au sujet de son automobile.

Le père prit un jerrycan d'essence dans le coffre de Rossinante. Il ne pensait pas que le problème fût aussi simple que cela, mais on ne perdait rien à essayer – et de fait, la jauge lui révéla que le réservoir de la Mercedes était à sec. Pourquoi l'évêque n'avait-il rien remarqué ? Peut-être était-il au courant, mais il avait trop honte pour avouer sa négligence à un simple curé de campagne. Le père Quichotte ressentit de la compassion à l'égard du dignitaire italien qui, contrairement à son propre évêque, respirait la bonté. Il avait bu sans rechigner le petit vin de l'année, s'était régalé du bifteck de cheval. Le père ne voulait pas l'humilier – mais comment s'arranger pour lui permettre de sauver la face ? Il réfléchit longuement au problème, appuyé au capot de la Mercedes. Si l'évêque n'avait pas consulté la jauge, le père n'aurait aucune peine à mettre en avant des connaissances mécaniques qu'il ne possédait pas ; mais comment savoir ? À tout hasard, mieux valait se barbouiller un peu les mains de cambouis.

L'évêque semblait trouver à son goût le cognac de Tomelloso. Il avait découvert sur les rayonnages, parmi les textes religieux, un exemplaire de Cervantes que le père s'était procuré dans sa jeunesse, et il souriait en lisant un passage – ce que l'évêque de son diocèse n'aurait jamais fait.

— Je lisais justement une page pleine d'à-propos lorsque vous êtes entré, mon père. Quoi qu'en dise votre évêque, Cervantes était un écrivain d'une haute tenue morale : « C'est le devoir d'un vassal fidèle de dire à son seigneur la vérité sans apprêt, et de ne point l'embellir par flatterie ou l'adoucir pour quelque vain motif. Je te le dis, Sancho, si la vérité nue, dépouillée de toute flatterie, venait aux oreilles des princes, nous vivrions de tout autres temps. » En quel état avez-vous trouvé la Mercedes, mon père ? Quelque sorcier de cette dangereuse région de la Manche lui a-t-il jeté un sort ?

— La Mercedes est en état de marche, Monsignor.

— Un miracle ? Ou bien le garagiste est-il revenu des funérailles ?

— Le garagiste n'est pas encore de retour, aussi ai-je examiné moi-même le moteur. (Le père Quichotte fit voir ses mains.) Un travail salissant. Le niveau d'essence était fort bas – mais là, le remède est simple : j'ai toujours un jerrycan en réserve. Quant au vrai problème...

— Ah, il ne s'agissait pas simplement du niveau d'essence, remarqua l'évêque d'un air satisfait.

— Il y avait quelques réglages à faire dans le moteur – les noms techniques m'échappent toujours –, enfin, il a fallu bricoler un peu, mais tout est en ordre à présent. Toutefois, lorsque Monsignor arrivera à Madrid, il ne sera pas mauvais de la faire réviser par un professionnel.

— Je puis donc partir ?

— À moins que vous n'ayez envie de faire une petite sieste. Teresa peut préparer mon lit.

— Non merci, mon père. Je suis tout à fait d'aplomb, grâce à votre excellent vin et au bifteck – ah, ce bifteck ! Je dois d'ailleurs assister à un dîner à Madrid, et je n'aime pas conduire dans le noir.

Tandis que les deux hommes regagnaient la grand-route, l'évêque questionna le père Quichotte.

— Depuis combien d'années habitez-vous El Toboso, mon père ?

— Depuis l'enfance, Monsignor. Si l'on excepte le temps de mes études.

— Où avez-vous étudié ?

— À Madrid. J'aurais préféré Salamanque, mais le niveau y était trop élevé pour moi.

— Un homme de vos talents perd son temps à El Toboso. Votre évêque doit bien…

— Mon évêque connaît, hélas, la faible étendue de mes talents.

— Mais aurait-il pu réparer ma voiture ?

— Je voulais parler de mes talents spirituels.

— L'Église n'a pas moins besoin d'hommes aux talents pratiques. Dans le monde d'aujourd'hui, l'*astucia* – au sens de sagesse mondaine – doit s'allier à la prière. Un prêtre capable de présenter à un hôte inattendu bon vin, bon fromage et viande de choix saura bien se tenir dans les plus hautes sphères. Notre rôle est d'amener les pécheurs au repentir, et les pécheurs sont plus nombreux chez les bourgeois que chez les paysans. J'aimerais que, tel votre ancêtre don Quichotte, vous partiez sur les routes du monde…

— Mais Monsignor, c'était un fou…

— Beaucoup l'ont dit aussi de saint Ignace. Mais voici une route que moi, je dois prendre, et voici ma Mercedes…

— Mon évêque affirme qu'il n'était qu'une fiction issue du cerveau d'un écrivain…

— Peut-être, mon père, sommes-nous tous des fictions dans l'esprit de Dieu.

— Désirez-vous me voir charger des moulins à vent ?

— Ce n'est qu'en chargeant des moulins à vent que don Quichotte parvint à la vérité sur son lit de mort. Tout en s'installant derrière le volant, l'évêque trouva des accents grégoriens :

— Il n'y a pas d'oiseaux cette année, dans les nids de l'an passé.

— La phrase est belle, dit le père Quichotte, mais que voulait-il dire en l'écrivant ?

— Je ne l'ai jamais tout à fait compris, mais assurément, la beauté se suffit à elle-même.

Tandis que la Mercedes, tout à fait guérie, ronronnait doucement sur la route de Madrid, le père Quichotte constata en plissant les narines que l'évêque avait laissé un bref instant sur son sillage un parfum agréable où se mêlaient le vin de l'année, le cognac et le fromage *manchego* – un parfum qu'on aurait pu prendre pour quelque encens exotique, avant qu'il se disperse.

Nombre de semaines s'écoulèrent au rythme égal et paisible des années précédentes. Le père Quichotte savait à présent que le bifteck qu'il s'accordait parfois consistait en viande de cheval, et il pouvait l'accueillir d'un sourire non embarrassé – il n'avait plus à se reprocher un goût de luxe –, en souvenir de l'évêque qui avait fait preuve de tant de bonté, de courtoisie et d'un tel amour du vin. C'était comme si l'un de ces dieux païens dont il avait lu les noms lors de ses études de latin était venu se reposer une heure ou deux sous son toit. Le père ne lisait plus guère, à l'exception de son bréviaire et du journal – lequel ne l'avait pas informé que le bréviaire ne constituait plus une lecture requise. Il s'intéressait particulièrement aux exploits des cosmonautes, car il ne s'était jamais tout à fait ôté de l'idée que le royaume de Dieu existait réellement quelque part, dans l'immensité de l'espace. Occasionnellement, il ouvrait l'un de ses manuels de théologie afin de s'assurer que la courte homélie du dimanche suivant ne s'écartait pas des enseignements de l'Église.

Il recevait également chaque mois de Madrid une revue de théologie. On y lisait parfois la critique de quelque idée dangereuse – contenue dans les propos d'un authentique cardinal (hollandais ou belge, il ne savait plus) ou dans les écrits d'un prêtre dont le nom à consonance teutonique lui évoquait Luther. Le père prêtait peu d'attention à ces polémiques, car il n'était guère vraisemblable qu'il eût à défendre l'orthodoxie de l'Église contre le boucher, le boulanger, le garagiste ou même le restaurateur, qui étaient les hommes les plus instruits d'El Toboso, à l'exception du maire – quant à ce dernier, soupçonné par l'évêque d'athéisme et de communisme, on pouvait sans risque l'oublier lorsqu'il s'agissait de débattre du dogme. Au reste, pour faire un brin de causette à un coin de rue, le père Quichotte préférait la compagnie du maire à celle d'aucun de ses paroissiens. En présence du maire, il cessait de se sentir comme un officiel, une sorte de supérieur ; les deux hommes se trouvaient sur un pied d'égalité du fait de leur intérêt commun pour l'aventure des cosmonautes, et ils usaient de tact l'un avec l'autre. Le père Quichotte n'évoquait pas la possibilité d'une rencontre entre un spoutnik et les phalanges célestes ; le maire faisait preuve d'une impartialité scientifique lorsqu'il comparait les réussites soviétiques et américaines – d'un point de vue chrétien, le père Quichotte ne voyait d'ailleurs guère de différence entre les équipes des deux camps, composées l'une et l'autre, lui semblait-il, de braves gens, sans doute bons pères et bons époux. Mais il avait quelque peine à les imaginer, revêtus de leurs casques et de leurs combinaisons spatiales – qui auraient bien pu sortir de chez le même faiseur –, en compagnie de Gabriel ou de Michel, et moins encore de Lucifer, si d'aventure, au lieu de s'élever vers le royaume de Dieu, leur astronef avait plongé vers les régions infernales.

— Il y a une lettre pour vous, lui dit Teresa d'un air soupçonneux. Je ne savais pas où vous trouver.

— Je discutais avec le maire, au coin de la rue.

— Cet hérétique.

— Sans les hérétiques, Teresa, les prêtres manqueraient d'occupation.

— C'est une lettre de l'évêque, répliqua la gouvernante d'un ton hargneux.

— Mon Dieu.

Il resta un bon moment la lettre à la main, sans pouvoir l'ouvrir. Il n'avait pas souvenance d'une lettre de l'évêque qui ne contînt pas une récrimination quelconque. Il y avait eu cette fois, par exemple, où le père s'était privé du montant de la quête de Pâques, qui lui revenait traditionnellement, pour le confier à une organisation charitable qui s'honorait du titre latin d'*In vinculis* et prétendait subvenir aux besoins spirituels des malheureux hôtes des prisons. Il s'agissait là d'un don privé, mais l'évêque en avait eu vent après que le quêteur eut été arrêté pour avoir organisé l'évasion de certains prisonniers hostiles au généralissime. L'évêque avait traité le père d'imbécile – un terme condamné par le Christ. Le maire, pour sa part, lui avait donné une tape amicale dans le dos en le qualifiant de digne descendant du valeureux ancêtre qui avait libéré les galériens. Il y avait eu cette autre fois… et cette fois encore… il se serait volontiers versé un petit verre de malaga afin de se donner du courage si la visite de l'évêque de Motopo n'avait pas épuisé sa réserve.

Avec un soupir, il brisa le sceau rouge et ouvrit l'enveloppe. Ainsi qu'il le craignait, le texte respirait une rage froide. « J'ai reçu de Rome une lettre tout à fait inexplicable, que j'ai d'abord prise pour une plaisanterie du plus mauvais goût, imitant le style ecclésiastique et peut-être inspirée par un membre de cette organisation communiste que vous vous êtes fait un devoir de soutenir pour des mobiles qui m'échappent à ce jour. Mais suite à une demande de confirmation de ma part, je reçois ce jour même une missive comminatoire qui entérine la teneur de la première lettre et m'enjoint de vous informer que le Saint-Père a jugé bon – par quel étrange détour de l'Esprit-Saint, il ne m'appartient pas de m'en enquérir – de vous donner le rang de monsignor, sur la recommandation, semble-t-il, d'un certain évêque de Motopo dont je n'ai jamais entendu parler, et sans qu'il soit fait mention de mon nom, alors qu'une recommandation de cette nature eût naturellement dû s'opérer par mon entremise – hypothèse, ai-je besoin de le préciser, des moins plausibles. J'ai obéi au Saint-Père en vous transmettant cette nouvelle, et il ne me reste qu'à prier afin que vous ne déshonoriez pas le titre qu'il a jugé opportun de vous attribuer. Certains scandales, naguère pardonnés pour l'unique raison qu'ils trouvèrent leur origine dans l'ignorance du prêtre de la paroisse d'El Toboso, éveilleraient de tout autres échos s'il fallait les attribuer à l'imprudence de Monsignor Quichotte. Aussi, mon père, de la prudence, je vous en conjure. J'ai toutefois écrit à Rome afin de souligner l'incongruité que

2. De quelle manière monsignor Quichotte entreprit ses voyages

1.

Il arriva, une semaine après que la lettre de l'évêque eut été remise au père Quichotte, qu'on tint dans la province de la Manche des élections au cours desquelles le maire d'El Toboso essuya un revers inattendu.

— Les forces de la réaction se sont réorganisées, confia le vaincu au père Quichotte, et sont à la recherche d'un nouveau généralissime.

Il évoqua certaines intrigues, dont il était bien instruit, ourdies par le garagiste, le boucher et le propriétaire de la gargote, lequel était, semble-t-il, désireux d'agrandir son établissement. Ledit restaurateur avait, d'après le maire, reçu un prêt d'un mystérieux étranger, ce qui lui avait permis de faire l'acquisition d'un nouveau congélateur. Par un processus qui demeurait tout à fait énigmatique aux yeux du père Quichotte, le résultat des élections s'en était trouvé sérieusement affecté.

— Je me lave les mains d'El Toboso, fit l'ex-maire.

— Quant à moi, je suis chassé par mon évêque, confia le père Quichotte, qui se mit à raconter sa navrante histoire.

— J'aurais pu vous avertir. Voilà ce qui arrive quand on place sa confiance dans l'Église.

— L'Église n'est pas en cause, mais seulement un évêque – un évêque pour qui, Dieu me pardonne, je n'ai jamais eu une grande affection. Mais vous, c'est autre chose. Je vous plains réellement, mon brave ami. Votre parti vous a laissé tomber, Sancho.

Le maire se nommait Zancas. C'était aussi le nom de famille de Sancho Panza dans la véridique histoire de Cervantes, et bien que le maire se prénommât Enrique, il permettait à son ami le père Quichotte de le taquiner en l'appelant Sancho.

— Mon parti n'est pas en cause. Ils sont trois hommes à m'avoir fait ce coup-là. (Le maire mentionna une nouvelle fois le boucher, le garagiste et l'affaire du congélateur.) Il y a des traîtres dans tous les partis. Y compris dans le vôtre, père Quichotte. Vous avez eu Judas...

— Et vous avez eu Staline.

— Ne venez pas me servir cette vieille histoire éculée.

— Celle de Judas est encore plus vieille.

— Alexandre VI...

— Trotsky. Encore qu'aujourd'hui, j'imagine, vous avez le droit d'avoir une opinion différente à son sujet.

Leur débat n'avait guère de suite, mais c'était la forme d'échange la plus proche d'une dispute à laquelle ils fussent jamais parvenus.

— Et votre opinion au sujet de Judas ? L'Église d'Éthiopie le considère comme un saint.

— Sancho, Sancho, nos divergences sont trop profondes pour que nous nous disputions. Allons chez moi boire un verre de malaga… j'oubliais, l'évêque a fini la bouteille.

— L'évêque… vous avez laissé ce scélérat…

— Il s'agit d'un autre évêque. Un brave homme, mais il n'en est pas moins à la source de mes ennuis.

— Alors, venez plutôt chez moi prendre un verre d'honnête vodka.

— De la vodka ?

— Polonaise, mon père. En provenance d'un pays catholique.

Le père Quichotte n'avait jamais goûté de vodka. Au premier verre, il ne lui trouva aucun goût – au second, il se sentit tout émoustillé.

— Vos occupations de maire vont vous manquer, Sancho, déclara-t-il.

— J'ai l'intention de prendre des vacances. Je n'ai pas mis le pied hors d'El Toboso depuis la mort du scélérat Franco. Si seulement j'avais une voiture…

Le père Quichotte, songeant à Rossinante, laissa ses pensées vagabonder.

— Moscou est trop loin… (La voix du maire continuait.) Et puis il y fait trop froid. L'Allemagne de l'Est… je n'ai aucun désir de m'y rendre, nous n'avons vu que trop d'Allemands en Espagne.

Supposons, songeait le père Quichotte, que je sois exilé à Rome. Rossinante ne tiendrait jamais une telle distance. L'évêque avait même fait allusion à l'œuvre missionnaire. Rossinante vivait ses derniers jours. Il ne pouvait pas la laisser mourir en bordure de quelque piste africaine, pour qu'on vienne ensuite la démonter dans le seul but de récupérer la boîte de vitesses ou une poignée de portière.

— Saint-Marin, voilà l'État le plus proche où le parti soit au pouvoir. Encore un verre, mon père.

Sans réfléchir, le père Quichotte tendit la main.

— Et que ferez-vous loin d'El Toboso, mon père ?

— J'obéirai aux ordres. J'irai où l'on m'envoie.

— Pour prêcher les convertis, comme vous le faites ici ?

— Il est facile de ricaner de la sorte, Sancho. Je doute que quiconque soit jamais pleinement converti.

— Pas même le pape ?

— Peut-être, mon pauvre ami, peut-être le pape lui-même. Qui sait ce qu'il pense quand il se couche, le soir, après avoir fait ses prières ?

— Et vous ?

— Oh, je suis aussi ignorant que tout un chacun dans la paroisse. J'ai lu plus de livres, voilà tout, à l'époque où j'étudiais, mais on finit par oublier...

— Tout de même, vous croyez à toutes ces absurdités. Dieu, la Sainte Trinité, l'Immaculée Conception...

— Je *veux* croire. Et je veux que les autres croient.

— Pourquoi ?

— Je veux qu'ils soient heureux.

— Alors, laissez-les boire un peu de vodka. Ça vaut mieux qu'une illusion.

— La vodka se dissipe. Déjà maintenant.

— La croyance aussi.

Le père Quichotte releva la tête avec étonnement. Depuis un moment, il contemplait d'un air pensif les dernières gouttes au fond de son verre.

— Votre croyance ?

— Et la vôtre aussi.

— Qu'est-ce qui vous fait penser cela ?

— C'est la vie, mon père, la vie qui accomplit sa sale besogne. La croyance s'éteint comme le désir pour une femme. Je doute que vous fassiez exception à la règle.

— Pensez-vous qu'il serait mauvais pour moi de prendre un autre verre ?

— La vodka n'a jamais fait de mal à personne.

— J'ai été étonné, l'autre jour, de voir tout ce que l'évêque de Motopo ingurgitait.

— Où est Motopo ?

— *In partibus infidelium.*

— J'ai oublié depuis longtemps le peu de latin que je savais.

— J'ignorais que vous en aviez fût-ce des rudiments.

— Mes parents voulaient que je sois prêtre. J'ai même étudié à Salamanque. Je ne vous en avais jamais parlé avant, mon père. *In vodka veritas.*

— C'est donc pour cela que vous connaissiez l'Église d'Éthiopie ? J'étais un peu perplexe.

— Il y a toujours des bribes de connaissance inutiles qui se fixent à votre cerveau comme des bernacles à la coque d'un bateau. Au fait, vous avez vu que les cosmonautes soviétiques ont battu le record de durée dans l'espace ?

— J'ai entendu quelque chose de ce genre hier à la radio.

— Et pourtant, durant tout ce temps, ils n'ont pas rencontré un seul ange.

— Avez-vous entendu parler des trous noirs, Sancho ?

— Je sais ce que vous allez dire. Mais là, le mot trou n'est utilisé que d'une façon métaphorique. Reprenez un verre. N'ayez pas peur des évêques.

— Votre vodka me donne de l'espoir.

— Quel espoir ?

— Disons en quelque sorte un espoir envers et contre tout.

— Allez, dites-moi. Quel espoir ?

— Je ne peux pas vous le dire. Vous vous moqueriez de moi. Un jour, je vous parlerai peut-être de cet espoir. Si Dieu m'en donne le temps. Et à vous aussi, bien sûr.

— Nous devrions nous voir plus souvent, mon père. Peut-être vous convertirai-je à Marx.

— Vous avez du Marx dans votre bibliothèque ?

— Naturellement.

— *Das Kapital* ?

— Oui. Parmi d'autres. Le voici. Je ne l'ai pas ouvert depuis assez longtemps. Pour être franc, j'ai toujours trouvé certains passages... eh bien, éloignés de moi... Toutes ces statistiques concernant la révolution industrielle en Angleterre. J'imagine que vous aussi, vous trouvez certains passages de la Bible ennuyeux.

— Dieu merci, nous ne sommes pas tenus d'étudier les Nombres ou le Deutéronome, mais les Évangiles n'ont rien d'ennuyeux. Seigneur, vous avez vu l'heure ? Est-ce la vodka qui fait passer le temps aussi vite ?

— Vous savez, mon père, vous me rappelez votre ancêtre. Il croyait à tous ces livres de chevalerie, qui étaient pourtant assez désuets de son propre temps...

— Jamais de ma vie je n'ai lu un livre de chevalerie.

— Mais vous continuez de lire ces vieux traités de théologie. Ce sont vos livres de chevalerie. Vous y croyez aussi dur que votre ancêtre croyait aux siens.

— Mais la voix de l'Église ne se démode pas, Sancho.

— Oh si, mon père, elle se démode. Votre concile Vatican II a même mis saint Jean au rancart.

— Ce que vous pouvez dire de bêtises !

— Vous n'êtes plus obligé de lire ces mots de saint Jean à la fin de la messe : « Il était dans le monde, et le monde a été fait par Lui, et le monde ne L'a pas reconnu. »

— Comme il est étrange que vous sachiez cela.

— Oh, il m'arrive de venir faire un tour à la fin de la messe – pour m'assurer qu'aucun de mes camarades n'est là.

— Je prononce toujours ces mots.

— Mais pas à voix haute. Votre évêque ne le permettrait pas. Vous êtes pareil à votre ancêtre, qui lisait ses livres de chevalerie en secret, si bien que seuls sa nièce et son médecin étaient au courant, jusqu'au moment où…

— Vous racontez vraiment beaucoup de bêtises, Sancho.

— Jusqu'au moment où il enfourcha Rossinante et prit le large afin d'accomplir ses prouesses de chevalerie dans un monde qui ne croyait plus à ces vieilles histoires.

— En compagnie d'un ignorant nommé Sancho, répliqua le père Quichotte avec une pointe de colère qu'il regretta aussitôt.

— En compagnie de Sancho, répéta le maire. Pourquoi pas ?

— L'évêque ne pourrait guère me refuser un petit congé.

— Vous devez aller à Madrid pour acheter votre uniforme.

— Mon uniforme ? Quel uniforme ?

— Les bas violets, Monsignor, et aussi, dans les mêmes teintes – comment appelez-vous cette chose que vous portez juste au-dessous du col ?

— Une *pechera*. Balivernes. Personne ne m'obligera à porter des bas violets et une…

— Vous êtes dans l'armée de l'Église, mon père. Vous ne pouvez pas refuser les insignes de votre rang.

— Je n'ai jamais demandé à être monsignor.

— Bien sûr, vous pourriez aussi démissionner de cette armée.

— Pourriez-vous démissionner du parti ?

Chacun reprit un verre de vodka et laissa s'installer un silence amical, un silence où les rêves de l'un et de l'autre avaient assez d'espace pour se déployer.

— Pensez-vous que votre voiture pourrait nous emmener jusqu'à Moscou ?

— Rossinante est trop vieille pour cela. Elle nous lâcherait en chemin. De toute façon, il n'est guère probable que l'évêque considère Moscou comme un lieu de vacances convenable pour moi.

— Vous n'êtes plus au service de l'évêque, Monsignor.

— Mais le Saint-Père... Vous savez, Rossinante pourrait peut-être nous emmener jusqu'à Rome.

— Je n'ai aucune envie d'aller à Rome. Dans la rue, on ne voit que des bas violets.

— Le maire de Rome est communiste, Sancho.

— Je n'ai pas plus de goût pour les eurocommunistes que vous pour les protestants. Qu'y a-t-il, mon père ? Quelque chose vous tracasse.

— La vodka m'a donné un rêve, et une autre vodka l'a repris.

— Ne vous inquiétez pas. Vous n'êtes pas habitué à la vodka et elle vous est montée au cerveau.

— Pourquoi faire un aussi beau rêve... et ensuite, le désespoir ?

— Je sais ce que vous voulez dire. La vodka me fait parfois cet effet, si j'en abuse un peu. Je vous raccompagne, mon père.

Ils se quittèrent à la porte du presbytère.

— Allez vous allonger un moment.

— Teresa trouverait la chose étrange, à cette heure. Et je n'ai pas lu mon bréviaire.

— Ce n'est plus obligatoire.

— J'ai de la peine à rompre une habitude. Les habitudes peuvent être un réconfort, y compris les habitudes un peu fastidieuses.

— Oui. Je crois que je vous comprends. Il m'arrive même parfois de remettre le nez dans le *Manifeste du Parti communiste*.

— Cela vous redonne-t-il courage ?

— Quelquefois – un peu, pas beaucoup. Mais un peu tout de même.

— Il faudra que vous me le prêtiez. Un jour.

— Peut-être lors de nos voyages.

— Vous croyez toujours à nos voyages ? Je doute fort que nous soyons les compagnons idéaux, vous et moi. Un vaste gouffre nous sépare, Sancho.

— Un vaste gouffre séparait votre ancêtre de celui que vous appelez mon ancêtre, et pourtant...

— Oui. Et pourtant...

Le père Quichotte s'éloigna rapidement. Il gagna son bureau, prit son bréviaire sur l'étagère, mais s'endormit avant d'avoir pu lire plus de quelques phrases. À son réveil, il ne put se rappeler qu'une chose : il avait grimpé sur un arbre élevé et dérangé un nid – un nid vide, sec et cassant, relique d'une année enfuie.

2.

Il fallut beaucoup de courage au père Quichotte afin d'écrire à l'évêque, et plus encore pour ouvrir la réponse qui lui parvint en temps voulu. La lettre commençait par un brutal « Monsignor » qui lui fit l'effet d'une goutte d'acide sur la langue. « El Toboso », écrivait l'évêque, « est l'une des plus petites paroisses de mon diocèse, et je ne puis croire que le fardeau de vos responsabilités ait été à ce point redoutable. Néanmoins, je suis prêt à vous accorder la période de repos que vous sollicitez, et je dépêche auprès de vous un jeune prêtre, le père Herrera, afin qu'il prenne en charge El Toboso durant votre absence. J'ose espérer que vous voudrez bien retarder la date de votre départ jusqu'à ce que vous soyez assuré que le père Herrera est pleinement au fait de tous les problèmes qui peuvent se poser dans votre paroisse, de sorte que vous puissiez en toute confiance abandonner vos fidèles à ses soins. La défaite du maire d'El Toboso lors des récentes élections semble indiquer que le vent souffle enfin dans la bonne direction, et il n'est pas impossible qu'un jeune prêtre possédant l'habileté et le discernement du père Herrera (il a obtenu avec mention son doctorat en théologie morale à Salamanque) soit mieux placé qu'un homme âgé pour tirer parti de ce mouvement d'opinion. Ainsi que vous pouvez vous en douter, j'ai écrit à l'archevêque afin de le consulter au sujet de votre avenir, et je ne doute pas qu'à votre retour nous vous ayons trouvé un champ d'action qui vous convienne plus qu'El Toboso et entraîne de moins lourdes responsabilités pour un prêtre de votre âge et de votre rang ».

La lettre était pire encore que le père Quichotte ne l'avait craint, et c'est avec une inquiétude croissante qu'il attendit la venue du père Herrera. Il avisa Teresa que le père Herrera devrait disposer de la chambre à coucher dès son arrivée et lui demanda s'il ne serait pas possible de se procurer un lit de camp pour l'installer dans le salon.

— Si vous n'en trouvez pas, précisa-t-il, le fauteuil sera bien assez confortable pour moi. J'y ai dormi souvent pendant l'après-midi.

— Il est jeune, laissez-le donc dormir dans le fauteuil.

— Jusqu'à nouvel ordre, il est mon hôte, Teresa.

— Que voulez-vous dire « jusqu'à nouvel ordre » ?

— Je pense que l'évêque pourrait bien l'appeler à me succéder à El Toboso. Je me fais vieux, Teresa.

— Si vous êtes si vieux que ça, vous ne devriez pas partir gambader Dieu sait où. De toute façon, n'allez pas croire que je vais travailler pour un autre prêtre.

— Donnez-lui une chance, Teresa, donnez-lui une chance. Mais n'allez à aucun prix lui révéler le secret de vos admirables biftecks.

Trois jours s'écoulèrent jusqu'à l'arrivée du père Herrera. Le père Quichotte, au retour d'une conversation avec l'ex-maire, trouva le jeune prêtre sur le pas de sa porte, une élégante valise noire à la main. La pâleur du père Herrera était peut-être naturelle, mais il paraissait en outre très agité, et le soleil se reflétait sur son col dur.

— Monsignor Quichotte ? demanda-t-il. Je suis le père Herrera. Cette femme refuse de me laisser entrer.

— Teresa, Teresa, ce n'est vraiment pas aimable de votre part. Où sont vos bonnes manières ? Le père est notre hôte. Allez lui préparer une tasse de café.

— Non, je vous en prie. Je ne bois jamais de café. Ça m'empêche de dormir.

Parvenu dans le salon, le père Herrera prit sans hésitation l'unique fauteuil.

— Que cette femme est donc agressive, déclara-t-il. Je lui ai dit que j'étais envoyé par l'évêque et elle m'a répondu très grossièrement.

— Elle a ses préjugés, comme nous tous.

— L'évêque aurait été *extrêmement* mécontent.

— Mais il n'a pas entendu ce qu'elle disait, et nous n'irons pas le lui répéter, n'est-ce pas ?

— J'ai été très choqué, Monsignor.

— Je vous en prie, ne m'appelez pas Monsignor. Dites mon père si vous le désirez. Je suis assez vieux pour être le vôtre. Avez-vous l'expérience du travail dans une paroisse ?

— Pas de façon directe. Je suis resté trois ans au service de Son Excellence en qualité de secrétaire. Depuis que j'ai quitté Salamanque.

— Le travail vous semblera peut-être difficile au début. Il y a beaucoup de Teresa à El Toboso. Mais je suis sûr que vous apprendrez très rapidement. Vous avez passé un doctorat de… laissez-moi réfléchir.

— Théologie morale.

— Un sujet qui m'a toujours paru très ardu. J'ai bien failli échouer – et ce n'était qu'à Madrid.

— Je vois que vous avez le père Heribert Jone dans votre bibliothèque. Un Allemand – néanmoins très solide sur le sujet.

— J'ai bien peur de ne pas l'avoir ouvert depuis des années. Comme vous pouvez vous l'imaginer, la théologie morale ne joue pas un très grand rôle dans le travail de la paroisse.

— Je l'aurais pourtant crue essentielle. Au confessionnal.

— Lorsque le boulanger ou le garagiste viennent me trouver – ce qui n'arrive pas très souvent –, leurs problèmes sont généralement des plus simples. Disons que je me fie à mon instinct. Je n'ai guère le temps de consulter Heribert Jone.

— L'instinct doit s'appuyer sur une base solide, Monsignor – pardon, mon père.

— Une base solide, bien sûr. Oui. Mais, semblable à mon ancêtre, peut-être que je place surtout ma confiance dans de vieux livres, rédigés bien avant la naissance de Jone.

— Les livres de votre ancêtre, que je sache, ne traitaient que de chevalerie.

— Peut-être les miens sont-ils aussi, à leur manière, des livres de chevalerie. Saint Jean de la Croix, sainte Thérèse, saint François de Sales. Et les Évangiles, mon père. « Allons à Jérusalem et mourons avec Lui. » Don Quichotte n'aurait pas pu l'exprimer mieux que saint Thomas.

— Nul ne songe à remettre en question les Évangiles, bien évidemment, fit le père Herrera du ton de quelqu'un qui concède un point sans importance à son adversaire. Il n'en reste pas moins que dans le domaine de la théologie morale, Jone est très solide, très solide. Que disiez-vous, mon père ?

— Rien. Un truisme que je n'ai aucun droit d'utiliser. J'allais ajouter que l'amour de Dieu est aussi une base très solide.

— Naturellement, naturellement. Mais n'allons pas oublier Sa justice. Vous en convenez, Monsignor ?

— Oui. Je suppose que oui.

— Jone établit une distinction très nette entre l'amour et la justice.

— Avez-vous suivi un cours de secrétariat, mon père ? Je veux dire, après Salamanque.

— Mais bien sûr. Je tape à la machine et je puis dire sans me vanter que je suis excellent en sténographie.

Teresa passa la tête dans l'entrebâillement de la porte.

— Prendrez-vous un bifteck à déjeuner, mon père ?

— Deux biftecks, s'il vous plaît, Teresa.

Le père Herrera se retourna, et le soleil joua encore sur son col à la manière d'un héliostat – porteur de quel message ? Le père Quichotte pensait n'avoir jamais vu auparavant col si propre – ni homme si propre. Une peau aussi blanche et lisse ne donnait pas l'impression d'avoir un jour nécessité l'emploi du rasoir. Voilà ce que c'est que d'avoir vécu aussi longtemps à El Toboso, se dit le père. Je suis un paysan mal dégrossi. Je vis loin, très loin de Salamanque.

3.

Vint enfin le jour du départ. Après inspection, le garagiste avait déclaré, quoique avec réticence, Rossinante bonne pour le service.

— Je ne garantis rien. Vous auriez dû la faire réviser il y a cinq ans. Enfin, elle devrait pouvoir vous emmener jusqu'à Madrid.

— Et retour, je l'espère, dit le père Quichotte.

— Ça, c'est une autre question.

Le maire contenait à grand-peine son impatience de partir. Il n'avait aucun désir d'assister à l'entrée en fonction de son successeur.

— Un sombre fasciste, mon père. Nous serons bientôt revenus au temps de Franco.

— Paix à son âme, ajouta le père Quichotte de façon un peu machinale.

— Il n'avait pas d'âme. Si une pareille chose existe.

Leurs bagages occupaient tout le coffre de Rossinante, et le siège arrière fut abandonné à quatre caisses d'honnête vin de la Manche.

— On ne peut pas se fier au vin de Madrid, décréta le maire. Grâce à moi, nous bénéficions au moins ici d'une honnête coopérative.

— Pourquoi aller à Madrid ? demanda le père Quichotte. Je me rappelle que la ville m'avait fortement déplu au temps où j'étais étudiant, et je n'y suis jamais retourné. Pourquoi ne prenons-nous pas la route de Cuenca ? Il paraît que la ville est très belle, et elle est beaucoup plus proche d'El Toboso. Je ne veux pas épuiser Rossinante.

— Je doute que vous puissiez acheter des bas violets à Cuenca.

— Ces bas ! Je refuse d'acheter des bas violets. Je ne peux pas me permettre de gaspiller mon argent dans un tel achat, Sancho.

— Votre ancêtre respectait comme il se doit l'uniforme du chevalier errant, même s'il dut se contenter d'un plat à barbe en guise de casque. Vous êtes un monsignor errant et vous devez porter des bas violets.

— On dit que mon ancêtre était fou. On dira la même chose de moi. Je serai ramené dans le déshonneur. D'ailleurs, je dois bien être un peu fou, puisqu'on me ridiculise avec ce titre de monsignor et que j'abandonne El Toboso aux soins de ce jeune prêtre.

— Le boulanger ne pense pas beaucoup de bien de lui, et je l'ai vu de mes yeux en grande conversation avec le réactionnaire du restaurant.

Le père Quichotte insista pour prendre le volant.

— Rossinante a des ruses que je suis le seul à connaître.

— Vous prenez la mauvaise route.

— Il faut que je repasse à la maison. J'ai oublié quelque chose.

Il laissa le maire dans la voiture. Il savait que le jeune prêtre se trouvait pour l'instant à l'église. Il voulait rester seul une dernière fois dans la maison où il avait vécu plus de trente ans. En outre, il avait oublié le traité de théologie morale du père Heribert Jone. Saint Jean de la Croix était dans le coffre de Rossinante en compagnie de sainte Thérèse et de saint François de Sales. Il avait, un peu sans le vouloir, promis au père Herrera de corriger ces vieux ouvrages par un texte de théologie plus moderne, qui dormait dans sa bibliothèque depuis ses années d'études. « L'instinct doit trouver une base solide dans la croyance », avait énoncé avec justesse le père Herrera. Si le maire se mettait à lui citer Marx, le père Heribert Jone pourrait fournir une riposte utile. De plus, c'était un petit volume qui tenait aisément dans sa poche. Il s'installa un moment dans son fauteuil. Au fil des années, son corps avait imprimé sa marque sur le siège, dont la forme lui était aussi familière que la courbure de la selle de Rossinante l'était sans doute à son ancêtre. Il entendait Teresa remuer des casseroles dans la cuisine, sans cesser d'émettre les bougonnements qui avaient toujours servi de musique de fond à ses matinées solitaires. Je regretterai même sa mauvaise humeur, songea-t-il. Dehors, le maire klaxonnait impatiemment.

— Désolé de vous avoir fait attendre, dit le père Quichotte. Rossinante grogna sourdement lorsqu'il passa ses vitesses.

Ils parlèrent peu. L'étrangeté de leur aventure semblait peser sur leurs esprits. À un moment, le maire exprima ses pensées à voix haute.

— Nous devons avoir quelque chose en commun, mon père, sinon pourquoi m'accompagneriez-vous ?

— Par amitié, je suppose.

— Est-ce suffisant ?

— L'avenir nous le dira.

Plus d'une heure s'écoula en silence. Puis le maire prit à nouveau la parole.

— Qu'est-ce qui vous tracasse, mon ami ?

— Nous avons quitté la Manche, et il semble que plus rien ne soit à l'abri.

— Pas même votre foi ?

Le père Quichotte ne se donna pas la peine de répondre à cette question.

3. Comment certaine lumière fut jetée sur la sainte Trinité

La distance d'El Toboso à Madrid n'est guère considérable, mais le pas hésitant de Rossinante et la longue file de camions qui s'étirait sur la route firent que les deux voyageurs se laissèrent surprendre par le soir.

— J'ai faim, j'ai soif, se plaignit le maire.

— Et Rossinante est fatiguée, répliqua le père Quichotte.

— Si seulement nous pouvions trouver une auberge, mais le vin qu'on vous propose sur cette route incite à la méfiance.

— Nous avons plein de vin de la Manche.

— Et pour manger ? Il faut que je mange quelque chose.

— Teresa a insisté pour mettre des provisions à l'arrière. Elle m'a dit que c'était en cas d'urgence. J'ai bien peur qu'elle n'ait pas plus fait confiance à la pauvre Rossinante que le garagiste.

— Eh bien, il s'agit d'une urgence.

Le père Quichotte ouvrit le paquet.

— Dieu soit loué, dit-il. Un gros *manchego*, quelques saucissons fumés, il y a même deux verres et deux couteaux.

— Que Dieu soit loué, je ne sais pas, mais Teresa, certainement.

— Cela revient probablement au même, Sancho. Toutes nos bonnes actions sont des actes de Dieu, et à l'inverse toutes nos mauvaises actions sont des actes du diable.

— Dans ce cas, vous devez absoudre notre pauvre Staline, car le diable était seul responsable.

Ils roulaient très lentement, à la recherche d'un arbre qui leur donnerait l'ombre suffisante, car le soleil tardif rasait obliquement les champs et les coins d'ombre qu'il laissait subsister étaient trop étroits pour que deux hommes pussent s'y installer à l'aise. Ils finirent par trouver ce qui leur convenait à l'abri du mur en ruine d'un hangar qui devait être rattaché à une ferme abandonnée. Quelqu'un avait grossièrement tracé à la peinture rouge une faucille et un marteau sur la pierre qui s'effritait.

— J'aurais préféré manger à l'ombre d'une croix, observa le père Quichotte.

— Quelle importance ? Ni la croix ni le marteau n'affecteront le goût du fromage. Et puis, y a-t-il une grande différence entre les deux – n'expriment-ils pas la révolte devant l'injustice ?

— Les résultats sont un peu différents. L'un a suscité la tyrannie, l'autre la charité.

— Tyrannie ? Charité ? Que faites-vous de l'Inquisition et de notre grand patriote Torquemada ?

— Moins de gens ont souffert sous Torquemada que sous Staline.

— En êtes-vous si sûr – compte tenu des populations respectives de la Russie à l'époque de Staline et de l'Espagne à celle de Torquemada ?

— Les statistiques ne sont pas ma spécialité, Sancho. Ouvrez une bouteille – si vous avez un tire-bouchon sur vous.

— Je ne m'en sépare jamais. Puisque vous avez les couteaux, mon père, coupez-moi un peu de saucisson.

— Au moins, Torquemada pensait qu'il conduisait ses victimes vers le bonheur éternel.

— Staline aussi, peut-être. Mieux vaut laisser les mobiles de côté, mon père. Les raisons de l'esprit humain sont une énigme. Ce vin aurait été bien meilleur servi frais. Si seulement nous avions trouvé un ruisseau. Demain, il faudrait acheter un thermos en même temps que vos bas.

— Si l'on doit limiter nos jugements aux actes, Sancho, il faut aussi considérer les résultats.

— Quelques millions de morts, et voici le communisme instauré dans près de la moitié du monde. Le prix est mince. On perd plus de vies humaines au cours de n'importe quelle année.

— Quelques centaines de morts, et l'Espagne reste un pays catholique. Le prix est encore plus mince.

— Et Franco succède à Torquemada.

— Et Brejnev succède à Staline.

— Mettons-nous au moins d'accord sur ceci, mon père : il semble que ceux qui succèdent aux grands hommes soient toujours des médiocres, et peut-être est-il plus facile de vivre sous les médiocres.

— Je me réjouis que vous reconnaissiez une certaine grandeur à Torquemada.

Ils se sentaient bien et restèrent ainsi à rire et à boire au pied du mur en ruine pendant que le soleil glissait vers l'horizon et que les ombres s'allongeaient, jusqu'au moment où ils se trouvèrent assis dans le noir – quant à la chaleur, à présent, elle était surtout intérieure.

— Mon père, espérez-vous vraiment que le catholicisme conduira un jour les hommes à un avenir heureux ?

— Oh, bien sûr, je *l'espère*.

— Mais seulement après la mort ?

— Et vous, espérez-vous que le communisme – je veux dire le vrai, celui dont parle votre prophète Marx – existera un jour, même en Russie ?

— Oui, je l'espère. Sincèrement. Mais il est vrai – je vous confie ceci uniquement parce que votre qualité de prêtre vous oblige au silence, tandis que le vin me pousse à la parole –, il est vrai que parfois je désespère.

— Oh, le désespoir est une chose que je comprends. Je l'éprouve aussi, Sancho. Il ne s'agit pas d'un désespoir définitif, bien sûr.

— Chez moi non plus, mon père. Sinon, je ne serais pas assis par terre à discuter avec vous.

— Où seriez-vous ?

— Inhumé en un lieu non consacré. Comme les autres suicidés.

— Alors, buvons à l'espoir, dit le père Quichotte en levant son verre.

Ils burent.

Il est étrange de voir comme une bouteille se vide rapidement lorsqu'on débat sans animosité. Le maire versa les dernières gouttes sur le sol.

— Pour les dieux, annonça-t-il. Je dis bien *les* dieux, et non Dieu. Les dieux sont de grands buveurs, tandis que votre Dieu solitaire doit être un abstinent.

— Vous savez très bien que ce que vous dites est faux, Sancho. Vous avez étudié à Salamanque. Vous savez pertinemment – c'est du moins ce que je crois, et peut-être aussi ce que vous avez cru jadis – que Dieu apparaît sous l'espèce du vin, chaque matin et chaque soir, au cours de la messe.

— Dans ce cas, goûtons encore et encore de ce vin approuvé par votre Seigneur. Ce vin de la Manche sera toujours meilleur que du vin de messe. Où ai-je mis le tire-bouchon ?

— Vous êtes assis dessus. Et ne soyez pas aussi méprisant pour le vin de messe. J'ignore ce qu'achètera le père Herrera, mais pour ma part j'utilise un *manchego* tout à fait correct. Naturellement, si le pape autorise la communion sous les deux espèces, je serai obligé d'acheter quelque chose de moins cher, mais je suis certain que Sa Sainteté prendra en considération la pauvreté du clergé. Le boulanger a toujours très soif. Il viderait tout un calice.

— Trinquons à nouveau, mon père. Toujours à l'espoir.

— À l'espoir, Sancho.

Et ils choquèrent leurs verres. La nuit devenait plus froide que fraîche, mais le vin les réchauffait encore. Le père Quichotte n'avait aucun désir de se hâter vers cette ville qu'il n'aimait pas et de respirer les gaz d'échappement des camions qui continuaient de défiler sur la route en formant de leurs phares une chaîne lumineuse.

— Votre verre est vide, mon père.

— Merci. Juste une goutte. Vous êtes un brave homme, Sancho. Il me semble me rappeler que, plus d'une fois, nos deux ancêtres se sont installés pour passer la nuit sous les arbres. Nous n'avons pas d'arbres ici. Mais il y a le mur d'un château. Demain, nous réclamerons l'accès, mais pour l'instant... Donnez-moi un peu plus de fromage.

— Je suis heureux de m'allonger sous le grand symbole de la faucille et du marteau.

— Pour ce qui est de la malheureuse faucille, ne croyez-vous pas que les Russes l'ont un peu négligée ? Sinon, pourquoi devraient-ils acheter autant de blé aux Américains ?

— Pénurie temporaire, mon père. Nous ne contrôlons pas encore le climat.

— Dieu en est capable, lui.

— Vous le croyez vraiment ?

— Oui.

— Ah, mon père, vous abusez d'une drogue dangereuse – aussi dangereuse que les livres de chevalerie du premier don Quichotte.

— Quelle drogue ?

— L'opium.

— Oh, je comprends... Vous faites allusion à cette vieille maxime de votre prophète Marx – « La religion est l'opium du peuple. » Mais vous la sortez de son contexte, Sancho. Nos hérétiques ont fait de même en déformant les paroles de Notre Seigneur.

— Je ne vous suis pas, Monsignor.

— Quand j'étais étudiant à Madrid, on m'a incité à jeter un œil sur *votre* Livre saint. Il faut connaître ses ennemis. Avez-vous oublié de quelle manière

Marx défendit les ordres monastiques d'Angleterre et condamna Henry VIII ?

— Ça, je l'ai complètement oublié.

— Vous devriez relire *Das Kapital*. Il n'y est pas du tout question d'opium.

— N'empêche qu'il l'a écrit – bien que sur le moment, je ne me rappelle plus où.

— En effet, mais il l'a écrit au XIXᵉ siècle, Sancho. En ce temps-là, l'opium n'était pas une drogue maléfique – le laudanum était un tranquillisant, rien de plus redoutable. Un tranquillisant pour les classes aisées, et que les pauvres ne pouvaient pas s'offrir. La religion est le valium des pauvres – voilà tout ce qu'il voulait dire. Cela valait mieux pour eux qu'une soirée à l'assommoir où ils s'abrutissaient de gin. Cela valait peut-être même mieux que de boire ce vin. L'homme ne peut pas vivre sans tranquillisant.

— Dans ce cas, ne devrions-nous pas descendre une autre bouteille ?

— Disons une demi-bouteille, si nous voulons arriver entiers à Madrid. Trop d'opium pourrait être dangereux.

— Vous n'êtes pas encore perdu pour le marxisme, Monsignor.

— J'ai calé quelques demi-bouteilles dans les coins.

Le maire alla jusqu'à la voiture et revint avec une demi-bouteille.

— Je n'ai jamais nié que Marx fût un brave homme, déclara le père Quichotte. Il voulait aider les pauvres, et ce désir de sa part aura certainement assuré son salut à la dernière heure.

— Votre verre, Monsignor.

— Je vous ai demandé de ne pas m'appeler ainsi.

— Eh bien, appelez-moi donc camarade. J'aime mieux ça que Sancho.

— Au cours de l'histoire récente, trop de camarades ont été tués par d'autres camarades, Sancho. Mais je ne refuse pas de vous appeler ami. Les amis sont moins susceptibles de s'entre-tuer.

— N'est-ce pas aller un peu fort, entre un prêtre catholique et un marxiste ?

— Vous avez dit vous-même il y a quelques heures que nous devions avoir quelque chose en commun.

— Peut-être ce vin de la Manche est-il ce que nous avons en commun, ami.

Tous deux se sentaient de plus en plus détendus à mesure que la nuit s'épaississait et qu'ils échangeaient des piques. Les phares des camions qui passaient sur la route éclairaient fugitivement les deux bouteilles vides et ce qui restait de la demi-bouteille.

— La chose qui m'intrigue, ami, est que vous puissiez souscrire à tant d'idées contradictoires. La Trinité, par exemple. C'est pire que les mathématiques pures. Pouvez-vous m'expliquer la Trinité ? On n'a pas su le faire à Salamanque.

— Je peux essayer.

— Eh bien allez-y.

— Vous voyez ces bouteilles ?

— Naturellement.

— Deux bouteilles de grandeur égale. Le vin qu'elles ont contenu était un par la substance, né d'une même récolte. Cela vous donne le Père et le Fils et là dans la demi-bouteille, vous avez le Saint-Esprit. Même substance. Même naissance. Inséparables. Ce qui participe de l'un participe des trois.

— Même à Salamanque, je n'ai jamais été capable de comprendre le pourquoi du Saint-Esprit. Il m'a toujours paru un peu… superflu.

— Deux bouteilles ne nous ont pas suffi, n'est-ce pas ? Cette demi-bouteille nous a donné l'étincelle supplémentaire dont nous avions besoin. Sans elle, nous n'aurions pas été aussi heureux. Peut-être n'aurions-nous pas eu le courage de poursuivre notre voyage. Peut-être même notre amitié aurait-elle pris fin, sans le Saint-Esprit.

— Vous êtes fort ingénieux, ami. Je commence enfin à comprendre ce que *vous*, vous voulez dire par la Trinité. Pas à y croire, remarquez bien. Ça, ça n'arrivera jamais.

Le père Quichotte demeura silencieusement absorbé dans la contemplation des trois bouteilles. Le maire voulut fumer une cigarette, et c'est en frottant une allumette qu'il remarqua l'attitude de son compagnon, tête penchée. On aurait dit que l'Esprit dont il venait de faire l'éloge l'avait abandonné.

— Que se passe-t-il, mon père ? demanda-t-il.

— Que Dieu me pardonne, car j'ai péché.

— Ce n'était qu'une plaisanterie, mon père. Votre Dieu doit bien comprendre la plaisanterie.

— Je me suis rendu coupable d'hérésie. Je crois même – peut-être – que je suis indigne de la prêtrise.

— Qu'avez-vous fait ?

— J'ai donné de fallacieux enseignements. Le Saint-Esprit est en tout point égal au Père et au Fils, or je L'ai représenté par cette demi-bouteille.

— L'erreur est-elle grave, mon père ?

— C'est l'anathème. Cette hérésie a été expressément condamnée lors de je ne sais plus quel concile. L'un des tout premiers. Peut-être celui de Nicée.

— Ne vous en faites pas, mon père. La faute est facile à corriger. On jette cette demi-bouteille et on l'oublie, puis je vais chercher une bouteille entière dans la voiture.

— J'ai bu plus que de raison. Si je n'avais pas bu autant, je n'aurais jamais, au grand jamais, commis pareille erreur. Il n'est de pire péché que le péché contre l'Esprit-Saint.

— N'y pensez plus. On va y remédier tout de suite.

Ainsi burent-ils une nouvelle bouteille. Le père Quichotte se sentit soulagé et fut ému de la sympathie que manifestait son compagnon.

Le vin de la Manche était léger, mais les deux voyageurs jugèrent plus sage de s'allonger sur l'herbe et de passer la nuit à l'endroit où ils se trouvaient. Quand le soleil se leva, le père Quichotte put sourire de sa détresse de la veille. Une légère distraction et une erreur involontaire, cela ne constituait pas un péché. Le coupable était ce vin de la Manche – pas si léger qu'il l'avait cru, en fin de compte.

Tandis qu'ils se mettaient en route, le père prit la parole :

— J'ai été un peu sot hier soir, Sancho.

— J'ai trouvé que vous aviez très bien parlé.

— Au moins, ai-je réussi à vous faire comprendre un peu ce qu'était la Trinité ?

— Comprendre, oui. Croire, non.

— Alors, me ferez-vous le plaisir d'oublier la demi-bouteille ? C'est une erreur que je n'aurais jamais dû commettre.

— Ami, je ne me souviendrai que des trois bouteilles entières.

4. Où Sancho éclaire à son tour une vieille croyance d'un jour nouveau

1.

Si léger que fût le vin, les trois bouteilles et demie n'étaient peut-être pas étrangères au silence qui régna quelque temps, le lendemain, entre les deux voyageurs. Ce fut Sancho qui prit finalement la parole :

— Nous nous sentirons mieux après un bon déjeuner.

— Ah, la pauvre Teresa, dit le père Quichotte. J'espère que le père Herrera appréciera ses biftecks.

— Qu'ont-ils de si merveilleux, ses biftecks ?

Le père Quichotte s'abstint de répondre. Il n'avait pas trahi le secret de Teresa devant l'évêque de Motopo : il n'irait certes pas en faire profiter le maire.

Un tournant se présenta devant eux. Pour quelque impénétrable raison, Rossinante piqua à cet instant une pointe de vitesse au lieu de ralentir et faillit emboutir un mouton. La route était pleine des congénères de l'animal et ressemblait à une mer troublée par de petites vagues écumantes.

— Vous pouvez vous rendormir un peu, dit le maire. Nous n'arriverons jamais à passer à travers ça.

Un chien vint courir sus au fugitif afin de le ramener dans le rang.

— Ces animaux sont stupides, jeta rageusement le maire. Je n'ai jamais compris pourquoi le fondateur de votre foi avait cru bon de les comparer avec nous. « Nourrissez mes brebis. » Après tout, peut-être était-il, comme tous autres gens de bien, un cynique. « Nourrissez-les bien, engraissez-les afin qu'à leur tour ils puissent être mangés. » « Le Seigneur est mon berger. » Mais si nous sommes des moutons, au nom du ciel, pourquoi devrions-nous faire confiance à notre berger ? Il va nous protéger des loups, ça oui, mais dans le seul but de nous vendre plus tard au boucher.

Le père Quichotte tira son bréviaire de sa poche et se plongea ostensiblement dans sa lecture, mais il tomba sur un passage singulièrement ennuyeux et pauvre de sens qui ne put guère effacer les paroles de son compagnon – des paroles qui le blessaient.

— Et en plus il préférait les moutons aux chèvres, poursuivit le maire. Quel choix bête et sentimental ! La chèvre rend autant de services que le mouton, mais elle possède en outre beaucoup des qualités de la vache. D'accord, le mouton fournit sa laine, mais la chèvre sert aussi l'homme en lui offrant sa peau. Le mouton donne sa viande, mais pour ma part je préfère manger du chevreau. De la chèvre, comme de la vache, on peut tirer du lait et du fromage. Le fromage de brebis, c'est tout juste assez bon pour les Français.

Le père Quichotte leva les yeux et vit que la route était enfin dégagée. Il rangea son bréviaire, relança Rossinante.

— L'homme qui n'a pas de foi ne peut pas blasphémer, dit-il, s'adressant à lui-même autant qu'à son compagnon.

Mais cela ne l'empêchait pas de s'interroger : pourquoi des brebis ? Pourquoi, en Son infinie sagesse, Dieu avait-il pris cette espèce comme symbole ? À cette question, nul parmi les antiques théologiens qui peuplaient ses étagères à El Toboso n'avait apporté de réponse – pas même saint François de Sales, pourtant si plein d'enseignements sur l'éléphant et la crécerelle, sur l'araignée, l'abeille et la perdrix. La question n'était absolument pas évoquée dans le *Catecismo de la Doctrina Cristiana*, de ce saint homme Antonio Claret, ancien archevêque de Santiago de Cuba, qu'il avait lu dans son enfance – et pourtant, il lui semblait se rappeler qu'au nombre des illustrations figurait un berger avec son troupeau.

— Les enfants portent une grande affection aux agneaux, remarqua-t-il inopinément.

— Et aussi aux chèvres. Avez-vous oublié les carrioles de notre enfance, qui étaient tirées par des chèvres ? Où sont-elles à présent, toutes ces chèvres ? Livrées aux flammes éternelles ? (Le maire consulta sa montre.) Je suggère qu'avant d'aller acheter vos bas violets, nous nous accordions un bon déjeuner chez Botin.

— J'espère que ce n'est pas un restaurant très coûteux, Sancho.

— Ne vous faites pas de souci. Pour cette fois, vous êtes mon invité. Leur cochon de lait est renommé – nous n'aurons pas à manger un seul des agneaux du bon pasteur, qui sont tellement prisés dans notre pays. Botin était un restaurant très fréquenté par la police secrète, du temps de Franco.

— Dieu ait son âme, fit rapidement le père Quichotte.

— Je regrette de ne pas croire à la damnation, parce que je veillerais à le jeter – comme je suis sûr que Dante lui-même l'aurait fait – au plus profond de l'enfer.

— Je me méfie du jugement des hommes, même de celui de Dante, dit le père Quichotte. Il n'a rien de commun avec le jugement de Dieu.

— Je suppose que vous le mettriez au paradis ?

— Je n'ai pas dit cela, Sancho. Je ne nie pas qu'il ait commis de nombreuses fautes.

— Ah, il y a cette échappatoire bien commode que vous avez inventée – le purgatoire.

— Je n'ai rien inventé – pas plus l'enfer que le purgatoire.

— Je vous demande pardon, mon père. Je parlais naturellement de votre Église.

— L'Église s'appuie sur l'autorité des Écritures comme votre parti sur Marx ou sur Lénine.

— Mais vous croyez que vos livres saints constituent la parole de Dieu.

— Soyez honnête, Sancho. Ne pensez-vous pas – sauf certaines nuits où vous ne pouvez trouver le sommeil – que Marx et Lénine sont aussi infaillibles disons que Marc ou que Matthieu ?

— Et *vous*, Monsignor, qu'arrive-t-il quand vous ne pouvez trouver le sommeil ?

— L'idée de l'enfer a quelquefois hanté mon insomnie. Peut-être, la même nuit, dans votre chambre, pensiez-vous à Staline et aux camps. Staline – ou Lénine – avait-il forcément raison ? Peut-être vous posez-vous cette question à l'instant précis où je me demande s'il est possible… comment un Dieu d'amour et de miséricorde… ? Oh, je m'accroche à mes vieux livres, mais j'ai mes moments de doute, moi aussi. L'autre soir – à cause d'une remarque que Teresa m'avait faite, dans la cuisine, à propos de la chaleur de son fourneau –, j'ai relu tous les Évangiles. Savez-vous que saint Matthieu mentionne l'enfer quinze fois dans les cinquante-deux pages de mon édition de la Bible, alors que saint Jean n'en parle pas une fois ? Deux mentions en trente et une pages chez saint Marc, trois en cinquante-deux pages chez saint Luc. Certes,

Matthieu était employé d'octroi, le pauvre, il devait croire à l'efficacité du châtiment, mais cela m'a conduit à m'interroger...

— Et vous avez bien eu raison.

— J'espère – ami –, j'espère qu'il vous arrive aussi de douter. Le doute est humain.

— J'essaie de ne pas douter.

— Oh, moi aussi. Moi aussi. En cela, nous nous ressemblons sûrement.

Le maire posa un moment sa main sur l'épaule du prêtre, et le père Quichotte sentit un courant d'affection circuler entre eux. C'est étrange, songea-t-il en engageant avec un excès de précautions Rossinante dans un virage, comme le partage du doute peut rapprocher les hommes, plus peut-être que celui de la foi. Le croyant combattra un autre croyant à propos d'une nuance ; celui qui doute ne lutte qu'avec lui-même.

— L'idée du cochon de lait de chez Botin me fait penser à la jolie fable du fils prodigue, dit le maire. Je mesure la différence, naturellement, car dans la fable, je crois que le père tuait un veau – oui, le veau gras. J'espère que notre cochon de lait aura été aussi bien engraissé.

— C'est une très belle parabole, approuva le père Quichotte avec une note de défi.

Il s'inquiétait de ce qui allait suivre.

— Oui, le début est magnifique. Il y a cette famille typiquement bourgeoise, avec un père et ses deux fils. On pourrait décrire le père comme un riche koulak russe qui considère ses paysans comme autant d'âmes qui lui appartiennent.

— Il n'est nulle part question d'âmes ou de koulaks dans la parabole.

— Le récit que vous avez lu a sans doute été quelque peu revu et orienté par les censeurs ecclésiastiques.

— Que voulez-vous dire ?

— L'histoire aurait pu être contée d'une manière fort différente, et peut-être l'a-t-elle été. Nous avons ce jeune homme qui, par quelque atavisme salutaire, a grandi contre toute probabilité en haïssant la richesse héritée. Peut-être le Christ songeait-il à Job. Il était plus rapproché dans le temps de l'auteur du Livre de Job que vous ne l'êtes de votre illustre ancêtre. Job, vous le savez, était riche jusqu'à l'obscénité. Il possédait sept mille moutons et trois mille chameaux. Le fils étouffe dans cet environnement bourgeois – peut-être même le genre de mobilier qui l'entoure y est-il pour quelque chose, et le genre de tableaux qui ornent les murs, avec ces koulaks gras attablés au repas du sabbat : triste contraste avec la pauvreté qu'il remarque autour de lui. Il faut qu'il s'échappe, n'importe où. Alors, il réclame sa part de l'héritage que son frère et lui doivent toucher à la mort de leur père, et il quitte la maison.

— Héritage qu'il gaspille en menant une vie dissolue, coupa le père Quichotte.

— Ça, c'est la version officielle. Dans ma version, il est tellement dégoûté par le monde bourgeois au sein duquel on l'a élevé qu'il se débarrasse de sa richesse par les moyens les plus rapides – peut-être même en fait-il don afin, en un geste tolstoïen, de devenir paysan.

— Mais il rentre chez lui.

— Oui, son courage le quitte. Il se sent très seul dans cette ferme où l'on élève les cochons. Il ne dispose pas d'une cellule du parti vers laquelle il pourrait se tourner pour obtenir de l'aide. *Das Kapital* n'a pas encore été écrit, aussi est-il incapable de se situer dans le contexte de la lutte des classes. Faut-il s'étonner qu'il ait flanché un moment, le pauvre gars ?

— Un moment seulement ? Qu'est-ce qui vous permet de l'affirmer ?

— Dans votre version, le récit s'arrête assez brutalement, n'est-ce pas ? Par l'opération des censeurs de l'Église, sans aucun doute, et peut-être même par celle de Matthieu, l'employé de l'octroi. Oh, son retour est bien accueilli, d'accord, on sert le veau gras, il est probablement heureux pendant quelques jours, mais il ne tarde pas à se sentir oppressé par cette même atmosphère de matérialisme bourgeois qui l'a amené à s'enfuir de chez lui. Son père tente de lui exprimer son amour, mais le mobilier est toujours hideux, du faux

Louis XV, ou ce qui pouvait en tenir lieu à l'époque, les mêmes tableaux d'une vie opulente sont accrochés aux murs, il est plus que jamais choqué par la servilité des domestiques et le luxe de la table, il se met à re-penser à la camaraderie qu'il a trouvée dans la pau-vreté de la ferme aux cochons.

— Je croyais qu'il n'y avait pas de cellule du parti et qu'il se sentait très seul.

— Bon, j'ai exagéré. En fait, il avait un ami, et les paroles de ce vieux paysan barbu qui l'aidait à porter la pâtée aux cochons lui reviennent en mémoire. Ins-tallé dans le lit somptueux où il languit de tous ses os après la terre de la cabane où il dormait à la dure, il se prend à y repenser – aux paroles du vieux, je veux dire, pas aux cochons. Après tout, trois mille cha-meaux, cela pourrait bien suffire à révolter un indi-vidu doté de sensibilité.

— Vous possédez une merveilleuse imagination, Sancho, même à jeun. Et qu'avait donc pu lui raconter le vieux paysan ?

— Il lui avait expliqué que tout État où l'on ren-contre la propriété privée de la terre et des moyens de production, où le capital est en situation de force, aussi démocratique qu'il puisse se proclamer, cet État est capitaliste, c'est une machine mise au point et uti-lisée par les capitalistes afin de maintenir la classe ou-vrière dans la sujétion.

— Votre récit commence à être aussi assommant que mon bréviaire.

— Assommant ? Vous trouvez ça assommant ? Je vous cite Lénine en personne. Ne comprenez-vous pas que ce vieux paysan (je le vois avec une barbe et des favoris comme ceux de Karl Marx) est en train de placer le germe de l'idée de lutte des classes dans l'esprit du Fils Prodigue ?

— Et que fait celui-ci ?

— Au bout d'une semaine de désillusions, il quitte sa maison à l'aube (une aube rouge) afin d'aller retrouver la ferme aux cochons et le vieux paysan barbu, prêt désormais à jouer son rôle dans le combat prolétarien. Le vieux paysan l'aperçoit de loin, il court vers lui, lui ouvre ses bras et l'étreint, et le Fils Prodigue dit : « Père, j'ai péché, et je ne suis pas digne d'être appelé ton fils. »

— La fin est familière à mes oreilles, constata le père Quichotte, et je me réjouis que vous ayez laissé les cochons dans l'histoire.

— À propos de cochons, est-ce que vous ne pourriez pas rouler un peu plus vite ? Nous ne devons pas dépasser le trente à l'heure de moyenne.

— C'est l'allure favorite de Rossinante. C'est une très vieille auto, et je ne peux pas me permettre de l'épuiser – pas à son âge.

— Nous nous faisons doubler par toutes les voitures.

— Quelle importance ? Son ancêtre n'a jamais atteint la vitesse de trente kilomètres à l'heure.

— Et le vôtre n'a jamais dépassé Barcelone au cours de ses voyages.

— Et alors ? Il est demeuré à portée de voix de la Manche, mais son esprit a voyagé très loin. Celui de Sancho également.

— Pour mon esprit, je ne sais pas, mais mon estomac semble me dire que nous sommes sur la route depuis une semaine. Les saucissons et le fromage ne sont plus qu'un lointain souvenir.

Il était un peu plus de deux heures lorsqu'ils gravirent les marches de chez Botin. Sancho soupira d'aise après avoir commandé les deux cochons de lait et une bouteille de marqués de murrieta rouge.

— Je m'étonne que vos préférences aillent à l'aristocratie, fit remarquer le père Quichotte.

— On peut les tolérer momentanément pour le bien du parti, de la même manière qu'un prêtre.

— Même un prêtre ?

— Oui. Certaine autorité incontestable que nous ne nommerons pas – il jeta un coup d'œil rapide en direction des tables voisines – a écrit que dans certaines circonstances, la propagande athée peut se révéler à la fois inutile et nuisible.

— Est-ce vraiment Lénine qui a écrit ça ?

— Oui, oui, bien sûr, mais il vaut mieux ne pas prononcer son nom dans cet endroit, mon père. On ne sait jamais. Je vous ai dit quel genre de clientèle venait ici du vivant de notre chef regretté. Un léopard ne change pas ses taches.

— Alors pourquoi m'avoir amené ici ?

— Parce qu'il n'y a pas meilleur endroit pour le cochon de lait. De toute façon, votre col ecclésiastique fait de vous une sorte de bouclier. Ce sera encore plus vrai lorsque vous aurez vos bas violets et votre...

Il fut interrompu par l'arrivée du cochon de lait. L'heure ne fut plus à la conversation, si ce n'est au moyen de signes qu'aucun agent de la police secrète n'aurait pu interpréter de travers – par exemple une fourchette levée en l'honneur du marqués de murrieta.

Le maire laissa échapper un soupir de satisfaction.

— Avez-vous jamais mangé meilleur cochon de lait ?

— Je n'ai jamais mangé de cochon de lait, répondit le père Quichotte, non sans quelque sentiment d'infériorité.

— Que mangez-vous à la maison ?

— Un bifteck, la plupart du temps – je vous ai dit que Teresa savait très bien les préparer.

— Le boucher est un réactionnaire et un malhonnête homme.

— Ses biftecks de cheval sont excellents.

Le mot interdit avait franchi ses lèvres avant qu'il eût pu l'empêcher.

2.

Peut-être fut-ce seulement le vin qui donna au père Quichotte assez d'aplomb pour s'opposer au maire : celui-ci souhaitait leur prendre, à ses propres frais, des chambres au Palace Hotel, mais un coup d'œil à l'intérieur du hall étincelant où les gens se pressaient fut suffisant pour le père Quichotte.

— Comment pouvez-vous, vous, un communiste...

— Le parti ne nous a jamais interdit de profiter du confort bourgeois, tant que ça dure. Et à coup sûr, il n'y a pas de meilleur endroit où l'on puisse étudier nos ennemis. En outre, d'après ce que je sais, cet hôtel n'est rien en comparaison de celui qui vient d'être construit sur la place Rouge à Moscou. Le communisme n'est pas hostile au confort, ni même à ce que vous qualifieriez de luxe, dans la mesure où les travailleurs, au bout du compte, en sont les bénéficiaires. Maintenant, si vous tenez à nous priver de confort et à vous mortifier...

— Au contraire. Je suis tout prêt à m'accorder un peu de confort, mais je ne le trouverai pas ici. Le confort est un état d'esprit.

Ils gagnèrent un quartier plus modeste, empruntant des rues au hasard, jusqu'au moment où Rossinante s'arrêta brutalement, sans que rien pût la décider à repartir. L'enseigne d'un *albergue*, surmontant une entrée douteuse, était visible une vingtaine de mètres plus bas dans la rue.

— Rossinante est le meilleur juge, déclara le père Quichotte. C'est ici que nous descendrons.

— Mais ce n'est même pas propre.

— Ces gens sont visiblement très pauvres. Aussi, je suis sûr qu'ils nous réserveront un bon accueil. Ils ont besoin de nous. Au Palace Hotel, on n'avait pas besoin de nous.

Une vieille femme, la mine incrédule, les accueillit dans l'étroit couloir d'entrée. Bien qu'on ne vît pas trace d'autres clients, elle leur annonça qu'il ne restait qu'une seule chambre de libre, mais que c'était une chambre à deux lits.

— Y a-t-il au moins une salle de bains ? demanda le maire.

Il ne s'agissait pas exactement d'une salle de bains, leur expliqua-t-elle, mais il y avait une douche à l'étage au-dessus, et dans leur chambre un lavabo avec eau froide qu'ils pourraient partager.

— Nous prenons la chambre, dit le père Quichotte.

— Vous êtes fou, déclara le maire lorsqu'ils se retrouvèrent seuls dans la chambre qui, de l'aveu même du père Quichotte, était plutôt sinistre. Nous arrivons à Madrid, où il y a des douzaines de bons hôtels à des prix abordables, et il faut que vous nous fassiez atterrir dans cet inqualifiable gourbi.

— Rossinante était fatiguée.

— On pourra encore s'estimer heureux si on s'en tire sans avoir la gorge tranchée.

— Non, non, la vieille femme est honnête, je le sais.

— Et comment le savez-vous ?

— Je le lis dans son regard.

Le maire leva les bras en signe de désespoir.

— Après tout le bon vin que nous avons bu, dit le père Quichotte, nous dormirons bien n'importe où.

— Je ne fermerai pas l'œil.

— Elle fait partie de votre peuple.

— Que diable voulez-vous dire ?

— Je parle des pauvres. (Le père s'empressa d'ajouter :) Naturellement, c'est aussi mon peuple.

Le père Quichotte se sentit fort soulagé quand le maire s'allongea sur son lit tout habillé (il craignait de faciliter la tâche aux égorgeurs en se dévêtant). Le prêtre n'était pas habitué à ôter ses vêtements devant quelqu'un d'autre, et, songea-t-il, d'ici la tombée de la nuit, il pouvait se produire bien des choses qui le tireraient d'embarras. Couché sur le dos, il écouta les plaintes d'un chat, quelque part sur les toits de tuile. Peut-être que le maire aura oublié mes bas violets, se dit-il, et il se laissa aller à une rêverie concernant la suite de leur voyage, qui serait longue, longue – son rêve décrivait l'approfondissement de leur amitié, de leur compréhension mutuelle, et même la réconciliation de leurs fois opposées. Peut-être, pensa-t-il avant de sombrer dans le sommeil, le maire n'avait-il pas tout à fait tort au sujet du Fils Prodigue... toute cette fin où l'on nage dans le bonheur, l'accueil chaleureux, le veau gras. La conclusion de la parabole avait effectivement quelque chose de peu vraisemblable...

— Je ne suis pas digne de Vous servir avec le titre de monsignor, murmura-t-il en perdant conscience.

Ce fut le maire qui le réveilla. Le père Quichotte leva les yeux et vit un étranger dans la dernière lumière du jour finissant.

— Qui êtes-vous ? demanda-t-il, mû par la curiosité et non par la peur.

— Je suis Sancho. Il est temps pour nous d'aller faire des emplettes.

— Des emplettes ?

— Vous êtes devenu chevalier. Nous devons vous trouver une épée, des éperons et un casque – même s'il ne s'agit que d'un plat à barbe.

— Un plat à barbe ?

— Vous étiez en train de dormir, mais je veille depuis trois heures, au cas où ils auraient essayé de nous couper la gorge. Ce soir, ce sera votre tour de monter la garde. Dans cette chapelle pouilleuse où vous nous avez menés. Sur votre épée, Monsignor.

— Monsignor ?

— Ça, on peut dire que vous avez bien dormi.

— J'ai fait un rêve – un rêve affreux.

— On vous tranchait la gorge ?

— Non, non. Bien pire encore.

— Allons. Debout. Nous devons vous trouver des bas violets.

Le père Quichotte n'éleva aucune protestation. Il était encore sous l'emprise douloureuse de son rêve. L'escalier que les deux hommes empruntèrent n'était pas moins sombre que la rue où ils émergèrent. La vieille femme les épia au passage avec une expression qui ressemblait à de la terreur. Avait-elle eu un rêve, elle aussi ?

— Je n'aime pas son allure, dit Sancho.

— J'ai l'impression que c'est réciproque.

— Nous devons trouver un taxi.

— Essayons d'abord Rossinante.

Le père Quichotte n'eut pas besoin d'appuyer sur le démarreur plus de trois fois pour réveiller le moteur.

— Vous voyez, dit-il, il n'y avait pas vraiment de problème. Elle était fatiguée, voilà tout. Je connais ma Rossinante. Où allons-nous ?

— Je n'en sais rien. Je pensais que vous en connaîtriez.

— Que je connaîtrais quoi ?

— Un tailleur pour ecclésiastiques.

— Pourquoi en connaîtrais-je un ?

— Vous êtes un prêtre. Vous portez une tenue de prêtre. Vous ne l'avez pas achetée à El Toboso.

— Cela remonte à près de quarante ans, Sancho.

— Si vous et vos bas durez aussi longtemps, vous serez plus que centenaire avant de les avoir usés.

— Pourquoi faut-il que j'achète ces bas ?

— Les routes d'Espagne sont encore sous surveillance, mon père. Cloué à El Toboso, vous ne vous êtes pas aperçu que le fantôme de Franco continuait de patrouiller le long de ces routes. Vos bas seront notre sauf-conduit. La *guardia civil* respecte les bas violets.

— Mais où les achèterons-nous ? (Le père Quichotte coupa le moteur.) Je ne vais pas fatiguer Rossinante pour rien.

— Restez ici un moment. Je vais trouver un taxi et lui demander de nous guider.

— Que d'extravagances, Sancho. Quand je pense que vous vouliez même descendre au Palace Hotel.

— L'argent n'est pas un problème dans l'immédiat.

— El Toboso est une petite commune, et je n'ai jamais entendu dire que les maires fussent très bien payés.

— El Toboso est une petite commune, mais le parti est un grand parti et, qui plus est, un parti autorisé, désormais. En tant que militant, on a droit à certaines facilités – pour le bien du parti,

— Dans ce cas, pourquoi vous faut-il la protection de mes bas ?

Mais la question vint trop tard. Le maire était déjà loin, et le père Quichotte se retrouva seul avec le cauchemar qui le hantait. Les interrogations nées de certains rêves ne se dissipent pas à la lumière du jour : était-ce bien un rêve ou était-ce, en quelque manière, réel ? L'ai-je rêvé ou est-ce, par quelque tour bizarre, vraiment arrivé ?

Le maire était en train d'ouvrir la portière de son côté et de lui dire :

— Suivez ce taxi. Le chauffeur m'assure qu'il va nous mener au meilleur magasin d'habits ecclésiastiques qui se puisse trouver hors de Rome. Le nonce y est client, et aussi l'archevêque.

Parvenu à destination, le père Quichotte n'eut aucune peine à croire les propos du chauffeur. Le cœur lui manqua à la vue du luxueux magasin et de l'impeccable costume sombre du vendeur qui les accueillit avec la politesse distante d'un haut dignitaire de l'Église. Il vint à l'esprit du père Quichotte qu'un tel personnage devait certainement faire partie de l'Opus Dei – cette association d'activistes catholiques à laquelle il ne trouvait rien à redire, mais dont pourtant il se méfiait. C'est qu'il était un homme de la campagne, alors qu'ils appartenaient aux grandes villes.

— Monsignor désire acheter des bas violets, annonça le maire.

— Mais naturellement, Monsignor. Si vous voulez bien vous donner la peine de venir par ici.

— J'étais curieux de voir s'il demanderait des papiers officiels, chuchota le maire tandis que les deux voyageurs emboîtaient le pas au vendeur.

Un peu à la manière d'un diacre qui prépare l'autel avant la messe, le vendeur disposa sur le comptoir un assortiment de bas violets.

— Ceux-là sont en nylon, ceux-ci en soie pure, et ces autres en coton. En coton longues fibres, naturellement.

— D'habitude, je porte de la laine, dit le père Quichotte.

— Oh, bien sûr, nous avons *également* de la laine, mais il semble que notre clientèle accorde sa préférence au nylon ou à la soie. C'est une question de nuance. La soie ou le nylon donnent un violet plus franc. La laine a tendance à éteindre la couleur.

— Pour moi, c'est une question de chaleur.

Le maire s'empressa d'intervenir.

— Je partage l'avis de monsieur, Monsignor. Nous voulons un violet qui frappe l'œil à distance, si j'ose dire.

Le vendeur eut l'air perplexe.

— À distance ? Je ne comprends pas très…

— Nous ne voulons pas d'un violet anonyme. Nous ne voulons en aucun cas d'un violet non ecclésiastique.

— Personne n'a jamais eu à se plaindre de notre violet, dit le vendeur avant d'ajouter de mauvaise grâce : Même dans sa version en laine.

— Pour ce qui nous occupe, fit le maire avec un froncement de sourcils à l'adresse du père Quichotte, le nylon est de loin ce qui convient le mieux. Il est certain qu'il possède un lustre... (Puis il enchaîna :) Et il nous faudra aussi, naturellement... comment appelez-vous donc cette sorte de bavoir que portent les monsignori ?

— J'imagine que vous faites allusion à la *pechera*. Je suppose que vous en prendrez une en nylon, assortie aux bas.

— J'ai accepté les bas, intervint le père Quichotte, mais je refuse catégoriquement de porter une *pechera* violette.

— Seulement en cas d'urgence, Monsignor, rétorqua le maire.

Le vendeur les dévisagea d'un œil de plus en plus soupçonneux.

— Je ne vois pas bien quel cas d'urgence...

— Je vous l'ai déjà expliqué, Monsignor : l'état des routes de nos jours...

Tandis que le vendeur scellait soigneusement le paquet à l'aide d'un ruban adhésif du même violet ecclésiastique que les bas et la *pechera*, le maire, qui s'était visiblement pris d'aversion pour le personnage, se mit à l'aiguillonner.

— Vous devez fournir à peu près tout ce que l'Église réclame, en fait d'ornements.

— Si vous voulez parler des vêtements sacerdotaux, en effet.

— Et les chapeaux – les barrettes et autres calottes ?

— Bien entendu.

— Et les chapeaux de cardinal ? Certes, Monsignor n'a pas encore atteint ce degré de la hiérarchie. Je vous pose la question par curiosité... mieux vaut être préparé...

— La barrette de cardinal est *toujours* reçue des mains de Sa Sainteté.

Rossinante était mal lunée et se fit prier pour démarrer.

— Je crains d'être allé un peu trop loin, avoua le maire, et d'avoir éveillé les soupçons.

— Que voulez-vous dire ?

— Le vendeur est venu jusqu'à la porte. Je crois qu'il a relevé le numéro de la voiture.

— Je ne voudrais pas me montrer malveillant, dit le père Quichotte, mais il m'a fait l'effet du genre de personnage qui pourrait faire partie de l'Opus Dei.

— Le magasin leur appartient probablement.

— Je ne doute pas qu'à leur manière, ils accomplissent beaucoup de bonnes choses. De même que le généralissime.

— J'aimerais croire à l'enfer, ne serait-ce que pour y expédier les membres de l'Opus Dei avec le généralissime.

— Je lui consacre mes prières, dit le père Quichotte en serrant plus fort le volant de Rossinante.

— Il lui faudra plus que vos prières, si l'enfer existe.

— Puisque l'enfer existe, les prières d'un seul juste suffisent à sauver n'importe lequel d'entre nous, comme on l'a vu pour Sodome et Gomorrhe, répliqua le père Quichotte en s'interrogeant un instant sur l'exactitude de ses statistiques.

La soirée était chaude. Le maire suggéra un dîner au Poncio Pilato, mais le père Quichotte se montra ferme dans son refus.

— Pilate était un mauvais homme. Le monde l'a presque canonisé en vertu de sa neutralité, mais on ne peut pas rester neutre lorsqu'il s'agit de choisir entre le bien et le mal.

— Il n'était pas neutre, protesta le maire. C'était un non-aligné – comme Fidel Castro –, mais qui penchait pour le bon côté.

— Et qu'appelez-vous le bon côté ?

— L'Empire romain.

— Vous, un communiste, vous soutenez l'Empire romain ?

— Marx nous enseigne que pour parvenir aux conditions du développement d'un prolétariat révolutionnaire, nous devons passer par le stade du capitalisme. L'Empire romain était en train d'évoluer vers la société capitaliste. Leur religion empêchait les juifs de passer un jour au stade industriel, aussi…

Le maire suggéra alors un dîner au Horno de Santa Teresa.

— J'ignore ce qu'il en est de son four, mais c'était une sainte très admirée de votre ami le généralissime.

Le père Quichotte ne voyait aucune raison pour que repas et religion fussent nécessairement associés, et il s'irrita d'entendre son compagnon lui proposer ensuite le San Antonio de la Florida, un saint dont il ignorait jusqu'à l'existence. Il soupçonna le maire de le taquiner. Ils finirent par avaler un dîner plutôt médiocre au Los Porches, où le fait d'être assis en terrasse compensa quelque peu les insuffisances du menu.

Ils descendirent une première bouteille de vin en attendant leur table, puis une autre au cours du repas, mais lorsque le maire proposa de compléter la Sainte Trinité, il se heurta au refus du père Quichotte. Celui-ci prétexta la fatigue, la sieste qui ne lui avait fait aucun bien – en réalité, il était toujours sous l'emprise de son rêve. Il aurait bien voulu le raconter, mais Sancho ne comprendrait jamais la détresse qui l'avait envahi. Si seulement il s'était trouvé à la maison… et pourtant, qu'est-ce que cela aurait changé ? Teresa aurait dit « Ce n'était qu'un rêve, mon père », et le père Herrera… chose étrange, il savait qu'il ne pourrait jamais communiquer avec le père Herrera sur tout ce qui avait trait à la religion qu'ils étaient censés partager. Le père Herrera était partisan de la nouvelle messe. Un soir, après un dîner plutôt silencieux, le père Quichotte s'était montré assez peu avisé pour confier qu'à la fin de la messe, il avait l'habitude de dire tout bas les paroles de saint Jean qui avaient été supprimées du rituel.

— Ah, poésie ! avait répondu le père Herrera avec une nuance de désapprobation.

— Vous n'aimez pas saint Jean ?

— L'Évangile qui porte son nom ne compte pas parmi mes favoris. Je préfère saint Matthieu.

Ce soir-là, le père Quichotte avait fait preuve de témérité, et il ne doutait pas que dès le lendemain un compte rendu de leur conversation serait envoyé à l'évêque. Trop tard, hélas ! Un monsignor ne peut être déchu de son rang que par le pape lui-même. Mais le père Quichotte s'était permis de répondre :

— J'ai toujours pensé que l'Évangile selon saint Matthieu pouvait être distingué des autres comme l'Évangile de la peur.

— Pourquoi cela ? Quelle singulière idée, Monsignor.

— Il y a dans saint Matthieu quinze allusions à l'enfer.

— Eh bien ?

93

— Gouverner par la peur... franchement, Dieu peut laisser cela à Staline et à Hitler. Je crois à la vertu du courage. Pas à celle de la lâcheté.

— La discipline est nécessaire à l'éducation des enfants. Et nous sommes tous des enfants, Monsignor.

— Je ne pense pas qu'un père aimant pratiquerait l'éducation par la terreur.

— J'espère que ce n'est pas là ce que vous enseignez à vos paroissiens.

— Oh, je ne leur enseigne rien. C'est le contraire qui se produit.

— Saint Matthieu n'a pas le monopole de l'enfer, Monsignor. Éprouvez-vous des sentiments identiques au sujet des autres Évangiles ?

— Il y a une différence assez considérable. Le père Quichotte hésita, conscient de s'engager sur un terrain dangereux.

— Quelle différence ?

Peut-être le père Herrera espérait-il une réponse vraiment hérétique, dont l'écho pourrait – par les voies appropriées, naturellement – parvenir jusqu'à Rome.

Le père Quichotte dit au père Herrera ce qu'il répéterait plus tard au maire.

— Chez saint Marc, il n'y a que deux références à l'enfer ! (Bien sûr, il avait sa spécialité – il fut l'apôtre de la pitié.) On trouve trois mentions chez saint Luc – lui, c'est le grand raconteur d'histoires. C'est de lui que viennent la plupart des grandes paraboles. Quant à saint Jean – c'est vraiment très étrange : on pense à présent que son Évangile est le plus ancien, plus ancien que celui de saint Marc...

Il hésita.

— Eh bien, qu'en est-il de saint Jean ?

— Son Évangile ne contient pas une seule allusion à l'enfer.

— Mais enfin, Monsignor, vous ne remettez pas en cause l'existence de l'enfer ?

— Je crois par obéissance, mais pas avec mon cœur.

Ce fut le point final de la conversation.

Le père Quichotte freina : ils étaient de retour dans la rue sombre et sinistre de l'auberge.

— Plus tôt nous partirons d'ici, mieux cela vaudra, fit le maire. Quand je pense que nous aurions pu dormir confortablement au Palace Hotel.

Une porte s'ouvrit au moment où ils abordaient l'escalier, et la flamme d'une bougie éclaira le visage soupçonneux et apeuré de la vieille.

— Pourquoi a-t-elle donc l'air si effrayé ? demanda le maire.

— Notre peur est peut-être contagieuse.

Aussi vite qu'il le put, le père Quichotte se glissa entre les draps encore à moitié habillé. Le maire prit son temps. Il mit beaucoup plus de soin à plier sa veste et son pantalon, mais il garda sa chemise et son caleçon, comme s'il se préparait lui aussi à une alerte.

— Qu'avez-vous donc dans votre poche ? demanda-t-il en changeant de place le veston du père Quichotte.

— Oh, ça ? C'est le traité de théologie morale de Jone. Je l'ai pris au dernier moment.

— Drôle de lecture de vacances !

— Mais j'ai vu que vous mettiez dans la voiture un livre de Lénine et quelque chose de Marx.

— J'avais pensé vous les prêter pour votre édification.

— Eh bien, si vous le voulez, je vous prêterai Jone pour la vôtre.

— Ça pourra au moins me servir de somnifère, dit le maire en tirant le petit volume vert de la poche du veston.

Le père Quichotte resta allongé à écouter son compagnon tourner les pages. À un moment donné, le maire laissa échapper un bref éclat de rire, pareil à un aboiement. Le père Quichotte n'avait souvenir d'aucun trait d'humour chez Jone, mais sa lecture du traité de théologie morale remontait à quarante ans. Le sommeil continua de le fuir, tandis que le rêve horrible qu'il avait fait pendant sa sieste revenait le hanter comme une rengaine qu'on ne parvient pas à chasser de sa tête.

Il avait rêvé que le Christ était sauvé de la croix par la légion des anges, à laquelle le diable, en une précédente occasion, Lui avait dit qu'Il pourrait faire appel. Il n'y eut donc pas d'ultime agonie, pas de lourde pierre à déplacer, pas de découverte d'une tombe vide. Debout sur le Golgotha, le père Quichotte regardait le Christ descendre, triomphant, de la croix au milieu des acclamations. Les soldats romains, et jusqu'au centurion lui-même, s'agenouillaient en Son honneur, et le peuple de Jérusalem envahissait la colline afin de L'adorer. Les disciples se pressaient gaiement autour de Lui. Sa mère souriait à travers ses larmes de joie. Il n'y avait pas la moindre ambiguïté, aucune place pour le doute et pas davantage pour la foi. Le monde entier savait avec certitude que le Christ était le Fils de Dieu.

Ce n'était qu'un rêve, bien sûr ce n'était qu'un rêve, mais au réveil le père Quichotte avait ressenti le frisson de désespoir d'un homme qui comprend brutalement qu'il a choisi un métier qui n'est utile à personne, d'un homme condamné à poursuivre sa vie dans une sorte de Sahara privé de doute et de foi, où tout le monde s'accorde sur la vérité d'une croyance unique. Le père Quichotte se surprit à murmurer « Dieu me préserve d'une telle croyance ». Puis il entendit le maire s'agiter sur le lit voisin et ajouta spontanément : « Préservez-le aussi. » Alors seulement, il sombra à nouveau dans le sommeil.

La vieille femme les attendait au pied de l'escalier. La dernière marche craqua, le père Quichotte trébucha et faillit tomber. La vieille se signa et commença à jacasser en agitant une feuille de papier.

— Qu'est-ce qu'elle veut ? demanda le maire.

— Nos noms, nos adresses, l'endroit d'où nous venons et notre destination.

— Ce n'est pas une fiche d'hôtel qu'elle tient. C'est une simple feuille arrachée à un bloc.

Le caquètement monta d'un ton, menaçant de tourner au hurlement.

— Je ne comprends pas un mot, fit le maire.

— Il vous manque l'habitude d'écouter que j'ai acquise au confessionnal. Elle dit qu'elle a déjà eu des ennuis avec la police parce qu'elle n'avait pas fait remplir de fiche à ses clients. Des communistes, dit-elle, des hommes qui étaient recherchés.

— Pourquoi ne s'en est-elle pas occupée à notre arrivée ?

— Elle pensait que nous ne prendrions pas la chambre, et puis elle a oublié. Prêtez-moi un stylo. Cela ne vaut pas la peine de faire une histoire.

— Un seul nom suffira. Surtout si c'est celui d'un prêtre. Et n'oubliez pas de préciser Monsignor.

— Quelle destination vais-je mettre ?

— Écrivez Barcelone.

— Vous n'avez jamais parlé d'aller à Barcelone.

— Qui sait ? Nous irons peut-être. Votre ancêtre
y est bien allé. De toute façon, je ne suis pas partisan
de faire des confidences à la police.

Le père Quichotte obéit à contrecœur. Le père
Jone aurait-il considéré cela comme un mensonge ?
Il se rappela la distinction, assez étrange, opérée par
le théologien entre les mensonges délictueux, les
mensonges officieux et les mensonges facétieux. Ce
mensonge-ci n'était pas délictueux, et encore moins
facétieux. Quant aux mensonges officieux, ils étaient
destinés à rendre service à quelqu'un, et le père Quichotte ne voyait pas en quoi une simple déclaration
erronée pourrait servir à qui que ce fût. Peut-être
n'était-ce même pas un mensonge. Leurs pérégrina-
tions les conduiraient peut-être un jour à Barcelone.

5. Où le père Quichotte
et Sancho visitent un lieu saint

— Vous voulez aller vers le nord ? demanda le père Quichotte. Je me disais que nous pourrions peut-être faire un petit détour par Barcelone.

— Je vous mène, fit le maire, vers un lieu saint d'une telle importance que, j'en suis bien persuadé, vous voudrez y dire vos prières. Suivez la route de Salamanque jusqu'à ce que je vous indique où tourner.

Quelque chose dans la manière de parler de son compagnon mit le père Quichotte mal à l'aise. Il demeura silencieux et son rêve lui revint à l'esprit.

— Sancho, dit-il, croyez-vous vraiment qu'un jour le monde entier sera communiste ?

— Je le crois, oui. Naturellement, je ne verrai pas ce jour.

— La victoire du prolétariat sera totale ?

— Oui.

— Le monde entier ressemblera à la Russie ?

— Je n'ai pas dit cela. La Russie n'est pas encore communiste. Elle n'a fait qu'aller plus loin que les autres pays sur la route qui mène au communisme. (Il posa aussitôt une main amicale sur la bouche du père

Quichotte.) Ne venez pas, vous, un catholique, me parler des droits de l'homme, et je vous promets que je ne vous parlerai pas de l'Inquisition. Si toute l'Espagne avait été catholique, il va de soi qu'il n'y aurait pas eu d'Inquisition – mais l'Église devait se défendre contre ses ennemis. Dans une guerre, l'injustice aura toujours sa part. Les hommes auront toujours à choisir un moindre mal, et ce moindre mal pourra signifier l'État, le camp, et, oui, si vous tenez à en parler, l'hôpital psychiatrique. L'État ou l'Église sont sur la défensive, mais lorsque nous aurons atteint le communisme, l'État dépérira. Tout comme si votre Église était parvenue à instituer un monde catholique, le Saint-Office aurait dépéri.

— Imaginez que l'avènement du communisme se produise de votre vivant.

— C'est impossible.

— Eh bien, imaginez que vous ayez un arrière-arrière-petit-fils qui partage vos idées, et qu'il assiste à la fin de l'État. Plus d'injustice, plus d'inégalités – à quoi passerait-il sa vie, Sancho ?

— Il travaillerait pour le bien commun.

— Vous avez la foi, Sancho, aucun doute là-dessus, vous avez une grande foi en l'avenir. Mais *lui*, il n'aurait pas la foi. L'avenir serait là, sous ses yeux. Un homme peut-il vivre sans foi ?

— J'ignore de quoi vous voulez parler – sans foi. Un homme trouvera toujours à s'occuper. La découverte d'une énergie nouvelle. Et la maladie – il y aura toujours la maladie à combattre.

— En êtes-vous sûr ? La médecine avance à grands pas. Je plains votre arrière-arrière-petit-fils, Sancho. Il me semble qu'il n'aura rien d'autre à attendre que la mort.

Le maire sourit.

— Peut-être, grâce aux transplantations, arriverons-nous à vaincre la mort elle-même.

— Dieu nous en préserve. Il vivrait alors dans un désert infini. Pas de doute. Pas de foi. Je lui souhaiterais plutôt ce que nous appelons une fin heureuse.

— Et qu'est-ce, pour vous, qu'une fin heureuse ?

— L'espérance de quelque chose au-delà.

— La vision béatifique et toutes ces absurdités ? La croyance en une vie éternelle ?

— Non. Pas nécessairement la croyance. Nous ne pouvons pas toujours croire. Il suffit d'avoir la foi. Comme vous, Sancho. Oh, Sancho, Sancho, ne pas douter est abominable ! Imaginez que tout ce qu'a écrit Marx soit *prouvé*, reconnu comme vérité absolue, et l'œuvre de Lénine aussi.

— Je serais heureux.

— Je me le demande.

Ils roulèrent un moment en silence. Soudain, le maire laissa échapper le même éclat de rire, une sorte d'aboiement, que le père Quichotte avait surpris la nuit précédente.

— Qu'y a-t-il, Sancho ?

— Avant de m'endormir, cette nuit, je lisais la théologie morale de votre père Jone. J'avais oublié que l'onanisme recouvrait une telle variété de péchés. J'utilisais le terme comme un simple synonyme de masturbation.

— C'est une erreur très commune. Mais vous auriez dû être mieux avisé, Sancho. Vous m'avez dit avoir fait des études à Salamanque.

— Oui, et la nuit dernière, je me suis rappelé comme nous nous amusions tous en abordant le chapitre de l'onanisme.

— J'avais oublié à quel point Jone était drôle.

— Laissez-moi vous rappeler ses remarques au sujet du *coitus interruptus*. Jone y voit une des formes de l'onanisme, mais, selon lui, ce n'est pas un péché si cela se produit à cause d'un événement imprévu, par exemple (et l'exemple est de Jone) l'arrivée d'un tiers sur la scène. Eh bien, un de mes condisciples, Diego, connaissait un courtier aussi riche qu'il était pieux. Son nom me revient : Marquez. Il possédait une vaste propriété non loin de Salamanque, sur l'autre rive du fleuve, près du monastère de l'ordre de Saint-Vincent. Je me demande s'il vit toujours. Si c'est le cas, le contrôle des naissances n'est plus une préoccupation pour lui – il doit avoir plus de quatre-vingts ans. Mais à l'époque, c'était un problème horrible, car il n'était pas homme à plaisanter avec les consignes de l'Église.

Il a eu de la chance que l'Église ait modifié sa position au sujet de l'usure, qui joue un grand rôle dans sa profession. N'est-ce pas drôle que l'Église puisse changer d'avis avec tellement plus de facilité sur les questions d'argent que sur celles qui concernent le sexe ?

— Vous avez des dogmes rigides, vous aussi.

— Oui, mais chez nous, les points de doctrine les plus difficiles à modifier sont ceux qui portent sur l'argent. Nous ne nous occupons pas du *coitus interruptus*, uniquement des moyens de production – et je ne parle pas sur le plan de la sexualité. Je vous en prie, après le prochain virage, prenez la route de gauche. Vous voyez la grande colline rocheuse, droit devant, avec une croix au sommet ? C'est là que nous allons.

— Mais alors, il s'agit bien d'un lieu saint. Je croyais que vous vous moquiez de moi.

— Certainement pas, Monsignor. J'ai trop d'affection pour vous. De quoi étais-je en train de parler ? Ah oui. Le señor Marquez et son affreux problème. Il avait cinq enfants. Il estimait avoir rempli son devoir envers l'Église, mais sa femme était terriblement féconde, et il était assez porté sur le sexe. Il aurait pu prendre une maîtresse, mais je ne pense pas que le père Jone aurait autorisé la contraception, fût-ce dans l'adultère. La contraception, celle que vous appelez naturelle et moi anormale, l'avait toujours trahi. Peut-être les thermomètres espagnols sont-ils trafiqués sous l'influence du clergé. Quoi qu'il en soit, un jour où il se sentait, il faut bien l'avouer, d'humeur facétieuse, mon ami Diego signala à Marquez que le *coitus interruptus* était autorisé selon les règles de Jone. Au fait, quelle sorte de prêtre était Jone ?

— Un Allemand. Je ne pense pas qu'il ait appartenu au clergé séculier, dont les membres sont généralement trop occupés pour se mêler de théologie morale.

— Marquez écouta Diego, et mon ami, lors de sa visite suivante, eut la surprise de découvrir un majordome en poste dans la maison du courtier. Il s'en étonna, car Marquez était près de ses sous et recevait peu, si ce n'est, occasionnellement, un religieux venu du monastère voisin. Deux bonnes, une nurse et une cuisinière suffisaient amplement à la maisonnée. Après le dîner, Marquez convia Diego à un verre de brandy dans son bureau, ce qui ne manqua pas d'étonner également mon camarade. « Je dois vous remercier, lui annonça Marquez, car vous m'avez grandement facilité la vie. J'ai étudié très attentivement le père Jone. J'avoue que je n'ai pas tellement ajouté foi à vos propos, mais je me suis procuré un exemplaire en espagnol auprès des moines de Saint-Vincent, et la chose y figure bel et bien en toutes lettres, avec l'imprimatur de l'archevêque de Madrid et le *Nihil obstat* du *Censor deputatus* : l'arrivée d'un tiers sur les lieux autorise le *coitus interruptus*. — Mais en quoi cela vous aide-t-il ? demanda Diego. — J'ai, voyez-vous, engagé un majordome, et je l'ai instruit de façon très précise. Quand certaine sonnette actionnée depuis ma chambre retentit deux fois à l'office, il vient se mettre en position devant la porte et attend. J'essaie de ne pas prolonger indûment son attente mais, l'âge aidant, il m'arrive hélas de le laisser en faction un bon quart d'heure avant le signal suivant : une sonnerie prolongée qui se produit dans le couloir même. Cela, lorsque je sens que je ne puis me retenir plus longtemps. Alors, le majordome ouvre la porte, et, devant cette irruption d'un tiers sur les lieux, je me retire. Vous n'imaginez pas comme Jone m'a simplifié l'existence. Je n'ai pas désormais à me rendre au confessionnal plus d'une fois par trimestre, et pour des fautes vénielles. »

— Vous vous moquez de moi, dit le père Quichotte.

— Pas le moins du monde. Je découvre chez Jone un écrivain beaucoup plus intéressant et distrayant qu'il ne m'apparaissait au temps où j'étais étudiant. Malheureusement, dans l'affaire qui nous occupe, il y avait un piège, et Diego fut assez peu charitable pour l'indiquer. « Vous avez mal lu Jone, expliqua-t-il à Marquez. Jone qualifie l'arrivée d'un tiers sur les lieux d'événement imprévu. Je crains fort que dans votre cas, l'arrivée du majordome n'ait été que trop prévue. » Le pauvre Marquez fut anéanti. Impossible de lutter avec ces casuistes. Ils vous possèdent à tous les coups. Mieux vaut s'abstenir de les écouter. J'aimerais, pour votre propre bien, nettoyer votre bibliothèque de tous ces vieux volumes. N'oubliez pas l'avis que le chanoine donna à votre noble ancêtre : « Serait-ce une raison pour qu'un homme comme Votre Grâce, si plein d'honneur et de qualités, et doué d'un si bon entendement, s'avisât de prendre pour autant de vérités tant de folies étranges qui sont écrites dans ces extravagants livres de chevalerie ? »

Le maire s'interrompit pour jeter un regard vers son compagnon.

— Votre visage présente à coup sûr quelque ressemblance avec celui de votre ancêtre. Si je suis Sancho, vous êtes bien le monsignor de la Triste Figure.

— Vous pouvez vous moquer de *moi* tant qu'il vous plaira, Sancho. Ce qui m'attriste est que vous vous moquiez de mes livres, car à mes yeux ils comptent beaucoup plus que moi-même. Ils représentent toute ma foi, et aussi toute mon espérance.

— En échange du père Jone, je vous prêterai le père Lénine. Peut-être vous donnera-t-il aussi de l'espoir.

— De l'espoir pour ce monde-ci, c'est possible, mais j'ai faim d'autre chose – et pas seulement pour moi. Pour vous aussi, Sancho, et pour tout notre globe. Je ne suis qu'un pauvre prêtre errant, en route vers Dieu sait où. Je sais que certains de mes livres contiennent des absurdités, comme il y en avait dans les livres de chevalerie que collectionnait mon ancêtre. Cela ne veut pas dire que toute sa chevalerie était absurde. Quelles que soient les inepties que vous pourrez tirer de mes livres, je conserve la foi…

— En quoi ?

— En un fait historique. Le Christ est mort sur la croix et il est ressuscité.

— La plus grande parmi toutes les absurdités.

— Nous vivons dans un monde absurde, ou nous ne serions pas ici tous les deux.

Ils avaient atteint le sommet de la sierra de Guadarrama, une grimpée pénible pour Rossinante, et ils descendaient à présent vers une vallée ombrée par la haute colline que surmontait la pesante croix. Celle-ci devait bien mesurer cent cinquante mètres de haut. Devant eux, ils apercevaient un parc de véhicules – de luxueuses Cadillac et de petites Seat. Les propriétéraires des Seat avaient disposé des tables pliantes à côté de leurs voitures afin de pique-niquer.

— Aimeriez-vous vivre dans un monde entièrement rationnel ? demanda le père Quichotte. Quel triste monde ce serait.

— C'est votre ancêtre qui parle.

— Regardez donc la guillotine au sommet de la colline – ou la potence, si vous préférez.

— Je vois une croix.

— C'est plus ou moins la même chose, n'est-ce pas ? Où sommes-nous, Sancho ?

— C'est la vallée des Trépassés, mon père. C'est ici que votre ami Franco désirait être enterré, à la manière d'un pharaon. Plus d'un millier de prisonniers ont été forcés de creuser sa tombe.

— Ah, je me rappelle. Et on leur accordait la liberté en échange.

— Pour des centaines d'entre eux, cette liberté fut celle de la mort. Voulez-vous dire une prière ici, mon père ?

— Bien sûr. Pourquoi pas ? Même si c'était la tombe de Judas – ou celle de Staline – je dirais une prière.

Ils versèrent les soixante pesetas de leur place de parking et se présentèrent à l'entrée. Quel rocher il faudrait, songea le père Quichotte, pour sceller pareille tombe. Au-delà d'une grille métallique décorée des statues de quarante saints espagnols s'étendait une salle grande comme une nef de cathédrale, et dont les murs étaient couverts de ce qui semblait être des tapisseries du XVIe siècle.

— Le généralissime a insisté pour avoir toute une brigade de saints, expliqua le maire.

Les visiteurs, et leurs voix, se perdaient dans cette immense salle, et le chemin qui menait à l'autel situé sous un grand dôme, à l'autre extrémité, paraissait bien long.

— Une véritable prouesse sur le plan de la construction, dit le maire, digne des pyramides. Et il a fallu le travail des esclaves pour la réaliser.

— Comme dans vos camps de Sibérie.

— Au moins, les prisonniers russes travaillent pour l'avenir de leur pays. Ici, il ne s'agit que de la gloire d'un seul homme.

Lentement, ils se mirent en marche, passant devant une succession de chapelles latérales. Personne n'éprouvait le besoin de baisser la voix dans cette salle luxueusement décorée, et pourtant on n'entendait que des chuchotements qui se perdaient dans l'immensité. Ils avaient peine à croire qu'ils étaient en train de s'enfoncer à l'intérieur d'une montagne.

— D'après ce que je croyais savoir, dit le père Quichotte, cette chapelle devait être un symbole de réconciliation où les morts des deux camps seraient honorés.

D'un côté de l'autel se trouvait la tombe de Franco, de l'autre celle de José Antonio Primo de Rivera, fondateur de la Phalange.

— Vous ne trouverez pas la moindre plaque pour les morts républicains, dit le maire.

Ils ne prononcèrent pas un mot pendant le long trajet qui les ramena à l'entrée, d'où ils jetèrent un dernier regard en arrière.

— Ça ressemble un peu à la réception du Palace Hotel, constata le maire, en plus grandiose, évidemment, et avec moins de clients. Le Palace Hotel ne pourrait pas s'offrir ces tapisseries. Là-bas au bout, vous apercevez le bar, on n'attend plus que le barman pour préparer un cocktail – la spécialité de la maison est un mélange à base de vin qu'on déguste avec des gaufrettes. Vous êtes silencieux, Monsignor. Vous devez bien trouver tout cela impressionnant. Quelque chose ne va pas ?

— J'étais simplement en train de prier.

— Pour le généralissime, inhumé dans toute sa grandeur ?

— Oui. Pour vous et pour moi, également. (Puis il ajouta :) Et pour mon Église.

Tandis qu'ils redémarraient, le père Quichotte fit un signe de croix. Il ne savait pas très bien lui-même si c'était afin de se préserver des dangers de la route, des jugements hâtifs ou par simple réaction nerveuse.

— J'ai l'impression que nous sommes suivis, fit le maire en se penchant vers le père Quichotte pour regarder dans le rétroviseur. Tout le monde nous double, sauf une voiture.

— Pourquoi nous suivrait-on ?

— Qui sait ? Je vous avais demandé de mettre votre bavoir violet.

— J'ai mis les bas.

— Ce n'est pas suffisant.

— Où allons-nous ?

— À cette vitesse, nous n'atteindrons jamais Salamanque ce soir. Mieux vaut coucher à Ávila. (L'œil fixé sur le rétroviseur, le maire ajouta :) Il se décide enfin à nous doubler.

Un véhicule les dépassa à vive allure.

— Vous voyez bien qu'ils ne se soucient pas de nous, Sancho.

— C'était une jeep. De la garde civile.

— Eh bien, ils ne s'intéressaient pas à nous.

— Ça ne fait rien, j'aurais préféré que vous portiez votre bavoir. Ils ne peuvent pas voir vos bas.

Ils s'arrêtèrent pour déjeuner au bord de la route, sur l'herbe brûlée, et achevèrent leur provision de saucisson. Le temps était assez sec, et le vin de la Manche avait perdu beaucoup de son bouquet.

— Ce saucisson, annonça le maire, me rappelle qu'à Ávila, vous pourrez, si vous le désirez, voir l'annulaire de sainte Thérèse, et à Alba de Tormes, près de Salamanque, je pourrai vous montrer, entière, une de ses mains – enfin, je crois qu'on l'a restituée au couvent : le généralissime l'avait empruntée pendant quelque temps. On raconte qu'il la conservait sur son bureau – avec tout le respect qui s'impose, naturellement. À Ávila, il y a aussi le confessionnal où elle s'entretenait avec saint Jean de la Croix. Lui, c'était un grand poète, aussi ne débattrons-nous pas de sa sainteté. Lorsque j'étais à Salamanque, je me rendais souvent à Ávila. Savez-vous que j'éprouvais même une sorte de vénération pour cet annulaire – quoique l'objet principal de mon adoration fût une fille extrêmement belle, la fille d'un pharmacien de la ville ?

— Qu'est-ce qui vous a poussé à abandonner vos études, Sancho ? Vous ne me l'avez jamais dit.

— Je crois que ses longs cheveux blonds furent la raison principale. Ce fut une période très heureuse pour moi. Voyez-vous, en tant que fille du pharmacien – lequel était secrètement membre du parti –, elle pouvait nous approvisionner en préservatifs, dont le commerce était alors clandestin. Je n'avais pas à pratiquer le *coitus interruptus*. Mais laissez-moi vous dire que la nature humaine est une étrange chose : après, j'allais toujours demander pardon à l'annulaire de sainte Thérèse. (Le maire contempla son verre de vin d'un air morose.) Je ris de vos superstitions, mon père, mais à l'époque je partageais certaines d'entre elles. Est-ce pour cela qu'aujourd'hui je recherche votre compagnie, afin de retrouver ma jeunesse, cette jeunesse pendant laquelle je croyais à demi à votre religion, et où tout était si compliqué, si contradictoire – et si intéressant ?

— Je n'ai jamais trouvé que les choses fussent si compliquées. J'ai toujours découvert mes réponses dans les livres que vous méprisez.

— Même chez le père Jone ?

— La théologie morale n'a jamais été mon point fort.

— Un de mes problèmes surgit à la mort du pharmacien : sa fille et moi ne pouvions plus nous procurer des préservatifs. Aujourd'hui, ça n'aurait rien de compliqué, mais à l'époque... Encore un peu de vin, mon père.

— Si je n'y prends pas garde, je crains de devenir en votre compagnie ce qu'on appelle, à ce qu'il paraît, un prêtre ivrogne.

— Comme mon ancêtre Sancho, je peux dire que, de ma vie, je n'ai jamais bu par vice. Je bois lorsque l'envie me prend, et à la santé d'un ami. À la vôtre, Monsignor. Que dit le père Jone sur le chapitre de la boisson ?

— L'ivresse qui aboutit à la perte totale de l'entendement est un péché mortel, à moins d'une raison suffisante, et pousser autrui à boire revient au même, si l'excuse n'est pas suffisante.

— Comme il nuance les choses, pas vrai ?

— Bizarrement, selon Jone, il est plus tolérable d'être la cause de l'ivresse d'autrui – ce dont vous vous rendez coupable à cette minute – lors d'un banquet.

— Nous pourrions, j'imagine, considérer ce repas comme un banquet.

— Je doute fort que deux convives fassent un banquet, et je me demande si notre saucisson fait l'affaire. (Le père Quichotte se mit à rire un peu nerveusement – l'humour n'était peut-être pas de mise –

et palpa le rosaire dans la poche de son veston.) Vous pouvez rire du père Jone, poursuivit-il, tout comme, Dieu me pardonne, j'en ai ri avec vous. Mais, Sancho, la théologie morale, ce n'est pas l'Église. Et le père Jone ne fait pas partie de mes vieux livres de chevalerie. Son livre n'est qu'une sorte de manuel d'instruction militaire. Saint François de Sales a écrit un traité de huit cents pages sur l'amour de Dieu. Le mot amour n'a aucune part dans les règles du père Jone, et je crois, mais je peux me tromper, que vous ne trouverez pas une seule fois l'expression « péché mortel » dans l'ouvrage de saint François. Il était évêque et prince de Genève. Je me demande comment Calvin et lui se seraient entendus. Je pense que Calvin se serait senti plus à l'aise avec Lénine – et même avec Staline. Ou avec la garde civile, ajouta-t-il en observant la jeep qui revenait vers eux – était-ce la même ?

Peut-être son ancêtre se serait-il avancé sur la route afin de lui lancer un défi. Il éprouva le sentiment de sa propre insuffisance et se sentit même un peu coupable. La jeep ralentit en passant à leur niveau, et les deux voyageurs ressentirent un grand soulagement en la voyant disparaître au loin. Ils restèrent un moment silencieux parmi les reliefs de leur déjeuner. Puis le père Quichotte prit la parole :

— Nous n'avons rien fait de mal, Sancho.

— Ils jugent sur les apparences.

— Mais nous avons l'air innocent comme deux agneaux, et le père Quichotte en profita pour citer son saint favori : Rien ne mate tant l'éléphant courroucé que la vue d'un agnelet, et rien ne rompt si aisément la force des canonnades que la laine.

— Celui qui a écrit ces lignes n'a fait que prouver son ignorance de l'histoire naturelle et de la balistique.

— C'est le vin, sans doute, mais j'ai très chaud.

— Je ne peux pas dire que j'aie particulièrement remarqué la chaleur. La température me paraît très agréable. Mais évidemment, je ne porte pas un de ces cols ridicules.

— Ce n'est qu'un bout de celluloïd. Il ne tient pas si chaud, si l'on pense à ce que portent ces gardes civils. Essayez-le, vous verrez bien.

— Je vous prends au mot. Donnez-le-moi. Si mes souvenirs sont bons, Sancho devient gouverneur d'une île – avec votre aide, je deviendrai gouverneur d'âmes. Comme le père Jone. (Le maire ajusta le col.) Vous avez raison. Il ne semble pas tenir trop chaud. Ça serre un peu, voilà tout. Et ça appuie sur un endroit où j'ai mal. C'est bizarre, mon père, mais sans votre col, je ne vous prendrais jamais pour un prêtre, encore moins pour un monsignor.

— Quand sa gouvernante l'eut dépouillé de son armure et de sa lance, vous n'auriez jamais pris don

Quichotte pour un chevalier errant. Seulement pour un vieux fou. Rendez-moi mon col, Sancho.

— Laissez-moi rester gouverneur un tout petit peu plus longtemps. Peut-être qu'avec ce col, je pourrais entendre une ou deux confessions.

Le père Quichotte avançait la main pour reprendre son col quand retentit la voix de l'autorité :

— Vos papiers.

Le garde civil. Il avait dû abandonner sa jeep derrière un tournant et revenir à pied. C'était un solide gaillard, et il transpirait – épuisement ou bien appréhension, car ses doigts jouaient sur l'étui de son pistolet. Peut-être craignait-il de tomber sur des terroristes basques.

— Mon portefeuille est dans la voiture, dit le père Quichotte.

— Nous irons le chercher ensemble. Et le vôtre, mon père ? demanda l'homme en se tournant vers Sancho.

Sancho plongea la main dans sa poche de poitrine à la recherche de sa carte d'identité.

— Quel est cet objet qui gonfle votre poche ?

La main du garde demeura posée sur son arme tandis que Sancho tirait de sa poche un petit volume vert qui portait simplement le titre de *Théologie morale*.

— Ce n'est pas une lecture prohibée.

— Je n'ai rien dit de semblable, mon père.

— Je ne suis pas un prêtre.

— Alors pourquoi portez-vous ce col ?

— Je l'ai emprunté un moment à mon ami ici présent. Regardez : il n'est pas attaché, mais simplement ajusté. Mon ami est un monsignor.

— Un monsignor ?

— Oui, vous n'avez qu'à regarder ses chaussettes.

Le garde jeta un coup d'œil sur les bas violets.

— Alors ce livre vous appartient ? Et le col aussi ?

— C'est exact, fit le père Quichotte.

— Vous les avez prêtés à cet homme ?

— Oui. Voyez-vous, j'avais chaud, et…

Le garde lui fit signe d'avancer vers la voiture. Le père Quichotte ouvrit la boîte à gants. Pendant un moment, il fut incapable de retrouver ses papiers. Le garde était là et lui soufflait sur la nuque. Enfin, le père Quichotte remarqua que sa carte d'identité, secouée peut-être par les halètements de Rossinante, avait glissé entre les pages d'un livre à la couverture rouge oublié là par Sancho. Le père sortit le volume. Le nom de l'auteur s'étalait, bien visible, en gros caractères : LÉNINE.

— Lénine ! Ce livre vous appartient ?

— Non, non. Le mien, c'est le traité de théologie morale.

— Cette voiture est à vous ?

— Oui.

— Mais pas ce livre ?

— Il appartient à mon ami ici présent.

— L'homme à qui vous avez prêté votre col ?

— C'est exact.

Le maire les avait suivis jusqu'à la voiture. Sa voix fit sursauter le garde, dont la condition nerveuse n'était visiblement pas des plus brillantes.

— Même Lénine n'est plus interdit à présent, garde. Il s'agit d'une de ses premières œuvres – les essais sur Marx et Engels. Principalement rédigés dans la respectable cité de Zurich. Une petite bombe à retardement fabriquée dans la ville des banquiers, en quelque sorte.

— Une bombe à retardement !

— C'est une métaphore.

Le garde posa prudemment le livre sur le siège avant et s'écarta un peu de la voiture. Il s'adressa au père Quichotte :

— Il n'est pas fait mention du titre de monsignor sur votre carte d'identité.

— Il voyage incognito, intervint le maire.

— Incognito ? Et pourquoi ?

— Cette humilité qu'on rencontre souvent chez les saints hommes…

— D'où venez-vous ?

— Monsignor est allé se recueillir sur la tombe du généralissime.

— Est-ce exact ?

— En effet, oui, j'ai dit quelques prières.

Le garde examina la carte une nouvelle fois. Il paraissait un peu rassuré.

— Plusieurs prières, insista le maire. Une seule ne serait guère suffisante.

— Guère suffisante – que voulez-vous dire ?

— Il arrive que Dieu soit dur d'oreille. Je ne suis pas croyant moi-même, mais, d'après ce que je comprends, cela expliquerait le nombre de messes qui ont été dites pour le généralissime. Avec un tel homme, il faut crier pour se faire entendre.

Le garde s'adressa au père Quichotte.

— Vous avez d'étranges fréquentations.

— Il ne faut pas faire attention à ce qu'il dit. Au fond, c'est un brave homme.

— Où vous rendez-vous à présent ?

Le maire prit la parole le premier.

— Monsignor veut dire une autre prière pour le généralissime, à l'annulaire de sainte Thérèse cette fois. Vous n'ignorez pas que l'annulaire se trouve à l'intérieur du couvent, devant les murs d'Ávila. Monsignor est anxieux de faire tout son possible pour le généralissime.

— Vous parlez trop. D'après vos papiers, vous êtes maire d'El Toboso.

— J'*étais*. J'ai perdu ma place. Et Monsignor a perdu la sienne par promotion.

— Où avez-vous passé la nuit dernière ?

— À Madrid.

— Quel hôtel ?

Le père Quichotte implora du regard l'aide de son compagnon.

— Un petit endroit, commença-t-il, je ne me rappelle plus...

— Nom de la rue ?

Le maire intervint fermement.

— Le Palace Hotel.

— Ce n'est pas un petit endroit.

— Tout est relatif, dit le maire. C'est un endroit minuscule si vous le comparez au tombeau du généralissime.

Il y eut un silence gêné – un ange, peut-être, qui passait.

— Restez ici jusqu'à mon retour, dit finalement le garde. Si vous essayez de mettre la voiture en marche, ça risque de vous faire mal.

— Que veut-il dire, ça risque de nous faire mal ?

— Je crois qu'il menace de nous abattre si nous bougeons.

— Alors on reste.

— On reste.

— Pourquoi avez-vous menti au sujet de l'hôtel ?

— Hésiter à répondre n'aurait fait qu'aggraver les choses.

— Ils peuvent vérifier la fiche.

— Peut-être qu'ils ne s'en donneront pas la peine, et de toute façon ça leur prendra du temps.

— Cette situation est tout à fait incompréhensible à mes yeux. Pendant toutes mes années à El Toboso...

— Il a fallu que votre ancêtre quitte son village pour rencontrer les moulins à vent. Regardez donc par là. Notre affaire est plus simple. Nous n'avons pas à affronter trente ou quarante moulins à vent, mais seulement deux.

Le gros garde, en effet, revenait en compagnie de son coéquipier, et à la façon dont il agitait les bras en lui expliquant les bizarres contradictions qui étaient apparues au cours de l'interrogatoire, il évoquait bien un moulin à vent. La brise légère de l'après-midi portait jusqu'aux deux voyageurs les mots de « monsignor », « Lénine » et « bas violets ».

Le second garde était très mince et sa manière était autoritaire.

— Ouvrez le coffre, ordonna-t-il, les mains sur les hanches pendant que le père Quichotte s'affairait avec les clés.

— Le sac.

Le garde prit le sac du père Quichotte et en tira le rabat violet.

— Pourquoi ne portez-vous pas ceci ?

— C'est trop voyant.

— Vous avez peur d'être remarqué ?

— Je n'ai pas peur...

Mais le garde maigre avait déjà l'œil fixé sur la lunette arrière.

— Qu'y a-t-il dans ces caisses ?

— Du vin de la Manche.

— Vous semblez avoir une bonne provision.

— En effet. Si une ou deux bouteilles vous font plaisir...

— Inscrivez, dit le garde à son compagnon, que le soi-disant monsignor nous a proposé deux bouteilles de vin de la Manche. Donnez-moi sa carte d'identité. Avez-vous relevé le numéro ?

— Je m'en occupe à l'instant.

— Voyons voir ce livre. (Il se mit à feuilleter le volume de Lénine.) Je constate que vous avez étudié ce livre avec soin. Éditions en langues étrangères de Moscou. (Il commença à lire à haute voix :) « La lutte armée poursuit deux objectifs : elle vise d'abord à l'assassinat de certains individus, chefs de l'armée ou de la police et subalternes. » Sont-ce là vos objectifs, Monsignor, si vous êtes bien un monsignor ?

— Ce livre n'est pas à moi. Il appartient à mon ami.

— Vous avez des fréquentations dangereuses, Monsignor.

Le garde se tut, l'air pensif – aux yeux du père Quichotte, il évoquait un juge en train de mûrir sa sentence : condamnation à mort ou perpétuité.

— Si vous désirez téléphoner à mon évêque..., dit le père, mais il s'interrompit à mi-phrase, car l'évêque n'aurait certainement pas oublié la malheureuse collecte pour l'association *In Vinculis*.

— Avez-vous relevé le numéro de la voiture ? demanda le garde maigre au garde costaud.

— Oui, oui. Je l'ai relevé pendant que nous roulions.

— Vous allez à Ávila ? Où logerez-vous ?

Le maire n'hésita pas.

— Au Parador. S'ils ont de la place.

— Vous n'avez pas réservé ?

— Nous sommes en vacances, garde. Nous allons où le vent nous pousse.

— Et moi, j'ai le numéro de votre voiture.

Le maigre tourna les talons sur ces mots, et le gros le suivit. En observant leur démarche, le père Quichotte trouva qu'ils ressemblaient à deux canards – l'un était prêt pour la table, l'autre avait encore besoin d'être engraissé. Ils disparurent au coin de la route – la mare était peut-être de l'autre côté du tournant.

— Nous allons attendre qu'ils s'en aillent, décréta le maire.

— Qu'avons-nous de bizarre, Sancho ? Pourquoi sont-ils aussi soupçonneux ?

— Vous reconnaîtrez qu'il n'est pas très courant pour un monsignor de prêter son col...

— Je vais aller leur expliquer...

— Non, non, mieux vaut attendre ici. Eux aussi, ils attendent. Ils veulent voir si nous prenons vraiment la direction d'Ávila.

— Dans ce cas, donnons-leur la preuve : mettons-nous en route pour Ávila.

— Je crois qu'il serait préférable d'éviter Ávila.

— Pourquoi ?

— Ils auront déjà prévenu la garde locale.

— Mais pourquoi ? Nous sommes innocents. Nous ne nuisons à personne.

— Nous nuisons à leur tranquillité d'esprit. Laissons-les se fatiguer d'attendre. À mon avis, nous devrions ouvrir une autre bouteille de vin.

Ils s'installèrent à nouveau au milieu de leurs rogatons, et le maire s'empare du tire-bouchon.

— Même si je pouvais mettre entre parenthèses ma profonde incroyance, dit-il, j'aurais de la peine à accepter l'idée que Dieu a souhaité l'existence de ces deux gardes – pour ne rien dire de Hitler ou du généralissime, ou, je vous l'accorde, de Staline. Si seulement leurs malheureux parents avaient eu accès à la contraception…

— Leur péché aurait été grave, Sancho. Supprimer une âme…

— Le spermatozoïde a-t-il une âme ? Quand un homme fait l'amour, il tue un million de millions de spermatozoïdes – moins un. C'est heureux pour la cité céleste qu'il y ait un tel gâchis, sinon il y aurait un sérieux problème de surpopulation là-haut.

— Mais cela va contre la loi de la nature, Sancho.

Le bouchon sauta avec un *pop* – le vin était très jeune.

— La loi de la nature m'a toujours laissé perplexe. Quelle loi ? Quelle nature ?

— La loi qui fut mise en nos cœurs dès la naissance. Lorsque nous l'enfreignons, notre conscience nous le fait savoir.

— Pas la mienne. Ou alors, je ne l'ai jamais remarqué. Qui a inventé cette loi ?

— Dieu.

— Évidemment, j'aurais dû m'attendre à une telle réponse de votre part. Mais laissez-moi poser la question autrement : quel est le premier homme qui nous a appris l'existence de cette loi ?

— Dès les premiers jours de la chrétienté...

— Allons, allons, Monsignor. Montrez-moi un passage sur la loi de la nature chez saint Paul.

— Ah, Sancho, je ne sais plus, je me fais vieux, mais je suis sûr que...

— La loi de la nature telle que je la vois, mon père, c'est qu'un chat éprouve naturellement le désir de tuer un oiseau ou une souris. Très bon pour le chat, pas si bon pour l'oiseau ou la souris.

— La dérision ne tient pas lieu d'argument, Sancho.

— Je ne nie pas totalement la conscience, Monsignor. Je suppose qu'elle me tourmenterait, au moins pendant quelque temps, si j'avais tué un homme sans raison valable, mais je crois que je ne connaîtrais plus de paix pendant le reste de mes jours si j'avais engendré un enfant non désiré.

— Nous devons nous fier à la miséricorde de Dieu.

— Lequel n'est pas toujours si miséricordieux, pas vrai ? L'est-il en Afrique, en Inde ? Et dans notre propre pays, si l'enfant doit vivre au milieu de la pauvreté et de la maladie, probablement sans la moindre chance de...

— La chance d'accéder au bonheur éternel.

— Ah bien sûr, et aussi, selon votre Église, celle d'accéder aux souffrances éternelles. Pour peu que son environnement le pousse à ce que vous nommez le mal.

Cette allusion à l'enfer fit taire le père Quichotte « Je crois, je crois », se répétait-il, « je dois croire », mais il songeait au silence de saint Jean, pareil à celui qui règne dans l'œil d'un cyclope. Et à cet instant, était-ce le diable qui lui soufflait que les Romains, selon saint Augustin, avaient un dieu nommé Vaticanus, « le dieu des larmes enfantines » ? Il interpella son compagnon :

— Vous avez repris du vin, mais vous ne m'avez pas servi.

— Eh bien, tendez votre verre. Reste-t-il un peu de fromage ? (Le père Quichotte fouilla parmi les restes tout en répondant :) Il y a des appétits qu'on peut contenir.

— Vous parlez du fromage ?

— Non. Je pense à l'appétit sexuel.

— Un tel contrôle est-il naturel ? Pour vous peut-être, et pour le pape, à Rome, mais pour deux êtres qui s'aiment et vivent ensemble en ayant à peine de quoi manger, sans avoir besoin en plus d'un rejeton vorace...

C'était le sempiternel débat, et le père Quichotte n'avait pas de réponse convaincante à offrir.

— Il existe des moyens naturels, dit-il, comme il l'avait dit cent fois auparavant, conscient seulement de l'étendue de son ignorance.

— Qui, sinon les théologiens, irait les qualifier de naturels ? Chaque mois offre tant de jours pour faire l'amour, mais sortez d'abord vos thermomètres et prenez vos températures... non, le désir, ça ne marche pas comme ça.

Le père Quichotte se souvint d'une phrase tirée d'un de ses vieux livres, qui comptait parmi ses préférés : *La Cité de Dieu*, de saint Augustin. « Il arrivera que l'élan assiège la volonté et, parfois, ne puisse être délogé, mais, tout ardent dans l'esprit, il sera pourtant gelé dans le corps. Par un tel prodige, la luxure trahira l'homme. » C'était un espoir sur lequel il ne fallait pas trop compter.

— Je suppose, dit le maire, qu'aux yeux de votre père Heribert Jone, faire l'amour à sa femme en toute quiétude après sa ménopause serait considéré comme une forme de masturbation.

— C'est possible. Le pauvre homme.

Le pauvre homme ? Au moins, songea-t-il, quand saint Augustin parlait de la sexualité, c'était en connaissance de cause et pas d'après la théorie : c'était un pécheur et un saint, pas un théologien moral. Comme ses camarades d'étude et lui avaient pu rire de ce passage de *La Cité de Dieu* : « Certains lâchent des vents par l'arrière de façon si délibérée qu'on croirait qu'ils chantent. » Qu'en aurait pensé le père Heribert Jone ? Difficile d'imaginer un théologien en train de poser son étron matinal.

— Donnez-moi donc un autre morceau de fromage, dit le père Quichotte. Écoutez. Voilà la jeep qui revient.

Le véhicule passa devant eux en roulant lentement. Le gros garde était au volant, et le maigre lançait un regard pénétrant dans leur direction. On aurait dit un entomologiste en train d'observer deux insectes rares qu'il aurait ensuite à décrire avec précision. Le père Quichotte fut bien content d'avoir remis son col. Il alla même jusqu'à étendre une de ses jambes afin d'exhiber les bas violets qu'il détestait.

— Nous avons triomphé des moulins à vent, proclama le maire.

— Quels moulins à vent ?

— La garde tourne avec chaque souffle de vent. Ils étaient là du temps du généralissime. Ils y sont toujours. Si mon parti prenait le pouvoir, ils y seraient encore, et ils tourneraient avec le vent d'est.

— Nous reprenons la route, à présent qu'ils sont partis ?

— Pas encore. Je veux voir s'ils vont refaire un tour.

— Si vous ne voulez pas les avoir à nos trousses jusqu'à Ávila, quel chemin allons-nous prendre ?

— Désolé de vous priver de l'annulaire de sainte Thérèse, mais je crois qu'il vaudrait mieux se diriger vers Ségovie. Demain, à Salamanque, nous visiterons un lieu plus saint que celui où vous avez prié aujourd'hui.

Ils commençaient à ressentir la première fraîcheur du soir. Le maire gagna la route avec quelque nervosité, revint : pas trace des gardes.

— Avez-vous déjà été amoureux d'une femme, mon père ? demanda-t-il soudain.

— Jamais. Pas au sens où vous l'entendez.

— Vous n'avez jamais été tenté…

— Jamais.

— C'est bizarre et inhumain.

— Ce n'est ni très bizarre ni très inhumain. Comme beaucoup d'autres, j'ai été protégé. C'est un peu comparable au tabou de l'inceste. Vous ne trouverez guère de gens tentés de l'enfreindre.

— Non, mais il existe de nombreux substituts à l'inceste. La sœur d'un ami, par exemple.

— Moi aussi, j'ai connu ce genre de substitut.

— Qui était-elle ?

— Une fille du nom de Martin.

— Votre Dulcinée ?

— Si vous voulez, mais elle vivait très loin d'El Toboso. Pourtant, ses lettres m'y parvenaient. Elles me furent d'un grand réconfort lorsque j'eus quelques difficultés avec l'évêque. Elle avait écrit une phrase à laquelle je repense presque chaque jour : « Avant de mourir par l'épée, mourons de piqûres d'épingles. »

— Votre ancêtre aurait préféré l'épée.

— Il n'en reste pas moins qu'à la fin, il est peut-être mort de piqûres d'épingles.

— Martin – à votre façon de prononcer son nom, je crois comprendre qu'elle n'était pas espagnole ?

— Non, c'était une Normande. Mais ne vous méprenez pas. Elle est morte bien des années avant que je la connaisse et que j'apprenne à l'aimer. Vous avez peut-être entendu parler d'elle sous un autre nom. Elle vivait à Lisieux, où les carmélites avaient une mission bien particulière : prier pour les prêtres. J'espère, et je pense, qu'elle prie pour moi.

— Oh, vous voulez parler de *cette* sainte Thérèse. C'est le nom de Martin qui m'a embrouillé.

— Je me réjouis qu'il y ait au moins un communiste qui ait entendu parler d'elle.

— Vous savez que je n'ai pas toujours été communiste.

— Après tout, il se peut qu'un vrai communiste soit une sorte de prêtre, et dans ce cas, elle prie certainement pour vous.

— Il fait froid, à attendre ici. Allons-nous-en.

Ils reprirent la route par laquelle ils étaient venus et roulèrent un moment en silence. La jeep demeurait invisible. Ils dépassèrent la route d'Ávila et suivirent le panneau qui indiquait la direction de Ségovie. Le maire prit enfin la parole.

— Ainsi donc, c'était cela votre histoire d'amour. La mienne est assez différente, si ce n'est que la femme est morte, elle aussi.

— Dieu ait son âme.

C'était un réflexe chez le père Quichotte, mais dans le silence qui retomba alors entre eux, il se mit à prier pour l'inconnue comme il avait l'habitude de le faire pour les âmes du purgatoire :

— Vous êtes plus proche de Dieu que je ne le suis. Priez pour nous deux.

Le grand aqueduc romain de Ségovie surgit devant eux, allongeant sa silhouette dans la lumière du soir.

Ils trouvèrent à se loger dans un petit *albergue* proche de l'église Saint-Martin – encore ce nom, le nom qui lui venait toujours quand il pensait à elle. Sous ce nom, elle lui semblait plus proche que parée des attributs de sa sainteté ou affublée du mièvre surnom de Petite Fleur. Il lui arrivait même, dans ses prières, de l'appeler *señorita Martin*, comme si, lancé de la sorte, le patronyme allait, entre les mille appels en toutes langues qui montaient vers elle à la lueur des cierges, devant l'image de plâtre, parvenir à l'oreille de la sainte.

Ils avaient assez bu au bord de la route, et ni l'un ni l'autre ne se trouvèrent dans l'humeur de chercher un restaurant. Deux femmes mortes semblaient avoir accompli avec eux ces derniers kilomètres. Le père Quichotte fut heureux d'avoir une chambre, même petite, à lui seul. Il éprouvait le sentiment d'avoir déjà parcouru l'Espagne dans toute sa largeur, quoiqu'il sût que son voyage ne l'avait guère mené à plus de deux cents kilomètres de la Manche. La lenteur de Rossinante rendait absurde toute notion de distance. Mais en somme, au long de tous ses voyages, son ancêtre ne s'était pas aventuré plus loin que la ville de Barcelone, et pourtant tout lecteur de sa véridique histoire eût pu jurer que don Quichotte avait couvert toute l'immensité du territoire espagnol. Il y a dans la lenteur une vertu qui s'est perdue. Rossinante servait le vrai voyageur mieux qu'un jet. Les jets, c'était pour les hommes d'affaires.

Monsignor Quichotte lut un peu avant de s'endormir, car son rêve n'avait pas cessé de le hanter. Il ouvrit, selon son habitude, saint François de Sales au hasard. Avant la naissance du Christ, les hommes usaient des *sortes Virgilianae* comme d'un horoscope, mais le père Quichotte plaçait sa confiance en saint François plutôt qu'en Virgile – ce poète qu'il considérait plus ou moins comme un imitateur. Il s'étonna un peu de ce qu'il découvrit ce soir-là dans le *Traité de l'amour de Dieu*, mais il en fut aussi encouragé. « Parmi réflexions et résolutions, il est bon de recourir aux entretiens, et de parler parfois à notre Seigneur, ou parfois à ses anges, aux saints ou à soi-même, à son propre cœur, aux pécheurs et même aux créatures inanimées… » Il s'adressa à Rossinante : « Pardonne-moi. Je t'ai menée trop fort », puis il sombra dans un sommeil sans rêves.

6. Qui traite de la visite que monsignor Quichotte et Sancho firent à un autre lieu saint

— Je me réjouis, dit le maire lorsqu'ils prirent la route de Salamanque, que vous ayez enfin consenti à mettre ce bavoir – comment l'appelez-vous donc ?

— Une *pechera*.

— Je craignais qu'on ne se retrouve en prison si ces gardes étaient arrivés trop vite à Ávila.

— Mais pour quelle raison ?

— Peu importe la raison, seuls les faits comptent. J'ai eu quelque expérience de la prison pendant la guerre civile. Il y régnait toujours une certaine tension, vous savez. Des amis partaient, qu'on ne revoyait pas.

— Mais aujourd'hui, il n'y a plus de guerre. Les choses vont mieux.

— Oui. Peut-être. En Espagne, évidemment, on constate qu'à toutes les époques les meilleurs hommes ont passé quelque temps en prison. Peut-être n'aurions-nous jamais entendu parler de votre grand ancêtre si Cervantes n'avait pas purgé plus d'une peine de cette manière. En prison, on a encore plus de temps pour réfléchir que dans un monastère, où les pauvres diables sont réveillés aux heures les plus insensées pour aller à la prière. En prison, on ne me réveillait jamais avant six heures, et le soir on éteignait habituellement les lumières à neuf heures. Naturellement, les interrogatoires risquaient d'être assez douloureux, mais ils avaient lieu à des heures raisonnables. Jamais pendant la sieste. La chose à ne pas perdre de vue, Monsignor, est qu'un interrogateur tient à dormir aux heures auxquelles il est habitué.

À Arevalo, ils virent quelques affiches déchirées d'un cirque ambulant. Un homme en collant exhibait des bras et des cuisses d'une dimension exorbitante. « El Tigre » était son nom : « le grand lutteur des Pyrénées ».

— Comme l'Espagne change peu, dit le maire. En France, vous n'auriez jamais l'impression d'être dans le monde de Racine ou de Molière, et à Londres, Shakespeare vous paraîtrait bien loin. C'est seulement en Espagne et en Russie que le temps demeure immobile. Nous les aurons, nos aventures en chemin, mon père, à peu près de la même manière que votre ancêtre. Nous avons déjà livré bataille aux moulins à vent, et, à une ou deux semaines près, nous aurions connu l'aventure du Tigre. Ce Tigre-là, j'en suis sûr, se serait révélé aussi soumis, placé devant un défi, que le lion qu'affronta votre ancêtre.

— Mais, Sancho, je ne suis pas don Quichotte. J'aurais peur de défier un homme de cette taille.

— Vous vous sous-estimez, mon père. Votre foi vous tient lieu de lance. Si le Tigre s'était risqué à parler en mal de votre bien-aimée Dulcinée…

— Vous savez bien, Sancho, que je n'ai pas de Dulcinée.

— Je faisais bien sûr allusion à la señorita Martin.

Ils passèrent devant une autre affiche qui montrait une femme tatouée d'une taille presque aussi impressionnante que celle du Tigre.

— L'Espagne a toujours aimé les monstres, fit Sancho en lançant l'étrange aboiement qui lui servait de rire. Que feriez-vous, mon père, s'il vous fallait assister à la naissance d'un monstre à deux têtes ?

— Je le baptiserais, évidemment. Quelle sotte question.

— Mais vous auriez tort, Monsignor. N'oubliez pas que j'ai lu le père Heribert Jone. Il enseigne que lorsque vous hésitez à décider si vous avez affaire à un seul monstre ou bien à deux, il faut prendre la moyenne et baptiser une tête formellement, l'autre sous réserve.

— Vraiment, Sancho, je ne suis pas responsable du père Jone. Vous semblez l'avoir lu beaucoup plus attentivement que je ne l'ai jamais fait.

— Et en cas de naissance difficile, quand ce n'est pas la tête qui se présente la première, il faut baptiser la partie qui est sortie d'abord – je suppose donc que lorsqu'il s'agit d'une naissance par le siège…

— Je vous promets, Sancho, que dès ce soir je m'attaquerai à l'étude de Marx et de Lénine si vous voulez bien laisser en paix le père Jone.

— Alors, commencez par Marx et le *Manifeste communiste*. C'est un texte court, et Marx est bien meilleur écrivain que Lénine.

Ils franchirent le Tormes et pénétrèrent dans la vieille ville grise de Salamanque en début d'après-midi. Le père Quichotte ignorait toujours le but de leur pèlerinage, mais il n'était pas malheureux de cette ignorance. Il se trouvait ici dans la ville universitaire où il avait jadis rêvé de faire ses études. Il allait pouvoir visiter la vraie salle de cours où le grand saint Jean de la Croix écoutait les leçons de Fray Luis de León, ce Fray Luis qui aurait pu connaître son ancêtre si les voyages de celui-ci l'avaient mené jusqu'à Salamanque. Le père Quichotte leva les yeux vers le grand portail sculpté de l'université, avec la figure ciselée du pape, qu'entouraient ses cardinaux, les têtes en médaillon de tous les rois catholiques, parmi lesquels Vénus et Hercule étaient parvenus à se faire une place – on apercevait même une minuscule grenouille. Le père murmura une prière. La grenouille lui avait été indiquée par deux gamins qui lui firent comprendre que cela valait bien un pourboire.

— Qu'avez-vous dit, mon père ?

— Nous sommes dans une ville sainte, Sancho.

— Vous vous y sentez chez vous, n'est-ce pas ? Ici, dans la bibliothèque, les premières éditions de tous vos livres de chevalerie moisissent dans leurs reliures en vélin. Je doute qu'aucun étudiant se soucie d'en tirer un pour chasser la poussière.

— Quelle chance vous avez eue d'étudier ici, Sancho.

— De la chance ? Je n'en suis pas sûr. Je me sens aujourd'hui comme un exilé. Peut-être aurions-nous dû aller vers l'est, vers le foyer que je n'ai jamais connu. Vers l'avenir et non vers le passé. Au lieu de revenir au foyer que j'ai quitté.

— Vous avez franchi cette même entrée pour aller assister à vos cours. J'essaie de me représenter le jeune Sancho...

— Ces cours-là n'étaient pas donnés par le père Heribert Jone.

— N'y a-t-il pas eu au moins un professeur que vous vous sentiez disposé à écouter ?

— Oh si. En ce temps-là j'étais encore à demi croyant. Je n'aurais pas été capable d'écouter très longtemps un dévot pur et dur, mais il y avait là un professeur qui croyait à ma manière, et je l'ai écouté pendant deux ans. Peut-être aurais-je tenu plus longtemps à Salamanque s'il était resté, mais il s'exila – comme il l'avait fait, déjà, des années auparavant. Ce n'était pas un communiste, je doute même qu'il ait été socialiste, mais il ne pouvait pas encadrer le généralissime. Nous sommes venus voir ce qu'il reste de lui.

Sur une très petite place, au-dessus des plis vert-noir d'une pierre qu'on eût dite froissée, une tête agressive à la barbe pointue levait son regard vers les volets d'une petite maison.

— C'est ici qu'il est mort, expliqua le maire, là-haut, dans une chambre, en compagnie d'un ami. Il était assis auprès d'un poêle à charbon pour se tenir chaud. Soudain, l'ami a vu qu'une de ses pantoufles était en feu, et pourtant Unamuno ne bougeait pas. On voit encore le stigmate de la chaussure brûlée sur le plancher.

— Unamuno.

Le père Quichotte répéta ce nom tout en levant un regard plein de respect vers le visage de pierre dont les yeux aux lourdes paupières exprimaient toute la virulence et l'orgueil de la pensée individuelle.

— Vous savez comme il a aimé votre ancêtre et étudié sa vie. S'il avait vécu en ce temps-là, peut-être l'aurait-il suivi sur l'âne Grison à la place de Sancho. Nombreux furent les prêtres qui poussèrent un soupir de soulagement à l'annonce de sa mort. Peut-être qu'à Rome le pape en personne s'en trouva plus à l'aise. Et Franco aussi, naturellement, s'il était assez intelligent pour reconnaître la force de son ennemi. En un sens,

Unamuno fut aussi un ennemi pour moi, car il me garda plusieurs années au sein de l'Église, avec cette demi-croyance qui était la sienne et que je me suis senti quelque temps en mesure de partager.

— Tandis qu'à présent votre croyance est totale, n'est-ce pas ? Votre croyance dans le prophète Marx. Vous n'avez plus besoin de penser par vous-même. Isaïe a parlé. Vous êtes entre les mains de l'histoire future. Comme vous devez être heureux dans l'absolu de votre conviction. Une seule chose vous manquera jamais : la dignité du désespoir.

Il y avait dans la voix du père Quichotte un emportement inhabituel – ou bien, se demanda-t-il, était-ce de l'envie ?

— Ma croyance est-elle totale ? fit Sancho. Parfois je m'interroge. Le fantôme de mon professeur me hante. Je rêve que je suis assis dans la salle de cours avec mes camarades et qu'il nous lit un passage d'un de ses livres. Je l'entends dire : « Il existe une voix sourde, la voix de l'incertitude, qui chuchote à l'oreille du croyant. Qui sait ? Sans cette incertitude, comment pourrions-nous vivre ? »

— Il a écrit cela ?

— Oui.

Les deux compagnons retournèrent auprès de Rossinante.

— Et maintenant, Sancho, où allons-nous ?

— Au cimetière. La tombe d'Unamuno vous paraîtra assez différente de celle du généralissime.

La route était rude jusqu'au cimetière, tout au bout de la ville – elle ne se prêtait guère au passage d'un corbillard. Le corps, songea le père Quichotte en écoutant gémir les vitesses de Rossinante, devait être passablement secoué avant d'atteindre le sol tranquille où il reposerait. Mais le père ne tarda pas à découvrir qu'il ne restait plus une parcelle de sol tranquille pour un nouveau corps – les fiers monuments des générations passées occupaient tout le terrain. À la grille on leur donna un numéro, comme au vestiaire d'un musée ou d'un restaurant. Ils suivirent le long mur blanc où des boîtes avaient été insérées et parvinrent enfin au numéro 340.

— Je préfère ceci à la montagne du généralissime, dit Sancho. Quand je suis seul, je dors mieux dans un petit lit.

Tandis qu'ils regagnaient la voiture, Sancho demanda :

— Avez-vous dit une prière ?

— Naturellement.

— La même que pour le généralissime ?

— Pour les morts, quels qu'ils soient, nous n'avons besoin que d'une prière.

— Alors vous la diriez aussi pour Staline ?

— Bien sûr.

— Et pour Hitler ?

— Il y a des degrés dans le mal, Sancho, et dans le bien aussi. Nous pouvons essayer d'établir des distinctions entre les vivants, mais avec les morts c'est impossible. Ils ont tous pareillement besoin de nos prières.

7. Comment le père Quichotte poursuivit ses études à Salamanque

L'hôtel où ils descendirent à Salamanque se trouvait dans une ruelle grise. Le père Quichotte le jugea calme et agréable. Sa connaissance des hôtels était, par la force des choses, limitée, mais celui-ci lui avait plu tout particulièrement par plusieurs côtés, et il ne manqua pas d'exprimer son contentement à Sancho lorsque tous deux se retrouvèrent seuls dans la chambre du maire, au premier étage. Le père Quichotte, qu'on avait logé au troisième, où « ce serait plus calme », ainsi que l'hôtesse l'en avait assuré, était pour l'heure assis sur le lit de son compagnon.

— La *patrona* s'est vraiment montrée accueillante, dit-il, pas comme cette pauvre vieille à Madrid, et vous avez vu tout ce personnel : tant de charmantes jeunes femmes pour un si petit hôtel.

— Dans une ville universitaire, répondit Sancho, la clientèle est toujours très nombreuse.

— Et la maison est tellement propre. Avez-vous remarqué les piles de draps devant chaque chambre, jusqu'au troisième étage ? Ils doivent changer le linge tous les soirs après la *siesta*. J'ai beaucoup apprécié cette véritable atmosphère familiale quand nous sommes arrivés : tout le personnel attablé pour dîner de bonne heure, avec la *patrona* qui distribuait la soupe depuis la place d'honneur. On aurait vraiment dit une mère entourée de ses filles.

— Elle a été très émue de rencontrer un monsignor.

— Et vous avez vu comme elle a négligé de nous donner une fiche à remplir ? Elle n'était préoccupée que de notre bien-être. J'ai trouvé cela très touchant.

On frappa à la porte. Une fille entra avec une bouteille de champagne dans un seau. Elle sourit nerveusement au père Quichotte et s'éclipsa lestement.

— Est-ce vous qui avez commandé ceci, Sancho ?

— Pas du tout. Je ne suis pas amateur de champagne. Mais c'est l'usage de la maison.

— Nous devrions peut-être en boire une goutte, juste pour leur montrer que nous apprécions leur amabilité.

— Oh, ce sera porté sur la note, et leur amabilité aussi.

— Ne soyez pas cynique, Sancho. Cette fille nous a fait un très gracieux sourire. Un sourire comme celui-là ne se paie pas en argent.

— Bon, je vais l'ouvrir, si vous y tenez. Ça ne vaudra pas notre vin de la Manche.

Le pouce de Sancho et le bouchon se lancèrent dans une longue bataille. Le maire tournait le dos à son compagnon, de peur de l'atteindre avec le bouchon. Le père Quichotte en profita pour explorer la chambre.

— Quelle bonne idée, annonça-t-il. Ils ont installé un bain de pieds.

— Qu'est-ce que vous racontez avec votre bain de pieds ? Ce maudit bouchon refuse de céder.

— Je vois un petit volume de Marx sur votre lit. Je peux vous l'emprunter pour lire un peu avant de m'endormir ?

— Naturellement. C'est le *Manifeste du parti communiste*. Je vous l'ai recommandé. D'une lecture beaucoup plus facile que *Das Kapital*. J'ai l'impression qu'ils ne veulent pas que nous buvions ce champagne. Le foutu bouchon ne veut rien savoir. Ça ne les empêchera pas de le mettre sur la note.

Le père Quichotte avait toujours été curieux des menus détails. Sa plus grande tentation, derrière la grille du confessionnal, consistait à poser des questions superflues, voire étrangères au sujet. Il ne put donc résister à l'envie d'ouvrir une petite enveloppe de forme carrée qui se trouvait sur la table de nuit de Sancho : elle lui rappelait les petits mots que sa mère lui laissait au moment de se coucher, quand il était enfant.

Il y eut une explosion, le bouchon alla ricocher contre le mur et un geyser de champagne gicla à côté du verre. Sancho jura puis se retourna.

— Mais que fabriquez-vous, mon père ?

Le père Quichotte était en train de souffler dans un ballon en forme de saucisse dont il pinçait l'extrémité de ses doigts.

— Comment fait-on pour garder l'air à l'intérieur ? demanda-t-il. Il doit bien y avoir une sorte de valve. (Il se remit à souffler, et le ballon explosa, moins fort que le champagne, mais avec un bruit plus sec.) Oh, Sancho, je suis désolé. Je ne voulais pas abîmer votre ballon. C'était pour offrir à un enfant ?

— Non, mon père. C'était pour offrir à la fille qui nous a apporté le champagne. Mais qu'à cela ne tienne, j'en ai d'autres. (Il ajouta, avec une certaine irritation :) Vous n'avez donc jamais vu de préservatif ? Non, j'imagine que non.

— Je ne vous suis pas. Un préservatif ? Mais que pouvez-vous faire avec un appareil de cette taille ?

— Il n'aurait pas eu cette taille si vous n'aviez pas soufflé dedans jusqu'à le faire éclater.

Le père Quichotte se laissa tomber sur le lit du maire.

— Où m'avez-vous amené, Sancho ?

— Dans une maison que j'ai connue quand j'étais étudiant. C'est prodigieux de voir comme ces endroits arrivent à survivre. Ils sont beaucoup plus stables que les dictatures, et la guerre ne les atteint pas – pas même la guerre civile.

— Vous n'auriez jamais dû m'amener ici. Moi, un prêtre...

— Soyez sans inquiétude. On ne vous dérangera en aucune manière. J'ai tout expliqué à la patronne. Elle comprend.

— Mais pourquoi, Sancho, pourquoi ?

— J'ai pensé qu'il serait bon d'éviter de remplir une fiche, au moins pour cette nuit. Ces gardes civils...

— Alors nous nous cachons dans un bordel ?

— Oui. En quelque sorte.

Du lit parvint un bruit tout à fait inattendu : celui d'un rire étouffé.

— Je ne me rappelle pas vous avoir jamais entendu rire, mon père. Qu'y a-t-il de si drôle ?

— Je m'excuse. Vraiment, c'est tout à fait déplacé de ma part. Mais j'étais en train de penser : que dirait l'évêque, s'il savait ? Un monsignor au bordel. Après tout, pourquoi pas ? Le Christ se mêlait aux publicains et aux pécheurs. Je crois néanmoins que je ferais bien de monter dans ma chambre et de boucler ma porte. Mais de la prudence, cher Sancho, de la prudence.

— Elles sont là pour ça, ces choses que vous appelez des ballons. Pour la prudence. Je suppose que le père Heribert Jone dirait que j'ajoute l'onanisme à la fornication.

— Ne me dites rien, Sancho, je vous en prie, ne me parlez jamais de ce genre d'agissements. Ce sont des questions privées, elles ne regardent que vous – à moins, naturellement, que vous ne désiriez vous confesser.

— Et quelle pénitence me donneriez-vous, mon père, si je venais vous trouver demain matin ?

— C'est bizarre, n'est-ce pas, mais j'ai eu très peu d'expériences de ce genre à El Toboso. Je me demande si les gens n'ont pas peur de me confier quoi que ce soit de grave, parce qu'ils me croisent tous les jours dans la rue. Comme vous le savez – non, bien sûr, vous n'en savez rien – je déteste le goût des tomates. Mais imaginez un instant que le père Heribert Jone ait écrit que manger des tomates constituait un péché mortel. La vieille dame qui vit à côté de chez moi vient à l'église se confesser, et elle m'avoue avoir mangé une tomate. Quelle pénitence vais-je lui donner ? Comme je ne mange pas de tomates, je ne serai même pas capable de mesurer le degré de sa dépravation. Bien sûr, une règle aurait été brisée... une règle... on ne peut éviter d'en être conscient.

— Vous éludez ma question. Quelle pénitence...

— Peut-être un Notre-Père et un Je Vous Salue Marie.

— Un seul de chaque ?

— Une seule prière bien dite en vaut certainement cent débitées sans y penser. Je ne vois pas l'intérêt de la quantité. Nous n'exerçons pas le métier de boutiquier.

Il se leva lourdement du lit.

— Où allez-vous, mon père ?

— Je vais m'endormir avec le prophète Marx. J'aimerais pouvoir vous souhaiter bonne nuit, Sancho, mais je doute que celle que vous allez passer soit ce que j'appellerais une bonne nuit.

8. De la curieuse rencontre que fit le père Quichotte dans la ville de Valladolid

Sancho était assurément d'humeur morose. Il ne voulut pas faire la moindre suggestion quant à la route que les deux voyageurs pourraient prendre à la sortie de Salamanque. Il semblait que la longue nuit passée dans l'établissement de ses jeunes années l'eût empli d'amertume. On prend toujours un grand risque en s'efforçant de ressaisir dans l'âge mûr un épisode de sa jeunesse, et Sancho s'irritait peut-être également de l'entrain inhabituel dont le père Quichotte faisait preuve ce matin-là. Faute d'une raison plus puissante qui les eût poussés dans une autre direction, le père suggéra de se rendre à Valladolid afin de visiter la maison où le récit de la vie de son ancêtre fut achevé par le grand biographe Cervantes.

— À moins, ajouta-t-il avec une hésitation, que vous ne craigniez de rencontrer en chemin d'autres moulins à vent.

— Ils ont d'autres sujets de préoccupation que nous.

— Lesquels ?

— Vous n'avez pas lu le journal d'aujourd'hui ? Un général a été tué à Madrid.

— Par qui ?

— Dans le temps, on aurait mis ça sur le dos des communistes. Dieu merci, à présent ils ont les Basques et l'E T A.

— Dieu ait son âme, dit le père Quichotte.

— Inutile de s'apitoyer sur un général.

— Ce n'est pas de la pitié. Je ne m'apitoie jamais sur les morts. Je les envie.

La morosité de Sancho persista. Il n'ouvrit la bouche qu'une seule fois pendant les vingt kilomètres suivants, et encore fut-ce pour attaquer le père Quichotte.

— Pourquoi ne dites-vous pas carrément ce que vous pensez ?

— Ce que je pense à quel sujet ?

— Au sujet de la nuit dernière, évidemment.

— Oh, je vous en parlerai quand nous déjeunerons. Ce livre de Marx que vous m'avez prêté m'a fait très plaisir. Au fond, c'était un homme d'une réelle bonté, n'est-ce pas ? Quelques-unes des choses qu'il écrit m'ont passablement étonné. Pas d'ennuyeux développements économiques.

— Ce n'est pas de Marx que je veux parler. C'est de moi.

— De vous ? J'espère que vous avez bien dormi.

— Vous savez parfaitement bien que je ne dormais pas.

— Mon cher Sancho, vous n'allez pas me dire que vous êtes resté éveillé toute la nuit ?

— Pas *toute* la nuit, évidemment. Mais beaucoup trop longtemps. Vous savez très bien ce que je mijotais.

— Je ne *sais* rien du tout.

— Je vous ai dit les choses assez clairement. Avant que vous montiez vous coucher.

— Mais, Sancho, j'ai été formé à oublier ce qu'on me confie.

— Vous ne m'entendiez pas en confession.

— Non, mais il est beaucoup plus simple pour un prêtre de traiter tout ce qui vient à ses oreilles comme une confession. Je ne répète jamais ce qu'on me dit – fût-ce à moi-même, si c'est possible.

Sancho grogna et resta silencieux. Le père Quichotte crut déceler chez son compagnon une note de déception et se sentit un peu coupable.

Il retrouva tout son entrain dans un restaurant, proche de la Plaza Mayor, qui s'appelait le Valencia. Les deux voyageurs étaient attablés autour d'un verre de blanc, dans un petit patio qui faisait suite au bar. Le père avait apprécié la visite à la maison de Cervantes, pour la somme de cinquante pesetas chacun (aurait-il eu droit à une entrée gratuite, se demanda-t-il, s'il avait décliné son identité au guichet ?). Une partie du mobilier avait réellement appartenu à l'illustre biographe ; une lettre qui traitait de l'impôt sur l'huile, écrite de sa main et adressée au roi, était accrochée au mur blanchi à la chaux, ce même mur que le père se représentait éclaboussé de sang, la funeste nuit où le corps pantelant de don Gaspar de Ezpeleta fut porté à l'intérieur de la maison et où Cervantes fut arrêté sous l'injuste présomption de complicité de meurtre.

— Naturellement, expliqua le père à Sancho, il fut libéré sous caution, mais imaginez ce que cela dut être de poursuivre la biographie de mon ancêtre avec cette menace qui pesait sur lui. Je me demande parfois s'il songeait à cette nuit-là lorsqu'il décrivait comment *votre* ancêtre, devenu gouverneur de son île, condamna un jeune homme à « dormir une nuit en prison », et la réponse que lui fit le garçon : « Quel que soit le pouvoir qu'ait Votre Grâce, il ne sera pas suffisant pour me faire dormir dans la prison. » Peut-être les termes mêmes dans lesquels le vieux Cervantes répondit au magistrat. « Supposons que Votre Grâce m'envoie en prison, qu'on m'y mette des fers et des chaînes, qu'on me jette dans un cachot, que vous imposiez des peines sévères au geôlier s'il me laisse sortir, et qu'il se soumette à vos ordres : avec tout cela, si je ne veux pas dormir, si je veux rester éveillé toute la nuit sans fermer l'œil, Votre Grâce pourrat-elle, avec tout son pouvoir, me faire dormir, contre mon gré ? »

— Je pense, répliqua Sancho, que de nos jours, la garde civile aurait une réponse toute prête. Ils vous endormiraient vite fait, et en cognant une seule fois. (Puis il ajouta d'un ton lugubre :) D'ailleurs, moi, ça ne me ferait pas de mal de dormir un peu.

— Mais votre ancêtre, Sancho, était un brave homme, et il laissa le jeune homme aller libre. Le magistrat fit de même avec Cervantes.

Tandis que le soleil dorait le vin dans son verre, le père Quichotte laissa ses pensées flotter à nouveau vers Marx.

— Vous savez, je crois que mon ancêtre se serait bien entendu avec Marx. Le pauvre Marx – il avait, lui aussi, ses livres de chevalerie qui appartenaient au passé.

— Marx regardait vers l'avenir.

— Oui, mais sans cesser un instant de porter le deuil du passé – le passé qu'il vivait en imagination. Écoutez ceci, Sancho. (Le père Quichotte tira de sa poche l'exemplaire du *Manifeste du parti communiste*.) « Partout où elle a conquis le pouvoir, la bourgeoisie a foulé aux pieds les relations féodales, patriarcales et idylliques… Elle a noyé les frissons sacrés de l'extase religieuse, de l'enthousiasme chevaleresque dans les eaux glacées du calcul égoïste. » N'entendez-vous pas la voix même de mon ancêtre qui pleure les jours enfuis ? J'ai appris ses paroles par cœur quand je n'étais qu'un gamin et je me les rappelle encore, quoiqu'un peu sommairement. « Aujourd'hui l'oisiveté l'emporte sur le travail, le vice sur la vertu, la présomption sur le courage, et la théorie sur la pratique des armes, laquelle ne vécut et ne prospéra qu'à l'époque dorée des chevaliers errants. Amadis de Gaule, Palmerin d'Angleterre, Roland… » Et maintenant, écoutez à nouveau le *Manifeste communiste* – vous ne pourrez pas nier que cet homme, Marx, était un vrai disciple de mon ancêtre : « Tous les rapports sociaux, traditionnels et figés, avec leur cortège de conceptions et d'idées antiques et vénérables, se dissolvent : ceux qui les remplacent vieillissent avant d'avoir pu s'ossifier. » Un vrai prophète, Sancho. Il a même prévu Staline. « Tout ce qui avait solidité et permanence s'en va en fumée, tout ce qui était sacré est profané… »

Un homme qui déjeunait seul dans le patio cessa de porter la fourchette à ses lèvres. Puis, lorsqu'il vit que Sancho le regardait, il baissa la tête et se remit à manger en hâte.

— Je vous en prie, dit Sancho, ne lisez donc pas à voix aussi haute. Vous déclamez comme si vous étiez en chaire.

— Il existe bien des saintes paroles qui ne se trouvent ni dans la Bible ni chez les Pères de l'Église. D'une certaine manière, ces phrases de Marx exigent d'être déclamées… « Frissons sacrés de l'extase religieuse… enthousiasme chevaleresque… »

— Franco est mort, mon père, mais soyez tout de même un peu prudent. Ce type là-bas n'en perd pas une miette.

— Certes, comme tous les prophètes, Marx se trompe parfois. Saint Paul lui-même n'était pas infaillible.

— Je n'aime pas la mallette du bonhomme. Elle a un côté officiel. Je renifle la police secrète à trente mètres.

— Laissez-moi vous lire le passage où il commet ce qui est à mon avis sa plus grosse erreur, celle où toutes les fautes à venir prennent leur origine.

— Au nom de Dieu, mon père, s'il vous faut lire, lisez donc à voix basse.

Afin de contenter son ami, le père Quichotte se mit presque à chuchoter. Sancho dut se pencher tout près de lui pour entendre ce qu'il disait, de sorte qu'ils ressemblaient à deux conspirateurs.

— « Le prolétaire est sans propriété ; ses relations avec sa femme et ses enfants n'ont plus rien de commun avec celles de la famille bourgeoise ; le travail industriel moderne, l'asservissement de l'ouvrier au capital (…) dépouillent le prolétaire de tout caractère national. » Peut-être était-ce vrai quand Marx a écrit ces mots, Sancho, mais le monde, c'est certain, a pris un tout autre chemin. « L'ouvrier moderne, loin de s'élever avec le progrès de l'industrie, descend toujours plus bas, au-dessous même des conditions de vie de sa propre classe. Le travailleur devient un pauvre... » Écoutez, il y a quelques années, je suis allé en vacances avec un ami, un prêtre – il s'appelait... ah, comme on oublie vite les noms, après un ou deux verres de vin. Il s'occupait d'une paroisse sur la Costa Brava (Rossinante était bien jeune, à l'époque). Là-bas, j'ai vu les pauvres d'Angleterre – ceux dont parle Marx – allongés au soleil sur les plages. Pour ce qui est d'être dépouillé de tout caractère national, ils avaient obligé les gens du cru à ouvrir de ces comptoirs qu'ils nomment *fish and chips*, faute de quoi ils iraient porter ailleurs leur pratique, en France peut-être, ou au Portugal.

— Bah, les Anglais, fit Sancho, laissez tomber les Anglais. Ils ne se conforment jamais à aucune règle, pas même aux règles de l'économie. Les prolétaires russes ne sont plus des pauvres, eux non plus. Le prolétariat russe bénéficie de congés payés en Crimée. Ça vaut bien la Costa Brava.

— Les prolétaires que j'ai vus sur la Costa Brava finançaient leurs propres vacances. Aujourd'hui, Sancho, c'est vers le tiers monde qu'il faut se tourner pour trouver des pauvres. Mais cela n'a rien à voir avec le triomphe du communisme. Ne pensez-vous pas que cela se serait produit sans le communisme ? C'était même en train de commencer quand Marx écrivait, mais il ne l'a pas remarqué. C'est pourquoi il a fallu user de la force pour propager le communisme – et pas seulement contre la bourgeoisie, mais contre le prolétariat également. L'humanisme, et non le communisme, a transformé le pauvre en bourgeois, et derrière l'humanisme, il y a toujours l'ombre de la religion – la religion du Christ aussi bien que celle de Marx. Aujourd'hui, nous sommes tous des bourgeois – ne venez pas me dire que Brejnev l'est moins que vous ou moi. Et si le monde entier devient bourgeois, sera-ce donc une si mauvaise chose – sauf pour les rêveurs comme Marx ou mon ancêtre ?

— À vous entendre, mon père, le monde de l'avenir ressemblerait à l'Utopie.

— Oh, mais non. L'humanisme et la religion n'ont fait disparaître ni les nationalismes ni les impérialismes. Là sont les deux causes des guerres. Les guerres ne se produisent pas seulement pour des raisons économiques – elles naissent des émotions humaines, comme l'amour, de la couleur d'une peau ou de l'accent d'une voix. Également de certains souvenirs malheureux. C'est pourquoi je me réjouis de ne posséder que la courte mémoire d'un prêtre.

— Je n'aurais jamais cru que vous vous occupiez de politique.

— Je ne m'en « occupe » pas. Mais vous êtes mon ami depuis longtemps, Sancho, et je veux vous comprendre. *Das Kapital*, je n'ai jamais pu en venir à bout.

Ce petit livre est différent. C'est l'œuvre d'un honnête homme – aussi honnête que vous ou moi, et qui se fourvoie tout autant.

— Le temps nous le dira.

— Le temps ne nous dira rien. Nos vies sont beaucoup trop courtes pour cela.

L'homme à la mallette avait reposé sa fourchette et réclamait d'un geste l'addition. Il s'empressa de payer sans prendre la peine de vérifier.

— Eh bien, fit le père Quichotte, vous pouvez respirer, à présent. Votre homme est parti.

— Espérons qu'il ne va pas revenir avec la police. Il a regardé votre bavoir avec beaucoup d'insistance au moment de s'en aller.

Le père Quichotte estima qu'il pouvait enfin élever la voix et parler librement.

— Bien sûr, je suis sans doute tellement imprégné de saint François de Sales et saint Jean de la Croix que l'admiration dont ce pauvre Marx fait parfois preuve à l'égard de la bourgeoisie me paraît un peu forcée.

— Son admiration à l'égard de la bourgeoisie ? De quoi diable voulez-vous parler ?

— Certes, un économiste est toujours porté à ne voir que le côté matériel des choses, alors que, je le reconnais, j'insiste trop sur le spirituel.

— Mais il haïssait les bourgeois.

— Nous savons bien que la haine est souvent l'envers de l'amour. Le pauvre, peut-être avait-il été rejeté par ceux qu'il aimait. Écoutez ceci, Sancho : « La bourgeoisie, au cours de sa domination de classe à peine séculaire, a créé des forces productives plus nombreuses et plus colossales que l'avaient fait toutes les générations passées prises ensemble. La mise sous le joug des forces de la nature, les machines, l'application de la chimie à l'industrie et à l'agriculture, la navigation à vapeur, les chemins de fer, les télégraphes électriques, le défrichement de continents entiers, la régularisation des fleuves, des populations entières jaillies du sol... » Il y a presque de quoi se sentir fier d'être bourgeois, n'est-ce pas ? Marx aurait fait un superbe gouverneur aux colonies. Si seulement l'Espagne avait produit un homme tel que lui, peut-être n'aurions-nous jamais perdu notre empire. Le pauvre, il a dû se contenter d'un logement surpeuplé dans un quartier misérable de Londres, et emprunter à ses amis.

— Votre façon d'aborder Marx est assez singulière.

— J'avais des préjugés à son égard, bien qu'il ait pris la défense des monastères... mais je n'avais jamais lu ce petit livre. Une première lecture, c'est quelque chose de très spécial, comme un premier amour. J'aimerais aujourd'hui découvrir saint Paul par hasard et le lire pour la première fois. Si seulement vous vouliez tenter l'expérience, Sancho, avec un de ceux que vous appelez mes livres de chevalerie.

— Vos goûts me paraîtraient aussi extravagants que ceux de votre ancêtre le parurent à Cervantes.

Malgré leur différend, le repas se déroula dans une ambiance amicale. Après une deuxième bouteille, ils tombèrent d'accord pour prendre la route de León et remettre à plus tard le moment de choisir – peut-être même tireraient-ils les dés – entre l'est, le Pays basque, et l'ouest, la Galice. Ils quittèrent le Valencia bras dessus bras dessous, mais tandis qu'ils se dirigeaient vers l'endroit où ils avaient garé Rossinante, le père Quichotte sentit une pression sur son coude.

— Qu'y a-t-il, Sancho ?

— L'homme de la police secrète. Il nous suit. Ne dites rien. Tournez au premier carrefour.

— Mais Rossinante est plus loin dans la rue.

— Il veut relever le numéro de notre voiture.

— Comment pouvez-vous savoir qu'il est de la police secrète ?

— À cause de sa mallette.

C'était vrai. Le père Quichotte jeta un coup d'œil derrière lui lorsqu'ils eurent tourné au premier coin de rue, et l'homme était bien là, muni du redoutable insigne de sa profession.

— Ne vous retournez pas une autre fois, prévint Sancho. Nous devons lui faire croire que nous ignorons sa présence.

— Comment allons-nous lui échapper ?

— On va trouver un bistrot et commander à boire. Il restera dehors à faire le pied de grue. Nous sortirons par la porte de derrière de manière à prendre de l'avance sur lui. Puis nous ferons le tour pour retrouver Rossinante.

— Et s'il n'y a pas de porte de derrière ?

— Il faudra aller dans un autre bistrot.

Il n'y avait pas de porte de derrière. Sancho prit un cognac et le père Quichotte se borna prudemment à commander un café. Quand ils sortirent, l'homme était toujours là, une vingtaine de mètres plus bas dans la rue, affectant d'examiner une vitrine.

— Il n'est pas très discret, pour un homme de la police secrète, fit observer le père Quichotte tandis qu'ils remontaient la rue en direction d'un autre bar.

— C'est un de leurs trucs, répondit Sancho. Il veut nous rendre nerveux.

Il mena le père Quichotte dans un deuxième bar, où il commanda un deuxième cognac.

— Si je bois encore du café, dit le père Quichotte, je ne fermerai pas l'œil de la nuit.

— Prenez un tonic.

— Qu'est-ce que c'est ?

— Une sorte d'eau minérale additionnée d'un peu de quinine.

— Sans alcool ?

— Absolument. (Le cognac rendit Sancho d'humeur belliqueuse.) J'ai bien envie d'aller lui casser la figure, mais il doit être armé.

— Ce tonic est vraiment délicieux, dit le père Quichotte. Comment se fait-il que je n'en aie jamais goûté auparavant ? Je pourrais presque laisser tomber le vin. Vous pensez que je peux m'en procurer à El Toboso ?

— Je n'en sais rien. J'en doute. S'il garde son pistolet dans la mallette, j'arriverai peut-être à l'étendre pour le compte avant qu'il puisse s'en saisir.

— Vous savez quoi ? Je crois que je vais en commander un autre.

— Je vais voir s'il y a une porte de service, annonça Sancho, et le père Quichotte se retrouva tout seul dans le bar.

C'était l'heure de la sieste ; l'unique ventilateur qui tournait au plafond ne parvenait guère à rafraîchir la pièce – l'intermittente fraîcheur qu'il procurait était aussitôt suivie d'une bouffée de chaleur qui paraissait d'autant plus étouffante. Le père Quichotte vida sa bouteille de tonic et en commanda rapidement une autre de manière à la boire avant le retour de Sancho.

Une voix derrière lui chuchota, « Monsignor ». Il se retourna. C'était l'homme à la mallette, un petit personnage en complet noir et cravate noire assortis à l'objet qu'il portait à la main. Le père Quichotte songea qu'avec ses yeux sombres et perçants derrière des lunettes à monture d'acier, ses lèvres minces et serrées, il avait tout du mauvais messager, voire du Grand Inquisiteur en personne. Si Sancho pouvait se décider à revenir…

— Que voulez-vous ? demanda le père d'une voix qu'il espérait forte et pleine de défi, mais les bulles de son tonic le trahirent et il laissa échapper un hoquet.

— Je veux vous parler seul à seul.

— Je suis seul.

L'homme fit un signe de la tête vers le dos du barman.

— C'est sérieux, dit-il. Impossible de parler ici. Je vous en prie, prenez la porte du fond.

Mais il y avait deux portes. Le père Quichotte aurait bien voulu savoir laquelle Sancho avait prise.

— À droite, indiqua l'homme.

Le père obéit. Un petit couloir menait à deux autres portes.

— Par là. La première.

Le père Quichotte constata qu'il se trouvait dans des toilettes. Le miroir placé au-dessus du lavabo lui montra son ravisseur en train de tripoter le fermoir de sa mallette. Afin d'en sortir un revolver ? Allait-il être abattu d'une balle dans la nuque ? Avec une hâte excessive, il se mit à réciter un acte de contrition entre ses dents :

— Mon Dieu, je vous demande pardon pour tous mes poissons…

— Monsignor.

— Oui, mon ami, répondit le père à l'image qu'il apercevait dans la glace.

S'il fallait qu'on l'abatte, que la balle l'atteigne à la nuque plutôt qu'au visage, car le visage est à sa manière le reflet de Dieu.

— Je veux que vous m'entendiez en confession.

Le père eut un hoquet. La porte s'ouvrit et Sancho fit son apparition.

Père Quichotte ! s'exclama-t-il.

— Laissez-nous. J'écoute une confession.

Il se tourna vers l'inconnu en essayant de reprendre la dignité liée à son habit.

— Cet endroit n'est guère convenable. Pourquoi m'avez-vous choisi, au lieu du prêtre de votre paroisse ?

— Je viens de l'enterrer, fit l'homme. Je suis entrepreneur de pompes funèbres.

Il ouvrit sa mallette et en sortit une grosse poignée de cuivre.

— Je ne suis pas dans mon diocèse. Je ne dispose d'aucune autorisation ici.

— Un monsignor est au-dessus de ces règlements. Quand je vous ai vu au restaurant, j'ai pensé : voici ma chance.

— Je suis un monsignor de très fraîche date. Êtes-vous sûr de ce que vous dites au sujet des règlements ?

— En cas d'urgence, n'importe quel prêtre... il s'agit d'une urgence.

— Mais il y a beaucoup de prêtres à Valladolid. Entrez dans n'importe quelle église...

— J'ai lu dans votre regard que vous étiez un prêtre capable de comprendre.

— Capable de comprendre quoi ?

L'homme se mit à marmonner précipitamment l'acte de contrition, et sans se tromper. Le père Quichotte ne savait plus que faire. Il n'avait jamais entendu de confession dans un tel cadre. Il avait toujours été installé dans cette espèce de boîte semblable à un cercueil... Ce fut de façon presque machinale qu'il alla se réfugier dans l'unique sorte de réduit disponible et s'assit sur un siège de WC fermé. L'inconnu tenta de s'agenouiller, mais le père l'arrêta, voyant que le sol n'était pas des plus propres.

— Ne vous mettez pas à genoux, dit-il. Restez comme vous êtes.

L'homme montra sa grosse poignée de cuivre et déclama :

— J'ai péché et je demande le pardon du Seigneur par votre intercession, mon père – je veux dire Monsignor.

— Je ne suis pas un monsignor dans cet endroit. Il n'y a pas de hiérarchie dans un confessionnal. Quelle est votre faute ?

— J'ai volé cette poignée, et une autre pareille.

— Dans ce cas, vous devez les rendre.

— Leur propriétaire est mort. Je l'ai enterré ce matin.

Le père Quichotte prit l'attitude convenue en pareille circonstance pour recueillir les confidences, une main couvrant ses yeux, mais l'image du visage noiraud et chafouin ne s'effaça pas de son esprit. En tant que prêtre, il aimait les confessions rapides, faites des mots simples et abstraits qu'emploient, en général, les pénitents. Ces confessions n'appelaient de sa part qu'une seule question : « Combien de fois ? » J'ai commis l'adultère, négligé de faire mes Pâques, péché contre la pureté... Il n'était pas habitué à affronter un péché en forme de poignée de cuivre. Une telle poignée ne devait guère avoir de valeur.

— Vous devriez restituer la poignée aux héritiers.

— Le père Gonzalez n'a pas laissé d'héritiers.

— Mais enfin, que sont ces poignées ? Quand les avez-vous volées ?

— Je les ai comptées dans ma facture, et puis je les ai ôtées du cercueil pour pouvoir les réutiliser.

— Et vous faites ça souvent ?

La fatale curiosité du père Quichotte, son péché de confesseur, reprenait le dessus.

— Oh, c'est une pratique courante. Tous mes concurrents le font.

Le père Quichotte se demanda comment Heribert Jone aurait traité ce cas. Sans doute n'aurait-il pas manqué de l'inscrire dans la liste des péchés contre la justice, catégorie à laquelle appartient également l'adultère, mais le père croyait bien se rappeler qu'en ce qui concerne le vol, la gravité du péché devait être jugée en fonction de la valeur de l'objet dérobé – si elle équivalait à un septième du revenu mensuel du propriétaire de l'objet, l'affaire devenait sérieuse. Si le propriétaire était un millionnaire, il n'y avait pas de péché – du moins, pas contre la justice. Quel avait pu être le revenu mensuel du père Gonzalez, et, d'ailleurs, pouvait-on le considérer comme le véritable propriétaire des poignées, s'il n'en avait pris possession qu'après la mort ? En vérité, un cercueil n'appartient qu'à la terre où on l'a mis.

Il demanda – plus pour se donner le temps de réfléchir que pour autre chose :

— Vous êtes-vous confessé les fois précédentes ?

— Non. Comme je vous l'ai dit, Monsignor, c'est une pratique admise dans ma profession. Nous comptons un supplément pour les poignées de cuivre, c'est vrai, mais il ne s'agit que d'une espèce de location. Jusqu'à la fin de la cérémonie.

— Alors pourquoi venir à présent vous confesser à moi ?

— Peut-être suis-je un homme trop scrupuleux, Monsignor, mais quand j'ai mis en terre le père Gonzalez, ça m'a fait un autre effet. Il aurait été tellement fier de ces poignées de cuivre. Voyez-vous, cela montrait à quel point il était aimé de ses paroissiens, car, naturellement, c'est une collecte qui a permis de régler les frais.

— Et vous avez versé votre contribution ?

— Mais oui. Bien entendu. J'aimais beaucoup le père Gonzalez.

— Donc, en un sens, vous vous êtes volé vous-même.

— Ce n'était pas du vol, Monsignor.

— Je vous ai demandé de ne pas m'appeler monsignor. Vous dites que vous n'avez pas commis de vol, que la pratique est établie chez vos confrères de récupérer ces poignées...

— Oui.

— Alors, qu'est-ce qui trouble votre conscience ?

L'homme eut un geste qui pouvait exprimer le désarroi. Combien de fois, songea le père Quichotte, me suis-je comme lui senti coupable sans savoir pourquoi ? Il enviait parfois l'assurance de ceux qui se sentaient assez forts pour établir des règles claires et nettes – le père Heribert Jone, son évêque, le pape lui-même. Quant à lui, il vivait dans un brouillard, incapable d'apercevoir le chemin, il trébuchait...

— Ne vous souciez pas des petites choses de ce genre, dit-il. Rentrez chez vous et passez une bonne nuit de sommeil. Peut-être avez-vous commis un vol... Croyez-vous que Dieu se préoccupe d'un détail aussi infime ? Il a créé tout un univers – nous ignorons combien d'étoiles, combien de planètes et de mondes. Vous avez volé deux poignées de cuivre – ne vous jugez pas si important. Repentez-vous de votre orgueil et rentrez chez vous.

— S'il vous plaît – et mon absolution ?

À contrecœur, le père Quichotte marmonna la formule, qui lui paraissait superflue en l'occurrence. L'homme rangea la poignée, referma sa mallette et esquissa une sorte de plongeon devant le prêtre avant de s'éclipser. Le père Quichotte resta assis sur le siège des WC. Il se sentait vidé et éprouvait le sentiment de ne pas avoir été à la hauteur. Je n'ai pas prononcé les mots qu'il fallait, se dit-il. Pourquoi est-ce que je ne trouve jamais les mots justes ? Cet homme avait besoin d'aide et j'ai récité une formule toute faite. Dieu me pardonne. Ne m'accordera-t-on qu'une formule à moi aussi, quand ce sera mon tour de mourir ?

Au bout d'un moment, il regagna le bar. Sancho l'attendait en buvant un autre cognac.

— Mais qu'est-ce que vous étiez en train de fabriquer ?

— J'exerçais mon métier, répondit le père Quichotte.

— Dans les toilettes ?

— Dans les toilettes, en prison, à l'église. Qu'est-ce que ça change ?

— Vous vous êtes débarrassé de ce type ?

— Oui, je suppose. Je me sens un peu las, Sancho. Vous allez trouver ça déraisonnable, mais pourrais-je avoir encore une bouteille de tonic ?

9. De l'étrange spectacle
auquel assista le père Quichotte

Leur séjour à Valladolid se trouva prolongé par la faute de Rossinante, qui refusa catégoriquement de reprendre la route et dut être laissée dans un garage pour examen.

— Il n'y a pas de quoi s'étonner, dit le père Quichotte. Hier, la malheureuse a couvert une énorme distance.

— Une énorme distance ! Nous sommes à moins de cent vingt kilomètres de Salamanque.

— Son parcours normal en compte dix – quand je vais chercher du vin à la coopérative.

— C'est une chance que nous ayons abandonné l'idée d'aller à Rome ou à Moscou. Si vous voulez mon avis, vous l'avez gâtée. Les voitures c'est comme les femmes, il ne faut jamais les gâter.

— Mais elle est très vieille, Sancho. Plus vieille que vous, probablement. Après tout – sans son aide… aurions-nous pu venir à pied depuis Salamanque ?

Comme ils devaient attendre le lendemain matin pour avoir le verdict du garagiste, Sancho suggéra une séance de cinéma. Le père Quichotte accepta après quelque hésitation. Il y avait eu une époque où les représentations théâtrales étaient interdites aux prêtres, et, quoique la règle ne s'étendît pas au cinéma, qui n'avait pas encore été inventé, l'idée de spectacle conservait quelque chose de dangereux aux yeux du père Quichotte.

— Je n'ai encore jamais été au cinéma, confia-t-il à Sancho.

— Il vous faut connaître le monde, si vous devez le convertir.

— Vous ne me jugerez pas hypocrite, si j'ôte ce que vous nommez mon bavoir ?

— Toutes les couleurs se confondent dans le noir, mais faites comme il vous plaît.

À la réflexion, le père Quichotte conserva son rabat. Cela semblait plus honnête. Il ne tenait pas à être taxé d'hypocrisie.

Ils se rendirent dans une petite salle qui affichait un film intitulé *Prière d'une vierge*. Autant le titre avait attiré le père Quichotte, autant il avait rebuté Sancho, qui se voyait déjà embarqué pour une soirée mortelle et pieuse. Cependant, il était dans l'erreur. Le film était loin d'être un chef-d'œuvre, mais Sancho passa tout de même un bon moment, bien qu'il craignît un peu les réactions du père Quichotte. En effet, le film n'avait rien de virginal – Sancho aurait pu s'en douter s'il avait remarqué la lettre S. portée sur les affiches, à l'extérieur.

La prière de la vierge en question prenait dans le film les traits d'un fort beau garçon dont les démêlés avec une succession de jeunes filles s'achevaient toujours, avec une lassante monotonie, entre les draps. La photo, tout aussi ponctuellement, devenait floue et brouillée, de sorte qu'on avait du mal à restituer telle ou telle paire de jambes à son possesseur – la caméra esquivait adroitement les attributs qui permettent habituellement de distinguer sans équivoque un homme d'une femme. Était-ce le garçon ou la fille qui prenait la position supérieure ? Qui embrassait quoi ? Pendant ces séquences, il n'y avait pas de dialogue pour aider le spectateur : la bande son n'émettait que des souffles rauques, agrémentés de grognements et de piaulements dont l'origine pouvait être aussi bien masculine que féminine. Pour compliquer encore les choses, le film avait été visiblement tourné dans un format réduit (peut-être le huit millimètres des films privés), et l'image, gonflée pour la projection en salle, prenait une qualité d'autant plus abstraite. Sancho lui-même finit par se lasser : il aurait préféré quelque chose de plus franchement pornographique ; en outre, on avait du mal à s'identifier au héros, personnage doté de cheveux noirs très luisants et de favoris. Sancho crut reconnaître le comédien qui apparaissait fréquemment à la télévision dans des spots publicitaires pour déodorant masculin.

— Ils faisaient semblant – c'est cela, mon père, jouer la comédie –, ils faisaient semblant d'éprouver un plaisir insoutenable.

— Ils n'avaient pas l'air d'y trouver grand plaisir – ou alors, c'étaient de mauvais comédiens. Non, simplement, ils n'arrêtaient pas de souffrir. Et, Sancho, je n'ai pas aperçu le moindre ballon.

— J'avais peur que vous soyez choqué, mon père, mais, après tout, c'est vous qui avez choisi le film.

— Oui. À cause du titre, mais le rapport du titre avec ce que nous avons vu m'échappe complètement.

— Eh bien, je suppose que la prière d'une vierge consiste à appeler de ses vœux un beau jeune homme à aimer.

— L'amour. Encore ce mot. Je ne puis croire que la señorita Martin priait pour quelque chose de semblable. Mais je dois dire que j'ai été impressionné par le silence du public. Ils prenaient tout cela avec un tel sérieux que j'ai vraiment eu peur de rire.

— Vous aviez envie de rire ?

— Oui. Une envie difficile à retenir. Mais je n'aime pas blesser quelqu'un qui prend une chose au sérieux. Le rire n'est pas un argument, et il est parfois une insulte stupide. Peut-être ces gens voyaient-ils les choses d'une manière différente. Peut-être ont-ils vu là de la beauté. Mais, enfin, par moments, j'aurais souhaité que l'un d'entre eux se mît à rire – même vous, Sancho –, de façon à pouvoir rire, moi aussi. Seule-

181

ment, j'avais peur de rompre ce silence total. Il y a quelque chose de sacré dans le silence. Cela me blesserait si, à l'église, quelqu'un se mettait à rire au moment de l'élévation.

— Et si tous les fidèles se mettaient à rire ?

— Alors, ce serait très différent. Je penserais – à tort, peut-être – que le rire que j'entends est un rire d'allégresse. Le rire solitaire est si souvent un rire de supériorité.

Cette nuit-là, une fois couché, le père Quichotte ouvrit son livre favori de saint François de Sales. Il découvrit qu'il était encore préoccupé par les scènes de lit du film – préoccupé de n'avoir pu ressentir autre chose que de l'amusement. Il avait toujours cru que l'amour humain participait de la même nature que l'amour de Dieu, quoiqu'il n'en fût que le reflet le plus affaibli, mais cette gymnastique qui lui avait donné envie de rire tout haut, ces grognements et ces piaulements... Suis-je incapable d'éprouver l'amour humain, se demanda-t-il, car alors, je ne serais pas plus apte à éprouver l'amour de Dieu ? La crainte lui vint que son esprit ne fût marqué d'une manière indélébile par ce terrible point d'interrogation. Il avait désespérément besoin de réconfort, aussi se tourna-t-il vers ce que Sancho appelait ses livres de chevalerie – mais il ne parvint pas à oublier que don Quichotte, sur son lit de mort, avait rejeté les siens. Lui aussi, peut-être, quand son heure viendrait...

Il ouvrit au hasard le *Traité de l'amour de Dieu*, mais les *sortes virgilianae* ne lui apportèrent aucun réconfort. Il s'y essaya à trois reprises, puis il tomba sur un passage qui semblait avoir quelque rapport avec ce qu'il avait vu au cinéma. Il ne s'en trouva pas plus heureux, car sa lecture lui donna à penser que sa capacité d'aimer était peut-être inférieure à celle d'un bout de fer. « Considérons, de grâce, les pratiques d'un amour insensible entre l'aimant et le fer ; car c'est la vraie image de l'amour sensible et volontaire duquel nous parlons. Le fer a une telle convenance avec l'aimant, qu'aussitôt qu'il en aperçoit la vertu il se retourne devers lui ; puis il commence soudain à se remuer et démener par de petits tressaillements, témoignant en cela la complaisance qu'il ressent, ensuite de laquelle il s'avance et se porte vers l'aimant, cherchant tous les moyens qu'il peut pour s'unir avec icelui. Ne voilà pas toutes les parties d'un vif amour bien représentées en ces choses inanimées ? » Ça, il avait vu beaucoup de tressaillements, mais l'amour vivant, il n'en avait pas eu l'expérience.

La marque du point d'interrogation redouté était toujours imprimée dans son esprit lorsqu'ils se mirent en route le lendemain. Rossinante était toute revigorée après son séjour au garage, et elle n'éleva pas la moindre plainte lorsqu'il lui fut demandé de rouler à quarante kilomètres-heure – et même quarante-cinq –, une allure impensable si le père Quichotte n'avait pas été absorbé par de sombres réflexions.

— Qu'est-ce qui ne va pas ? lui demanda Sancho. Aujourd'hui encore, vous êtes le monsignor de la Triste Figure.

— Il m'est déjà arrivé de penser – Dieu me le pardonne – que je bénéficiais d'une grâce spéciale parce que je n'ai jamais été tourmenté par le désir sexuel.

— Pas même en rêve ?

— Non, pas même en rêve.

— Vous êtes un homme heureux.

Vraiment, s'interrogea-t-il ? Ou bien suis-je le plus malheureux des hommes ? Il ne pouvait pas confier à l'ami assis à côté de lui la pensée qui l'agitait – la question qu'il se posait. Comment puis-je prier afin de résister au mal alors que je ne suis pas même tenté ? Il n'y a nulle vertu dans une telle prière. Il se sentait complètement isolé dans son silence. L'espace du confessionnal, avec les secrets qu'il abritait, semblait soudain s'étendre au-delà du local où s'agenouillait le pénitent, pour englober la voiture que le père conduisait, et même, entre ses mains, le volant qui les maintenait sur la route de León. Muré dans son silence, il pria : Mon Dieu, rendez-moi humain, soumettez-moi à la tentation. Sauvez-moi de mon indifférence.

10. Qui traite de la manière dont le père Quichotte affronta la justice

1.

En route pour León, ils s'arrêtèrent dans un champ, au bord d'une rivière proche du village de Mansilla de Las Mulas, car le maire prétendait qu'il mourait de soif. Une passerelle leur fournit assez d'ombre pour abriter Rossinante. En fait, la soif de Sancho n'était qu'une ruse destinée à rompre le silence du père Quichotte, qui commençait à l'indisposer sérieusement. Un verre lui descellerait peut-être les lèvres. Le maire fit descendre une bouteille de vin de la Manche dans la rivière au bout d'une ficelle, éveillant l'intérêt de quelques vaches qui paissaient sur l'autre rive. Puis il alla retrouver le père Quichotte, qui contemplait ses bas violets d'un air lugubre, et il ne put supporter plus longtemps ce mutisme inexplicable.

— Pour l'amour de Dieu, déclara-t-il, si vous avez fait vœu de silence, allez dans un monastère. Il y a des chartreux à Burgos et des trappistes à Osera. Choisissez, Monsignor, et dites-nous de quel côté aller.

— Excusez-moi, Sancho. C'est simplement que des pensées me sont venues…

— Et vos pensées, je suppose, sont trop élevées, trop spirituelles pour pouvoir être comprises d'un vulgaire marxiste.

— Non, pas du tout.

— Rappelez-vous, mon père, que mon ancêtre fit un excellent gouverneur. Avec toute sa chevalerie et tout son courage, don Quichotte n'aurait jamais si bien su gouverner. Quel sacré gâchis – un sacré gâchis, je dis bien – il aurait fait de cette île. Mon ancêtre s'est attelé au gouvernement comme Trotsky au commandement militaire. Trotsky n'avait aucune expérience, et pourtant il est venu à bout des généraux blancs. Oh, je sais, nous sommes des matérialistes, des paysans et des marxistes. Mais ne nous méprisez pas pour autant.

— Quand vous ai-je jamais méprisé, Sancho ?

— Eh bien, votre Dieu en soit remercié, vous commencez à retrouver la parole. Ouvrons cette bouteille.

Le vin que Sancho venait de remonter de la rivière n'était pas encore assez frais, mais le maire était soucieux de compléter le traitement. Ils burent deux verres en silence, mais ce silence était celui de l'amitié retrouvée.

— Reste-t-il encore du fromage, mon père ?

— Un peu, je crois. Je vais aller vérifier.

Le père Quichotte resta parti un long moment. Peut-être avait-il eu du mal à retrouver le fromage. Sancho était en train de se lever avec quelque agacement quand le père Quichotte surgit de sous le pont, et la mine anxieuse qu'il affichait n'était pas sans justification, car un garde civil marchait à ses côtés. Pour une raison que le maire ne put comprendre, son ami débitait précipitamment un discours en latin au garde qui n'avait pas l'air moins inquiet que lui.

— *Esto mihi in Deum protectorem et in locum refugii*, déclamait le père Quichotte.

— L'évêque semble être un étranger, fit le garde.

— Ce n'est pas un évêque, mais un monsignor. Je crois qu'il est en train de réciter l'office.

— C'est votre voiture, sous le pont ?

— Elle appartient à Monsignor.

— Je lui ai dit qu'il aurait bien fait de tout fermer. Il avait même laissé la clé sur le tableau de bord. Ce n'est pas très prudent. Surtout par ici.

— Le coin a l'air très paisible. Les vaches elles-mêmes...

— Vous n'avez pas aperçu un homme avec la jambe droite de son pantalon trouée par une balle ? Il a une fausse moustache. Encore que la moustache, à mon avis, il a dû s'en débarrasser.

— Non, non. Nous n'avons rien vu de tel.

— *Scio cui credidi*, fit le père Quichotte.

— Un Italien ? Nous avons un grand pape.

— Ça oui.

— Ni chapeau ni veste. Une chemise à rayures.

— Personne de semblable n'est venu par ici.

— Il a pris cette balle à Zamora. S'en est tiré de justesse. La balle est à nous. Ça fait longtemps que vous êtes là ?

— Un quart d'heure environ.

— Venez d'où ?

— Valladolid.

— Vu personne en chemin ?

— Non.

— Il n'a pas pu filer beaucoup plus loin dans ce temps-là.

— Qu'est-ce qu'il a fait ?

— Braqué une banque à Benavente. Abattu le caissier. Filé sur une Honda. Abandonné – la Honda, je veux dire – cinq kilomètres plus loin. C'est pour ça qu'il n'est pas prudent de laisser votre voiture ouverte avec la clé de contact.

— *Laqueus contritus est*, poursuivait le père Quichotte, *et nos liberati sumus*.

— Que dit le monsignor ?

— Je ne suis pas très doué pour les langues, fit le maire.

— Vous êtes en route vers León ?

— Oui.

— Ouvrez l'œil et ne prenez pas d'inconnu à bord.

Le garde salua le monsignor avec courtoisie et une certaine méfiance, puis il s'éloigna.

— Pourquoi lui parliez-vous en latin ? demanda Sancho.

— Ça m'a paru la chose à faire.

— Mais pourquoi... ?

— Je voulais, si possible, éviter de mentir. Même un mensonge officieux, et non délictueux, pour reprendre la distinction du père Heribert Jone.

— Et à quel propos auriez-vous pu mentir ?

— Je me suis très soudainement trouvé placé devant la possibilité – vous pourriez même dire devant la tentation.

Le maire soupira. Le vin avait bien délié la langue du père Quichotte, et Sancho en fut presque à le regretter.

— Avez-vous trouvé le fromage ? demanda-t-il.

— J'en ai retrouvé un assez joli morceau, mais je le lui ai donné.

— Au garde ? Et pourquoi donc... ?

— Non, non, à l'homme qu'il recherchait, naturellement.

— Vous voulez dire que vous l'avez *vu* ?

— Oui, et c'est pour cela que j'avais peur de répondre aux questions.

— Bon sang, mais où est-il à présent ?

— Dans le coffre. Le garde avait raison, ce n'était pas prudent, après cela, de laisser la clé... Quelqu'un aurait pu démarrer en l'emmenant. Mais enfin, le danger est passé.

Pendant un long moment, le maire fut incapable de parler. Puis il parvint à aligner une phrase.

— Qu'avez-vous fait du vin ?

— Nous l'avons remis sur le siège arrière. Lui et moi.

— Dieu merci, j'ai fait changer les plaques à Valladolid.

— Que voulez-vous dire, Sancho ?

— Ces gardes civils auront signalé votre numéro à Ávila, et à l'heure qu'il est, il doit être passé sur ordinateur.

— Mais… mes papiers… ?

— Vous en avez de nouveaux. Bien sûr, ça a pris du temps. C'est pour ça que nous sommes restés aussi longtemps à Valladolid. Le garagiste est un vieil ami, et un membre du parti.

— Sancho, Sancho, combien d'années de prison avons-nous récoltées ?

— Pas même la moitié de ce que vous vaudra un recel de malfaiteur. Qu'est-ce qui vous a donc poussé… ?

— Il m'a demandé de l'aider. Il m'a dit qu'on l'avait accusé à tort et confondu avec un autre homme.

— Avec le pantalon troué par une balle de revolver ? Un pilleur de banques ?

— Comme votre chef Staline. Après tout, le mobile change tellement les choses. Si Staline était venu me trouver en confession et m'avait expliqué honnêtement ses raisons, peut-être lui aurais-je fait réciter une dizaine du chapelet, quoique je n'aie jamais donné de pénitence aussi sévère à aucun de mes paroissiens d'El Toboso. Rappelez-vous ce qu'a dit mon ancêtre aux galériens avant de les libérer : « Dieu est là-haut dans le ciel, qui n'oublie ni de châtier le méchant ni de récompenser le bon, et il n'est pas bien que des hommes d'honneur se fassent les bourreaux d'autres hommes. » C'est là de la doctrine chrétienne bien comprise, Sancho. Une dizaine de chapelet, c'est une pénitence assez sévère. Nous ne sommes ni des interrogateurs ni des bourreaux. Le bon Samaritain n'a pas mené une enquête sur le passé du blessé – l'homme roué de coups par les voleurs – avant de lui apporter son aide. Peut-être était-ce un publicain, et les voleurs ne faisaient que reprendre ce qu'il leur avait pris.

— Pendant que vous parlez, Monsignor, votre blessé doit être en train de s'asphyxier.

Ils se hâtèrent jusqu'à la voiture et trouvèrent leur homme assez mal en point. La fausse moustache, décollée par la sueur, pendait à un coin de sa lèvre supérieure. Heureusement pour lui, il était de petite taille et avait pu se recroqueviller sans trop de peine dans le peu d'espace qu'offrait Rossinante.

L'homme n'en éleva pas moins de vives protestations quand ils l'eurent libéré.

— J'ai cru que j'allais mourir. Pourquoi avez-vous mis tout ce temps ?

— Nous avons fait de notre mieux pour vous, dit le père Quichotte en reprenant à peu près les mots de son ancêtre. Nous ne sommes pas vos juges, mais votre conscience devrait vous dire que l'ingratitude est un péché indigne.

— Nous en avons même beaucoup trop fait pour vous, intervint Sancho. À présent, fichez le camp. Le garde est parti de ce côté. Je vous conseille de toujours passer par les champs, jusqu'au moment où vous pourrez vous noyer dans la ville.

— Comment je vais passer par les champs avec ces chaussures qui sont pourries jusqu'au bout des semelles, et comment je vais me noyer dans la ville avec un pantalon troué par une balle ?

— Vous avez braqué une banque. Vous n'avez qu'à vous acheter une paire de souliers.

— Qui dit que j'ai braqué une banque ? (Il retourna ses deux poches vides.) Vous n'avez qu'à me fouiller. Vous vous appelez chrétiens.

— Pas moi, fit le maire. Je suis marxiste.

— J'ai mal au dos. Je ne peux pas faire un pas.

— J'ai de l'aspirine dans la voiture, dit le père Quichotte. (Il ouvrit la portière et se mit à fouiller dans la boîte à gants. Il entendit tousser deux fois derrière lui.) J'ai aussi des pastilles. Peut-être y avait-il un courant d'air dans le coffre. (Le père se retourna, le remède à la main, et eut la surprise de se trouver face au revolver que tenait l'inconnu.) Il ne faut pas diriger ce genre d'objet vers quelqu'un, dit-il. C'est dangereux.

— Vous faites quelle pointure ? demanda l'homme.

— Je ne me rappelle jamais. Du trente-neuf, je crois.

— Et vous ?

— Quarante, fit Sancho.

— Passez-les-moi, ordonna le fuyard au père Quichotte.

— Elles sont presque aussi pourries que les vôtres.

— Discutez pas. Je prendrais aussi votre pantalon s'il m'allait. À présent, le dos tourné, tous les deux. S'il y en a un qui bouge, j'abats tout le monde.

— Je ne comprends pas, dit le père Quichotte, pourquoi vous êtes allé piller une banque – si c'est bien ce que vous avez fait – avec des chaussures en mauvais état.

— Je me suis trompé de paire. Voilà pourquoi. Vous pouvez vous retourner à présent. Tous les deux dans la voiture. Je me mets à l'arrière, et si vous vous arrêtez pour une raison ou pour une autre, je tire.

— Où voulez-vous aller ?

— Vous me laisserez près de la cathédrale de León.

Le père Quichotte sortit du champ en marche arrière, et la manœuvre fut assez laborieuse.

— Vous conduisez comme un manche, observa le fuyard.

— C'est Rossinante. Elle n'aime pas la marche arrière. Vous ne devez pas avoir beaucoup de place sur votre siège, avec tout ce vin. Voulez-vous que je m'arrête et que nous remettions la caisse dans le coffre ?

— Non. Roulez.

— Qu'est-il arrivé à votre Honda ? Le garde a dit que vous l'aviez abandonnée.

— Plus d'essence. J'avais oublié de faire le plein.

— Mauvaise paire de chaussures. Pas d'essence. On dirait que le Seigneur n'approuvait pas vos plans.

— Vous ne pouvez pas rouler plus vite ?

— Non. Rossinante est très âgée. Elle risque de s'effondrer au-dessus de quarante à l'heure. (Le père Quichotte jeta un coup d'œil dans le rétroviseur et vit le revolver braqué sur lui.) J'aimerais que vous vous détendiez un peu et que vous posiez cette arme. Parfois, Rossinante se conduit un peu comme un chameau. Si elle vous secoue brusquement, le coup risque de partir. Vous ne seriez pas très heureux d'avoir un autre mort sur la conscience.

— Comment ça, un autre mort ?

— Il y a ce malheureux que vous avez tué à la banque.

— Je ne l'ai pas tué. Je l'ai raté.

— Le Seigneur semble avoir fait des heures supplémentaires pour vous éviter un péché mortel.

— De toute façon, ce n'était pas une banque, mais un supermarché.

— Le garde a parlé d'une banque.

— Ils parleraient d'une banque même si c'étaient des chiottes. Comme ça, ils se sentent plus importants.

Quand ils entrèrent dans la ville de León, le père Quichotte remarqua que le pistolet disparaissait toujours lorsqu'ils s'arrêtaient à un feu rouge. Le père aurait peut-être pu sauter hors de la voiture, mais cela aurait mis Sancho en danger, et inciter cet homme à plus de violence reviendrait à partager son péché. De toute façon, le père ne souhaitait pas se faire l'instrument de la justice humaine. Il fut soulagé de ne rencontrer ni garde ni carabinier sur l'itinéraire qui les mena aussi près qu'il était possible de la cathédrale.

— Je vais voir si la voie est libre, annonça-t-il.

— Si vous me jouez un tour, j'abats votre ami, dit l'homme.

Le père Quichotte ouvrit la portière.

— Tout va bien, dit-il. Vous pouvez partir.

— Si vous mentez, la première balle sera pour vous.

— Votre moustache est tombée, dit le père Quichotte. Elle est collée à votre chaussure – je veux dire à ma chaussure.

Ils regardèrent l'homme s'éloigner.

— Au moins, il ne m'est pas tombé dessus comme les galériens sur mon ancêtre, observa le père Quichotte.

— Restez dans la voiture pendant que je vais vous acheter des souliers. Vous avez dit pointure trente-neuf ?

— Cela vous ennuierait que nous allions d'abord dans la cathédrale ? J'ai dû faire beaucoup d'efforts pour empêcher Rossinante de se cabrer. S'il nous avait tués, ce malheureux aurait vraiment eu de sérieux problèmes. J'aimerais m'asseoir un moment au frais – et prier. Ça ne prendra pas longtemps.

— Je croyais que vous aviez fait assez de prières pendant que vous conduisiez.

— Bien sûr, mais je priais pour ce malheureux. Maintenant, je voudrais remercier Dieu de *nous* avoir gardés en vie.

Le froid du pavé le surprit à travers les bas violets. Il regretta de n'avoir pas choisi les chaussettes de laine à Salamanque. L'immense hauteur de la nef l'écrasait, et aussi le flot de lumière qui entrait dans la cathédrale par cent vingt vitraux et aurait pu être le regard de Dieu. Il se sentit comme une minuscule créature placée sur une platine de microscope. Il alla se réfugier dans une chapelle latérale et s'agenouilla. Il ne savait que dire. S'il pensait « merci », les mots lui paraissaient aussi creux qu'un écho – il n'éprouvait aucune reconnaissance de s'être tiré sans mal de l'aventure, alors que, peut-être, il eût accueilli la balle qui l'aurait frappé avec un léger soulagement, en se disant : c'est la fin. On aurait ramené son corps à El Toboso, et il se serait retrouvé chez lui au lieu de poursuivre cet absurde pèlerinage – vers quoi ? et vers où ?

Il semblait inutile de continuer à essayer de prier sans y parvenir, aussi y renonça-t-il pour s'efforcer d'exclure toute pensée, de faire le vide dans son esprit et de se plonger dans un silence total. Au bout d'un long moment, il se sentit véritablement parvenu au seuil du néant, il ne lui restait plus qu'un pas à franchir. C'est alors qu'il s'aperçut que le froid des dalles était plus sensible à son orteil gauche qu'à l'autre. J'ai un trou à ma chaussette, songea-t-il. Cette chaussette – pourquoi n'avait-il pas insisté pour avoir de la laine ? – ne valait pas le prix qu'elle coûtait dans ce grandiose magasin patronné par l'Opus Dei.

Il se signa et alla rejoindre Sancho.

— Avez-vous assez prié ? lui demanda le maire.

— Je n'ai pas prié du tout.

Ils abandonnèrent Rossinante pour marcher au hasard dans les rues. Tout près du Burgo Nuevo, ils découvrirent un magasin de chaussures. Le père Quichotte se brûlait les pieds sur les trottoirs, et le trou par où pointait son orteil gauche s'était considérablement élargi. La boutique était toute petite. Le vendeur contempla les pieds du monsignor avec étonnement.

— Je voudrais une paire de souliers noirs, pointure trente-neuf, annonça le père Quichotte.

— Mais bien sûr, je vous en prie, asseyez-vous.

L'homme présenta une paire de chaussures et s'agenouilla devant le père Quichotte. Je ressemble à la statue de saint Pierre à Rome, songea celui-ci. Va-t-il me baiser les pieds ? Il se mit à rire.

— Qu'y a-t-il de drôle ? demanda le maire.

— Rien, rien. Je pensais à quelque chose.

— Votre Excellence appréciera la souplesse et la douceur de ce cuir, dit le vendeur.

— Je ne suis pas un évêque, mais un simple monsignor, et Dieu me le pardonne.

L'homme passa un soulier par-dessus la chaussette intacte.

— Si Monsignor veut bien faire quelques pas…

— J'en ai déjà fait pas mal dans votre ville. Les trottoirs de León sont rudes.

— Ils devaient être fort rudes, si Monsignor marchait sans chaussures.

— Celles-ci sont très confortables. Je les prends.

— Dois-je les envelopper, ou Monsignor va-t-il les garder aux pieds ?

— Je les garde, naturellement. Croyez-vous que j'aie *envie* de marcher nu-pieds ?

— Je me disais que peut-être… eh bien, j'ai pensé qu'il pouvait s'agir d'une pénitence…

— Non, non. Je crains fort de ne pas être un saint homme.

Le père Quichotte se rassit et laissa le vendeur lui passer l'autre soulier au pied gauche. L'homme fit preuve de délicatesse, et même d'un soupçon de déférence, en ajustant la chaussette par-dessus l'orteil proéminent. Le contact avec le pied nu d'un monsignor était manifestement une expérience nouvelle pour lui.

— Et les autres souliers ? Monsignor veut-il que je les lui enveloppe ?

— Quels autres souliers ?

— Ceux que Monsignor a quittés.

— Je ne les ai pas quittés. C'est eux qui m'ont quitté. J'ignore même où ils peuvent être. Loin d'ici, je suppose, à cette heure. De toute façon, c'étaient de vieux souliers. Ils ne valaient pas ceux-ci.

L'homme les raccompagna à la porte du magasin et demanda :

— Monsignor voudrait-il me donner sa bénédiction ?

Le père Quichotte esquissa un signe de croix et marmonna la formule.

— Cet homme était beaucoup trop respectueux à mon goût, observa-t-il une fois dans la rue.

— Les circonstances étaient un peu particulières, et il risque de se souvenir de nous, j'en ai peur, répondit le maire.

En revenant vers l'emplacement où était garée Rossinante, ils passèrent devant un bureau de poste. Le père Quichotte s'arrêta.

— Je suis inquiet, dit-il.

— Il y a de quoi. Si ce vaurien que vous avez sauvé est pris et se met à table.

— Je ne songeais pas à lui. Je pensais à Teresa. Quelque chose ne va pas. Je le sens dans ma tête, comme un orage. Nous sommes partis depuis si longtemps...

— Quatre jours.

— Ce n'est pas possible. J'ai l'impression que cela fait un mois, au moins. Laissez-moi téléphoner, je vous en prie.

— Allez-y, mais faites vite. Plus tôt nous quitterons León, mieux cela vaudra.

Ce fut Teresa qui répondit. Avant que le père Quichotte eût pu placer un mot, elle annonça d'un ton rageur.

— Le père Herrera n'est pas là, et je ne sais pas quand il reviendra. Puis elle raccrocha.

Quelque chose va vraiment mal, se dit le père Quichotte. Il reforma le numéro, et, cette fois, n'attendit pas pour parler.

— C'est le père Quichotte, Teresa.

— Dieu soit loué. Où êtes-vous ?

— À León.

— Où est-ce ?

— Vous n'auriez pas dû dire où nous sommes, fit le maire.

— Que faites-vous là-bas, mon père ?

— Je vous téléphone.

— Mon père, l'évêque est dans tous ses états.

— Le pauvre, est-il malade ?

— Il est dans une sainte colère.

— Qu'est-ce qui ne va pas, Teresa ?

— Il a appelé le père Herrera à deux reprises. Les deux fois, ils sont restés une demi-heure au téléphone, sans regarder à la dépense.

— Mais de quoi parlaient-ils, Teresa ?

— De vous, évidemment. Ils disent que vous êtes fou. Ils disent qu'il faudrait vous enfermer à l'asile pour sauver l'honneur de l'Église.

— Mais pourquoi ? Pourquoi ?

— La garde civile vous a cherché à Ávila.

— Je n'y suis pas allé.

— Ils le savent. Ils disent que vous êtes à Valladolid. Ils disent aussi que vous avez échangé vos tenues avec le maire communiste afin de prendre la fuite.

— C'est faux.

— Ils pensent que vous pouvez être mêlé aux affaires de ces Basques fous.

— Comment savez-vous tout cela, Teresa ?

— Croyez-vous que je vais leur permettre d'utiliser votre téléphone sans laisser la porte de la cuisine
ouverte ?

— Passez-moi le père Herrera.

— Ne laissez rien filtrer, fit Sancho. Rien du tout.

— Le père Herrera n'est pas là. Il est parti hier
avant qu'il fasse jour pour aller voir l'évêque.
L'évêque est dans un tel état que ça ne m'étonnerait
pas s'il appelait le Saint-Père en personne à votre sujet. Le père Herrera m'a dit que le Saint-Père avait
commis une terrible erreur en vous nommant monsignor. Je lui ai dit que c'était un blasphème. Le Saint-
Père ne peut pas commettre d'erreurs.

— Oh si, Teresa – de petites erreurs. Je crois que
je ferais bien de rentrer tout de suite.

— Ne faites pas ça, mon père. La garde civile
vous mettra sûrement le grappin dessus et vous finirez
à l'asile.

— Mais je ne suis pas plus fou que le père Herrera – ou que l'évêque, d'ailleurs.

— Ils prétendront que vous l'êtes. J'ai entendu le
père Herrera dire à l'évêque : « Il faut l'empêcher de
faire ses fredaines. Pour le bien de l'Église. » Ne vous
montrez pas, mon père.

— Au revoir, Teresa.

— Vous ne vous montrerez pas ?

— Il faut que j'y réfléchisse, Teresa.

Le père Quichotte résuma la situation au maire :

— La garde civile a pris contact avec l'évêque, qui a pris contact avec le père Herrera. Ils pensent que je suis fou.

— Il n'y a pas de mal à ça. Ils pensaient la même chose de votre ancêtre. Peut-être le père Herrera va-t-il faire comme le chanoine et se mettre à brûler vos livres.

— Dieu l'en empêche ! Il faudrait que je rentre, Sancho.

— Ce serait le meilleur moyen de prouver votre folie. Nous devons partir d'ici en vitesse, mais pas pour El Toboso. Vous n'auriez jamais dû dire à Teresa que vous étiez à León.

— Elle est muette comme la tombe. Ne craignez rien. Elle ne m'avait même jamais dit un mot au sujet des biftecks de cheval.

— Nous avons bien d'autres soucis. Ces ordinateurs travaillent à la vitesse de l'éclair. Le changement du numéro d'immatriculation de Rossinante les égarera peut-être un moment, mais si la garde leur a communiqué votre titre, nous sommes mal partis. Il faudra ôter à nouveau vos bas et votre bavoir. J'imagine que les monsignors qui conduisent une vieille Seat 600 ne sont pas légion.

Tandis qu'ils marchaient rapidement vers l'endroit où Rossinante était garée, Sancho dit :

— Je crois que nous devrions abandonner la voiture et prendre un bus.

— Nous n'avons rien fait de mal.

— Le problème n'est pas ce que nous avons fait, mais ce qu'ils pensent que nous avons fait. Même si ce n'est plus un crime de lire Marx, c'en est encore un de cacher un pilleur de banques.

— Ce n'était pas un pilleur de banques.

— Un pilleur de supermarchés, alors – c'est un crime de l'avoir caché dans le coffre de votre voiture.

— Je n'abandonnerai pas Rossinante.

Ils étaient parvenus devant le véhicule. Le père Quichotte posa une main protectrice sur l'aile de Rossinante et sentit sous ses doigts une éraflure, résultat d'un accrochage avec la voiture du boucher d'El Toboso.

— Connaissez-vous la pièce de Shakespeare, *Henry VIII* ?, demanda-t-il.

— Non. Je préfère nettement Lope de Vega.

— Je n'aimerais pas que Rossinante me fasse le même reproche que le cardinal Wolsey à son roi :

Si j'avais servi mon Dieu avec la moitié du zèle
Que j'ai mis à servir mon roi, Il ne m'aurait pas
      dans mon vieil âge,
   Livré nu à mes ennemis.

Vous voyez cette éraflure sur le capot, Sancho ? Il y a sept ans et plus, elle a souffert par ma faute. *Mea culpa, mea culpa, mea maxima culpa.*

2.

Ils quittèrent León par le chemin le plus rapide, mais la route montait et Rossinante donna des signes de fatigue. Les monts de León dressaient devant eux leur masse de pierre grise et dentelée.

— Vous m'aviez dit que vous vouliez du silence, fit le maire. Le moment est venu de choisir entre le silence de Burgos et celui d'Osera.

— Burgos est un endroit qui n'évoque pas de très bons souvenirs.

— Bravo, Monsignor. Je pensais que le souvenir de l'état-major du généralissime aurait pu vous attirer.

— Je préfère le silence de la paix à celui qui suit une victoire – ce silence-là ressemble au silence permanent de la mort. Et pas à celui d'une bonne mort. Mais, Sancho, l'idée d'un monastère ne vous rebute-t-elle pas ?

— Et pourquoi ? Ils peuvent nous protéger de maux plus graves, comme l'a écrit Marx. De plus, dans notre cas, un monastère présente les mêmes avantages qu'un bordel. Si nous ne restons pas trop longtemps. Pas de fiche à remplir.

— Alors, Sancho, ce sera Osera, et les trappistes.

— Au moins, nous aurons du bon vin de Galice. Le niveau de notre *manchego* va bientôt être au plus bas.

Leur pique-nique se composa uniquement de vin, car le reste de fromage avait disparu avec le voleur et la provision de saucisson était épuisée. Ils se trouvaient à près de mille mètres d'altitude, avec le paysage vaste et vide à leurs pieds, et un petit vent rafraîchissait l'air. Ils vinrent rapidement à bout de la première bouteille, et Sancho en ouvrit une autre.

— Est-ce bien sage ? demanda le père Quichotte.

— La sagesse n'est pas un absolu, dit le maire. C'est une chose relative, qui dépend d'une situation donnée. Elle aussi varie avec chaque cas particulier. Il est sage pour moi de boire une autre demi-bouteille dans une situation telle que la nôtre, alors que nous sommes sans nourriture. Pour vous, naturellement, c'est peut-être de la folie. Et dans ce cas, le moment venu, il m'appartiendra de décider quelle sera l'utilisation la plus sage que je pourrai faire de votre moitié de bouteille.

— Ce moment ne risque pas de se présenter. Dans ma sagesse, je dois vous empêcher de boire plus que votre part. (Et sur ces mots, le père Quichotte se versa un autre verre.) Mais, ajouta-t-il, je ne comprends pas en quoi le manque de nourriture peut affecter la sagesse de notre décision.

— C'est pourtant évident. Le vin contient du sucre, et le sucre est un aliment de grande valeur.

— Dans ce cas, si nous avions assez de vin, nous ne mourrions jamais de faim.

— Exactement, mais tout raisonnement logique contient un sophisme – y compris ceux de votre saint Thomas d'Aquin. Si nous remplacions la nourriture par le vin, nous devrions rester où nous sommes, de sorte que nous finirions par manquer de vin.

— Pourquoi devrions-nous rester où nous sommes ?

— Parce que nous ne serions ni l'un ni l'autre en état de conduire.

— Tout à fait exact. Le raisonnement logique mène parfois à des situations absurdes. Il y a, dans notre province de la Manche, une sainte très populaire qui perdit sa virginité le jour où elle fut violée dans sa cuisine par un Maure, alors que son agresseur était sans arme et qu'elle-même tenait un couteau dans sa main.

— Je suppose qu'elle souhaitait être violée.

— Pas du tout. Son raisonnement était des plus logiques. Sa virginité avait moins d'importance que le salut du Maure. Si elle le tuait à ce moment-là, elle lui ôtait toute chance de salut. C'est une histoire absurde, et pourtant, quand on y réfléchit, elle est assez belle.

— Ce vin vous rend bavard, Monsignor. Je me demande comment vous supporterez le silence du monastère.

— La règle du silence ne s'appliquera pas à *nous*, Sancho, et les moines ont le droit de parler à leurs hôtes.

— Cette deuxième bouteille a disparu bien vite. Vous rappelez-vous – comme ça paraît loin – de quelle manière vous avez essayé de m'expliquer la sainte Trinité ?

— Oui. Et la terrible erreur que j'ai commise. Une demi-bouteille pour le Saint-Esprit !

— Une erreur que nous ne renouvellerons pas, fit Sancho en débouchant une troisième bouteille.

Le père Quichotte n'éleva aucune protestation, et pourtant le vin agissait sur son cerveau à la façon d'un excitant. Il était prêt à prendre la mouche à la première occasion.

— Je me réjouis, observa le maire, qu'à la différence de votre ancêtre vous appréciez le vin. Don Quichotte s'arrête souvent dans une auberge, quatre de ses aventures au moins se déroulent dans une auberge, mais on ne le voit jamais boire le moindre verre. Comme nous, il déjeune souvent de fromage en plein air, mais il ne fait jamais descendre sa part de fromage avec un verre de bon *manchego*. Il n'aurait pas fait un compagnon de voyage à mon goût. Dieu merci, malgré vos livres saints, vous avez une bonne descente quand vous vous y mettez.

— Pourquoi me collez-vous toujours mon ancêtre sur le dos ?

— Mais je ne faisais que comparer…

— Vous parlez de lui à la première occasion, vous prétendez que mes livres saints sont pareils à ses livres de chevalerie, vous comparez nos petites aventures avec les siennes. Ces gardes civils étaient des gardes civils, pas des moulins à vent. Je suis le père Quichotte, et non don Quichotte. Je suis réel, je vous l'affirme. Mes aventures, c'est à *moi* qu'elles arrivent, pas à lui. Je suis mon chemin – *mon* chemin –, pas le sien. Je suis doté de libre arbitre. Je ne suis pas assujetti à un ancêtre mort depuis quatre cents ans.

— Excusez-moi, mon père. Je croyais que vous étiez fier de votre ancêtre. Je n'ai pas voulu vous offenser.

— Oh, je sais ce que vous pensez. Vous pensez que mon Dieu n'est qu'une illusion, comme les moulins à vent. Mais il existe, c'est moi qui vous le dis. Je ne fais pas que croire en Lui. Je peux Le toucher.

— Alors, il est mou ou il est dur ?

Le père Quichotte se redressa, l'air furieux.

— Non, non, mon père. Je m'excuse encore une fois. Je ne voulais pas me moquer. Je respecte vos convictions tout comme vous respectez les miennes. Mais il y a quand même une différence. Je *sais* que Marx et Lénine ont existé. Vous, vous ne faites que croire.

— Je vous dis que ce n'est pas une question de croyance. Je peux Le toucher.

— Mon père, nous avons passé de bons moments ensemble. Cette bouteille est la troisième. Je lève mon verre en l'honneur de la Trinité. Vous ne pouvez pas refuser de trinquer avec moi.

Le père Quichotte contempla son verre d'un air maussade.

— Non, je ne peux pas refuser, mais… (Il but, et cette fois toute sa colère se dissipa d'un coup, mais ce fut pour laisser la place à une grande tristesse.) Savez-vous que je suis un peu ivre, Sancho ?

Le maire vit des larmes dans les yeux de son compagnon.

— Notre amitié, mon père…

— Oui, oui, Sancho, rien ne peut l'atteindre. Je voudrais seulement posséder les mots qu'il faut.

— Les mots pour quoi ?

— Et la connaissance, aussi. Je suis un homme très ignorant. Il y avait tant de choses que j'étais censé enseigner à El Toboso, et que je ne comprenais pas. Qui ne m'effleuraient pas. La sainte Trinité. La Loi de la Nature. Le Péché Mortel. Je leur offrais des phrases tirées des manuels. Il ne m'arrivait jamais de me demander si je croyais à ces choses. Je rentrais chez moi et je lisais mes saints favoris. Leur sujet, c'était l'amour. Voilà quelque chose que je comprenais. Le reste ne semblait pas avoir d'importance.

— Je ne vois pas ce qui vous préoccupe, mon père.

— Vous, Sancho, vous me préoccupez. Quatre jours en votre compagnie, voilà ce qui me travaille. Je me revois en train de rire pendant que je soufflais dans ce ballon. Ce film… pourquoi n'ai-je pas été choqué ?

Pourquoi ne suis-je pas sorti ? El Toboso semble être à des siècles de distance. Je ne suis plus moi-même, Sancho. Une sorte de vertige me prend…

— Vous êtes vraiment un peu ivre, mon père. Voilà tout.

— Ce sont les symptômes habituels ?

— Se mettre à parler beaucoup… le vertige… oui.

— Et la tristesse ?

— Ça dépend des gens. Pour certains, oui. D'autres deviennent joyeux, agités.

— Je crois qu'il faudra que je m'en tienne au tonic. Je ne me sens pas capable de prendre le volant.

— Je peux m'en charger.

— Rossinante n'aime pas sentir une main étrangère. Je voudrais dormir un peu avant que nous reprenions la route. Si j'ai dit quelque chose de blessant, Sancho, pardonnez-moi. C'était le vin qui parlait, pas moi.

— Vous n'avez rien dit de mal. Étendez-vous un moment, mon père. Je monterai la garde. La vodka m'a rendu résistant.

Le père Quichotte trouva un coin d'herbe douce parmi les rochers et s'allongea, mais le sommeil ne vint pas immédiatement.

— Le père Heribert Jone considère l'ivresse comme un péché plus grave que la gourmandise. C'est une chose que je ne comprends pas. Un soupçon d'ivresse nous a rapprochés, Sancho. L'ivresse sert l'amitié. La gourmandise est vraiment un vice solitaire. Une forme d'onanisme. Pourtant, je me rappelle que le père Jone y voit simplement un péché véniel. « Même s'il y a vomissement. » Ses propres termes.

— Je n'accepterais pas plus l'autorité du père Jone en matière de morale que celle de Trotsky en matière de communisme.

— Les gens font-ils vraiment des choses affreuses quand ils sont ivres ?

— Peut-être, quelquefois, s'ils ne se contrôlent plus. Mais ce n'est pas toujours une mauvaise chose. Il est bon de ne plus se contrôler, à l'occasion. En amour, par exemple.

— Comme ces gens dans le film ?

— Eh bien, oui, peut-être.

— S'ils avaient bu un peu plus, ils se seraient peut-être tous retrouvés en train de souffler dans des ballons.

Un bruit bizarre vint des rochers. Le maire mit quelque temps à s'apercevoir qu'il s'agissait d'un rire.

— Vous êtes mon maître de théologie morale, Sancho, dit le père Quichotte.

Et le rire fut bientôt remplacé par un léger ronflement.

oreiller en les enroulant autour de ses chaussures. Il dormait profondément.

Le maire n'eut pas le cœur de le réveiller. Il était trop tard pour prendre la route départementale qui menait à Osera, et Sancho estima beaucoup plus prudent de ne pas retourner à León. Il regagna le coin qu'il s'était choisi, hors de vue du père Quichotte, et ne tarda pas à dormir d'un sommeil sans rêves.

À son réveil, le soleil était déjà haut et l'ombre ne protégeait plus le coin où il avait dormi. Temps de partir, se dit-il, et de trouver à boire un café au prochain village. Il avait besoin d'un café. La vodka ne lui causait jamais d'ennuis, mais l'abus de vin l'indisposait un peu à la manière d'un réformiste passant au sein du parti. Il se mit en quête du père Quichotte, mais le prêtre n'était plus à l'endroit où il l'avait laissé – pourtant, les chaussettes et les souliers qui lui avaient servi d'oreiller s'y trouvaient encore. Il cria le nom du père Quichotte à plusieurs reprises, mais sans résultat, et le son de sa propre voix lui rappela son rêve. Il s'assit pour attendre, persuadé que le père Quichotte était allé s'isoler pour évacuer tout son vin. Mais cela ne lui aurait pas pris dix minutes – aucune vessie n'avait une telle contenance. Peut-être étaient-ils tous les deux en train de tourner en rond : après s'être soulagé, le père Quichotte s'était mis à la recherche de l'endroit où son ami avait dormi. Le maire rebroussa chemin, les bas violets à la main, et ce détail lui remit une fois de plus, d'inquiétante manière, son rêve en mémoire. Le père Quichotte demeura introuvable.

Il est peut-être allé prendre des nouvelles de Rossinante, se dit Sancho. La veille, sur ses conseils, le père Quichotte avait garé la voiture un peu à l'écart, derrière un tas de sable, vestige de travaux effectués longtemps auparavant sur la route. De cette manière, un garde passant par là aurait du mal à la repérer.

Le père Quichotte ne se trouvait pas auprès de Rossinante, mais celle-ci avait de la compagnie – une Renault était garée derrière elle. Un jeune couple en jeans, installé parmi les rochers, s'affairait à remplir des sacs de camping de tasses et d'assiettes qui avaient dû servir, à en juger par les restes, à un petit déjeuner des plus honnêtes. Devant le spectacle, Sancho se sentit affamé. Le couple paraissait amical et l'accueillit d'un sourire.

— Est-ce qu'il ne vous resterait pas un petit pain ? demanda le maire avec quelque hésitation.

Ils le regardèrent d'un air gêné, lui sembla-t-il. Il imagina l'allure qu'il devait avoir, pas rasé et toujours muni des bas violets. En outre, il s'aperçut que le couple était étranger. L'homme parla avec un accent américain.

Je m'excuse, je ne comprends pas beaucoup l'espagnol. Parlez-vous français ?

— Un petit peu, fit le maire, très petit peu.

— Comme moi.

Il y eut un silence embarrassé.

— J'ai faim, reprit le maire. (La qualité de son français lui donnait l'impression d'être un mendiant). J'ai pensé que si vous avez fini votre... (Le mot ne venait pas). Votre desayuno...

— Desayuno ?

Le maire s'étonna à la pensée du nombre de touristes étrangers qui parcouraient ainsi l'Espagne sans connaître les mots les plus élémentaires.

— Ronald, annonça la fille dans sa langue incompréhensible, je vais chercher le dictionnaire dans la voiture.

Lorsqu'elle se leva, le maire remarqua ses jambes, longues et désirables. Il porta la main à sa joue – un geste de regret pour sa jeunesse enfuie.

— Il faut me pardonner, señorita, je n'ai pas... mais il s'aperçut qu'il ne savait pas dire « se raser » en français.

Les deux hommes restèrent silencieusement face à face en attendant le retour de la fille. Et la conversation qui suivit ne fut pas moins laborieuse. Le maire parlait très lentement et s'interrompait après chaque mot important afin de donner à la fille le temps de consulter son dictionnaire de poche.

— Si vous avez – fini – votre déjeuner...

— Desayuno signifie déjeuner, dit la fille à son compagnon.

Elle avait l'air enchantée de sa découverte.

— ... pourrais-je avoir un bollo ?

— Bollo – ça veut dire un pain à cent sous. Ceux-ci ont coûté beaucoup plus cher.

— Les dictionnaires sont toujours périmés, fit le garçon. Comment veux-tu qu'ils arrivent à suivre l'inflation ?

— J'ai très faim, dit le maire en détachant bien le mot essentiel.

La fille tourna les pages de son dictionnaire.

— Ambriento, c'est bien ça qu'il a dit ? Je ne le trouve pas.

— Essaie la lettre H. Je crois qu'ils ne prononcent pas les h.

— Ah, oui, le voici. Hambriento. Avide. Mais de quoi est-il avide ?

— Il n'y a pas un autre sens ?

— Bien sûr, que je suis bête. « Affamé ». C'est sans doute ça. Il a faim et veut un pain à cent sous.

— Il en reste deux. Donne-les-lui. Et puis, tiens, donne-lui aussi ça, à ce pauvre diable.

Le garçon tendit un billet de cent pesetas à sa compagne.

Le maire prit les deux pains et refusa le billet. Afin d'expliquer son attitude, il pointa son index vers Rossinante, puis vers lui-même.

— Mon Dieu, dit la fille. La voiture lui appartient, et nous venons lui offrir cent pesetas...

Elle joignit les mains et les éleva en un geste qui avait quelque chose d'oriental. Le maire comprit que c'était une façon de s'excuser et sourit.

— Comment pouvais-je le savoir ? fit le garçon d'un air renfrogné.

Le maire entama un des petits pains. La fille consulta une nouvelle fois son dictionnaire.

— Manteca ? demanda-t-elle.

— Menthe et quoi ? fit le garçon d'une voix déplaisante.

— Je lui demande s'il veut du beurre.

— Je l'ai terminé. Il n'en restait pas assez pour qu'on le garde.

Le maire fit non de la tête et acheva son petit pain. Il mit l'autre dans sa poche.

— Para mi amigo, expliqua-t-il.

— Là, j'ai compris ! s'exclama la fille, ravie. C'est pour sa petite amie. Tu te rappelles la conjugaison latine ? Amo, j'aime ; amas, tu aimes… j'ai oublié la suite. Je te parie qu'ils ont été se rouler dans les buissons, comme nous.

Sancho mit sa main en porte-voix et appela une nouvelle fois le père Quichotte, sans résultat.

— Qu'est-ce qui te fait croire que c'est une fille ? demanda le garçon, qui était résolu à faire des histoires. C'est sans doute en espagnol comme en français : ami peut désigner n'importe quel sexe, tant que tu ne le vois pas écrit.

— Mon Dieu, dit la fille, tu crois que ça pourrait être ce cadavre qu'on a vu enlever…

— On n'est pas *sûrs* que c'était un cadavre. Si c'en était un, pourquoi garde-t-il ce petit pain ?

— Demande-le-lui.

— Comment ? C'est toi qui as le dictionnaire.

Le maire lança un nouvel appel et ne reçut qu'un faible écho en réponse.

— Ça avait tout l'air d'un cadavre, insista la fille.

— Ils ne faisaient peut-être que l'emmener à l'hôpital.

— Tu as toujours des explications tellement *banales* pour tout. Et qu'est-ce qu'il ferait d'un petit pain à l'hôpital ?

— Dans les pays sous-développés, les parents sont souvent obligés d'apporter de quoi manger au malade.

— L'Espagne n'est pas un pays sous-développé.

— C'est toi qui le dis.

Comme le couple semblait en pleine dispute, le maire regagna le coin où le père Quichotte avait dormi. Le mystère de sa disparition et le souvenir du rêve de la nuit précédente poursuivaient Sancho. Il alla retrouver Rossinante.

Pendant son absence, le dictionnaire avait été profitablement consulté.

— Camilla, annonça la fille, avec une prononciation assez insolite pour que le maire ne saisît pas le sens immédiatement.

— Tu es sûre que c'est ça ? demanda le garçon. Ça ressemble plus à un prénom de fille qu'à une civière. D'ailleurs, je ne vois pas pourquoi tu cherchais à civière. Ils n'en avaient pas.

— Mais c'est pour donner l'idée, tu ne comprends pas ? Trouve-moi un mot dans le dictionnaire qui donne l'idée de quelqu'un qu'on porte à l'horizontale devant soi.

— Pourquoi pas « porté », tout simplement ?

— Le dictionnaire ne donne que l'infinitif des verbes, mais je vais essayer, si tu veux. Transportar, fit-elle, camilla.

Le maire comprit brusquement ce qu'elle voulait dire, mais il ne comprit que cela.

— Donde ? demanda-t-il, au bord du désespoir, donde ?

— Je crois qu'il demande « où », dit le garçon, soudain métamorphosé en interprète inspiré.

Il marcha jusqu'à sa voiture, ouvrit la portière, se plia en deux et fit le geste de pousser quelque chose de lourd à l'intérieur. Puis il agita les bras en direction de León et ajouta :

— Autant en emporte le vent.

Le maire se laissa choir sur un rocher. Que s'était-il donc passé ? La garde civile avait-elle retrouvé leurs traces ? Mais ils seraient sûrement restés sur place pour capturer aussi son compagnon. Et pourquoi emmener le père Quichotte sur une civière ? L'avaient-ils abattu et avaient-ils pris peur ensuite ?

La tête penchée, il semblait accablé par le poids de ses pensées.

— Le pauvre homme, chuchota la fille, il pleure la mort de son ami. Je crois que nous ferions mieux de partir discrètement.

Ils ramassèrent leurs sacs de camping et regagnèrent leur voiture sur la pointe des pieds.

— Ça a un côté excitant, dit la fille en s'installant sur son siège. Mais c'est vraiment, vraiment triste aussi, bien sûr. J'ai l'impression d'être à l'église.

Deuxième partie

1. Où monsignor Quichotte rencontre son évêque

1.

Le père Quichotte ouvrit les yeux et s'étonna de voir le paysage défiler rapidement à gauche et à droite tandis qu'il continuait de reposer paisiblement, à peu près dans la même position que lorsqu'il s'était endormi. Des arbres, puis une maison, fuyaient à vives allure. Il se dit que le vin avait troublé sa vue, soupira en songeant à son intempérance, résolut de mieux se surveiller à l'avenir, puis il ferma les yeux et se rendormit aussitôt.

Il fut à demi éveillé une nouvelle fois par un étrange ballottement qui cessa brusquement. Il sentit son corps s'affaisser et venir reposer sur ce qui ressemblait à un drap froid, plutôt qu'au sol assez raboteux sur lequel il était précédemment allongé. Tout cela était très insolite. Il glissa une main derrière sa tête afin d'ajuster l'oreiller qu'il s'était confectionné au moyen de ses bas violets et rencontra un véritable oreiller. Une voix féminine demanda avec indignation :

— Au nom du ciel, qu'avez-vous fait à ce pauvre père ?

— Ne vous inquiétez pas, ma bonne dame, fit une autre voix : Il va se réveiller dans un instant. Allez lui préparer une tasse de café bien fort.

— Il boit toujours du thé.

— Alors un thé, et faites-le corsé. Je resterai là jusqu'à ce qu'il se réveille, comme ça je pourrai...

Mais le père Quichotte se laissa glisser une nouvelle fois dans la paix confortable du sommeil. Il rêva de trois ballons, qu'il avait gonflés et lâchés dans les airs : il y en avait deux gros et un petit. Cette différence troublait le père. Il aurait voulu rattraper le petit ballon et souffler dedans jusqu'à lui donner la taille des deux autres. Il se réveilla, cligna deux fois ses paupières et s'aperçut sans le moindre doute possible qu'il se trouvait chez lui, à El Toboso, et qu'il était couché dans son vieux lit. Il sentit des doigts qui prenaient son pouls.

— Docteur Galván ! s'exclama-t-il. Vous ici ! Que faites-vous à El Toboso ?

— Ne vous affolez pas, fit le médecin d'une voix apaisante.

— Vous n'allez pas tarder à reprendre vos esprits.

— Où est Sancho ?

— Sancho ?

— Le maire.

— Nous l'avons laissé cuver son vin.

— Rossinante ?

— Votre voiture ? Oh, il se chargera de la ramener. À moins, bien sûr, qu'il ne passe la frontière.

— Comment suis-je arrivé ici ?

— J'ai estimé préférable de vous faire une petite piqûre. Afin de vous calmer.

— Je n'étais pas calme ?

— Vous dormiez, mais j'ai pensé que, vu les circonstances, notre apparition aurait pu susciter – disons, un choc émotif.

— Qui était avec vous ?

— Comment ça, avec moi ?

— Vous avez dit « notre apparition ».

— Oh, votre excellent ami le père Herrera m'accompagnait, naturellement.

— Vous m'avez donc amené ici – contre ma volonté ?

— Nous sommes chez vous, mon vieil ami. À El Toboso. Quel meilleur endroit pour vous reposer un peu ?

— Je n'ai pas besoin de repos. Vous m'avez même dévêtu.

— Nous n'avons ôté que votre costume.

— Mon pantalon !

— Il ne faut pas que vous vous agitiez. C'est mauvais pour vous. Faites-moi confiance – vous avez besoin d'une courte période de repos. L'évêque en personne a fait appel au père Herrera afin qu'il vous retrouve et vous ramène à la maison avant que les choses aillent trop loin. Le père Herrera m'a téléphoné à Ciudad Real. Teresa lui avait donné mon nom, et comme j'ai un cousin au ministère de l'Intérieur, la garde civile s'est montrée extrêmement compréhensive et nous a aidés. C'est une chance que vous ayez appelé Teresa depuis León.

Teresa vint apporter une tasse de thé.

— Mon père, mon père, c'est une bénédiction de vous revoir vivant et en bonne santé...

— Pas encore en très bonne santé, Teresa, corrigea le docteur Galván, mais après quelques semaines de calme...

— Des semaines de calme, je vais vous faire voir. Je me lève immédiatement.

Il fit un effort pour se redresser et retomba sur le lit.

— Ça tourne un peu, hein ? Ne vous inquiétez pas. Ce sont les piqûres. J'ai dû vous en faire deux autres en chemin.

Il y eut un éclair de soleil sur un col blanc : le père Herrera se tenait dans l'encadrement de la porte et parlait au docteur.

— Comment va-t-il ?

— Il revient tout doucement.

— Tous les deux, fit le père Quichotte, vous vous êtes rendus coupables d'un délit. Rapt, administration de soins sans l'autorisation du patient...

— J'avais des instructions très nettes de l'évêque afin de vous ramener à la maison, répliqua le père Herrera.

— *Que le den por el saco al obispo*, fit le père Quichotte.

Un silence de mort suivit ses paroles. Le père Quichotte lui-même fut choqué par ce qu'il avait dit. Où avait-il donc pu apprendre une telle expression, et pourquoi était-elle venue de façon aussi rapide et inattendue à ses lèvres ? De quel recoin de sa mémoire ? Puis le silence fut rompu par un gloussement. C'était la première fois que le père Quichotte entendait le rire de Teresa.

— Il faut que je me lève, dit-il. Tout de suite. Où est mon pantalon ?

— En sûreté, fit le père Herrera. Ces mots que vous venez de prononcer... je ne pourrai jamais me résoudre à les répéter... de tels mots dans la bouche d'un prêtre, d'un monsignor...

Ces mots impies, le père Quichotte éprouva furieusement l'envie de les redire à propos de son titre de monsignor, mais il résista à la tentation.

— Apportez-moi immédiatement mon pantalon. Je veux me lever.

— Une telle obscénité est la preuve que vous n'avez pas toute votre tête.

— Je vous ai dit de m'apporter mon pantalon.

— Patience, patience, intervint le docteur Galván. Dans quelques jours. Pour l'instant, il faut vous reposer. Et surtout, pas d'excitation.

— Mon pantalon !

— J'en prendrai soin jusqu'à ce que vous vous sentiez mieux.

Le père se tourna vers sa seule alliée.

— Teresa !

— Il l'a mis sous clé dans un tiroir. Dieu me pardonne, mon père. Je ne savais pas ce qu'il avait en tête.

— Que voulez-vous que je fasse, cloué au lit de la sorte ?

— Vous ne feriez pas mal de méditer un peu, dit le père Herrera. Votre comportement a été des plus curieux.

— Que voulez-vous dire ?

— La garde d'Ávila a signalé dans son rapport que vous aviez échangé vos vêtements avec votre compagnon et fourni une fausse adresse.

— C'est un malentendu total.

— Un pilleur de banques arrêté à León a dit que vous lui aviez donné vos chaussures et que vous l'aviez caché dans votre voiture.

— Ce n'était pas un pilleur de banques. Il ne s'agissait que d'un supermarché.

— Son Excellence et moi-même avons eu le plus grand mal à dissuader la garde civile d'entreprendre des poursuites. L'évêque a même dû solliciter par téléphone l'intercession de Son Excellence l'évêque d'Ávila. Le cousin du docteur Galván nous a, lui aussi, apporté une aide précieuse. Sans parler du docteur en personne. Nous sommes finalement parvenus à les convaincre que vous souffriez d'une dépression nerveuse.

— C'est absurde.

— C'est l'explication la plus charitable de votre conduite. Quoi qu'il en soit, nous avons évité de justesse un scandale au sein de l'Église. (Affirmation que le père Herrera tempéra aussitôt :) Pour l'instant du moins.

— À présent, il faut dormir un peu, dit le docteur Galván. (Il s'adressa ensuite à Teresa pour lui donner ses instructions :) Un bouillon léger à midi. Peut-être une omelette le soir. Pas de vin pour le moment. Je ferai un saut dans la soirée pour voir comment se porte notre patient, mais s'il dort ne le réveillez pas.

— Et n'oubliez pas de nettoyer le salon demain matin, pendant que je dirai la messe, ajouta le père Herrera. J'ignore à quelle heure l'évêque arrivera.

— L'évêque ? s'exclama Teresa, et le père Quichotte lui fit écho.

Le père Herrera ne se donna pas la peine de répondre. Il sortit en faisant claquer la porte, sans grand fracas, mais avec une sorte de petit bruit sec. Le père

Quichotte tourna sa tête sur l'oreiller et regarda le docteur Galván.

— Docteur, vous êtes un vieil ami. Vous souvenez-vous de l'époque où je souffrais d'une pneumonie ?

— Bien entendu. Laissez-moi réfléchir. Cela doit remonter à une trentaine d'années.

— Oui. J'avais très peur de mourir en ce temps-là. J'avais tellement de choses sur ma conscience. Sans doute avez-vous oublié ce que vous me disiez alors.

— J'ai dû vous dire de boire autant d'eau que vous le pourriez.

— Non, il ne s'agit pas de ça. (Le père Quichotte fouilla sa mémoire, mais il ne put retrouver les mots exacts.) Vous m'avez dit, à peu de chose près : songez aux millions de gens qui meurent entre deux mouvements d'une horloge – crapules, voleurs et escrocs, maîtres d'école, pères et mères honnêtes, banquiers et médecins, pharmaciens et bouchers – croyez-vous réellement qu'Il ait le temps de s'en soucier ou de condamner ?

— J'ai vraiment dit ça ?

— Plus ou moins. Vous ne saviez pas quel réconfort vous m'apportiez. Maintenant, vous venez d'entendre le père Herrera : ce n'est pas Dieu qui vient me voir, mais l'évêque. J'aimerais que vous ayez un mot de réconfort au sujet de sa visite à *lui*.

— C'est un tout autre problème, plus délicat. Mais peut-être y avez-vous déjà répondu : « Qu'il aille se faire foutre, l'évêque. »

2.

Le père Quichotte suivit rigoureusement les recommandations du docteur Galván. Il dormit autant qu'il le put, but son bouillon de midi, mangea une moitié d'omelette tous les soirs et ne put s'empêcher de regretter la saveur bien supérieure du fromage dégusté en plein air et accompagné d'une bouteille de vin de la Manche.

Il s'éveillait automatiquement le matin à cinq heures et quart (pendant plus de trente ans, il avait dit la messe à six heures devant une église à peu près déserte). Maintenant, il restait au lit et tendait l'oreille afin d'entendre le bruit de porte qui signalerait la sortie du père Herrera, mais il était presque sept heures lorsque ce bruit lui parvenait. Le père Herrera avait manifestement déplacé l'heure de la messe. Le chagrin que le père Quichotte en conçut sembla déraisonnable à ses propres yeux. En agissant ainsi, le père Herrera avait peut-être réussi à attirer quelques paroissiens supplémentaires.

Le père Quichotte attendit cinq minutes (car le père Herrera pouvait avoir oublié quelque chose – un mouchoir, par exemple) avant de gagner le salon sur la pointe des pieds. Un drap soigneusement plié était posé sur le fauteuil, avec un oreiller par-dessus. Le père Herrera était méticuleux, on ne pouvait lui nier cette qualité – s'il s'agissait bien d'une qualité. Le père Quichotte examina ses rayonnages. Il avait, hélas, abandonné ses lectures favorites aux soins de Rossinante. Saint François de Sales, son consolateur habituel, courait les routes d'Espagne. Il choisit les *Confessions* de saint Augustin et les *Lettres spirituelles* du père Caussade, un jésuite du XVIIIe siècle auprès de qui il avait parfois trouvé quelque réconfort au temps où il était séminariste. Muni des deux volumes, il retourna au lit. Teresa l'avait entendu bouger. Elle vint lui apporter une tasse de thé avec un petit pain et du beurre. Elle était de fort méchante humeur.

— Pour qui me prend-il ? Faire le ménage pendant qu'il est à la messe. Le ménage, est-ce que je ne l'ai pas fait pour vous pendant vingt ans et plus ? Je n'ai pas plus besoin de lui que de l'évêque pour m'apprendre ce que je dois faire.

— Vous croyez vraiment que l'évêque va venir ?

— Oh, ces deux-là sont comme larrons en foire. Pendus au téléphone matin, midi et soir, depuis que vous êtes parti. Votre Excellence par-ci, Votre Excellence par-là. On croirait qu'il s'adresse au bon Dieu en personne.

— Au moins, dit le père, don Quichotte n'eut pas à souffrir d'évêque quand le curé le ramena chez lui. Et je préfère le docteur Galván à cet imbécile de barbier qui raconta à mon ancêtre toutes ces histoires au sujet de l'hôpital des fous. Comment de telles histoires auraient-elles pu guérir sa folie, s'il avait vraiment été fou – ce que je ne crois pas un seul instant ? Enfin, il faut voir le bon côté des choses, Teresa. Je ne pense pas qu'ils essaieront de brûler mes livres.

— Ils ne les brûleront peut-être pas, mais le père Herrera m'a expliqué que je devrais garder votre bureau fermé à clef. Il a dit qu'il ne voulait pas que vous vous fatiguiez l'esprit avec un tas de livres. En tout cas, pas tant que l'évêque ne serait pas venu vous voir.

— Mais vous n'avez pas fermé la porte, Teresa. Comme vous le voyez, j'ai deux livres sous le bras.

— Vous croyez que je vais vous empêcher d'aller dans votre bureau, alors que ça me fait mal au cœur de voir ce jeune curé s'y installer comme s'il était chez lui ? Mais il vaut mieux que vous cachiez ces livres sous vos draps à l'arrivée de l'évêque. Ils sont de la même race, ces deux-là.

Le père Quichotte entendit le père Herrera qui revenait de la messe, puis le tintamarre de la vaisselle quand Teresa s'occupa de préparer son petit déjeuner – elle faisait deux fois plus de bruit, dans sa cuisine, que si elle avait travaillé pour le père Quichotte. Celui-ci se tourna vers le père Caussade, présence plus réconfortante que celle de Heribert Jone. Il imagina que le père Caussade se trouvait à son chevet afin d'entendre sa confession. S'était-il écoulé quatre jours ou bien cinq ?

« Mon père, depuis ma dernière confession, il y a dix jours... » Il repensa avec inquiétude au rire qui avait bien failli s'emparer de lui pendant la projection du film, à Valladolid, et aussi à l'absence de tout désir qui aurait prouvé son humanité, qui lui aurait permis de ressentir de la honte. Se pouvait-il qu'il eût cueilli au cinéma la phrase grossière dont il s'était servi à propos de l'évêque ? Il n'y avait pourtant pas le moindre évêque dans ce film. Ces mots obscènes avaient déclenché le rire de Teresa, et le docteur Galván n'avait pu s'empêcher de les répéter. Le père Quichotte s'adressa à son confesseur imaginaire : « S'il y a eu péché dans son rire ou dans le conseil du docteur Galván, c'est moi seul qui ai fauté. » Il y avait un péché plus grave. Sous l'influence de la boisson, il avait réduit l'importance du Saint-Esprit en le comparant à une demi-bouteille de *manchego*. Il allait devoir affronter la réprobation de l'évêque avec une âme bien noire – mais, à la vérité, ce n'était pas de l'évêque qu'il avait peur. C'était de lui-même. Il lui semblait avoir été effleuré du bout de l'aile par le pire de tous les péchés : le désespoir.

Il ouvrit au hasard les *Lettres spirituelles* du père Caussade. Autant qu'il pouvait le comprendre, le premier passage qui tomba sous ses yeux ne s'appliquait pas à lui. « Selon moi, le trop grand commerce que vous avez avec votre nombreux parentage et d'autres personnes dans le monde est un obstacle à votre progrès spirituel. » Certes, le père Caussade s'adressait à une nonne, mais tout de même… Prêtre et nonne sont de proches alliés. Le père Quichotte protesta dans le vide : je n'ai jamais souhaité de progrès pour moi-même, je n'ai pas demandé à être monsignor et je n'ai pas de famille à l'exception d'un cousin éloigné au Mexique.

Sans grand espoir, il rouvrit le livre, et cette fois il fut récompensé, quoique le paragraphe choisi commençât d'une manière décourageante. « Me suis-je, de ma vie, bien confessé une seule fois ? Dieu m'a-t-il pardonné ? L'état où je suis est-il bon ou mauvais ? » Il fut tenté de refermer le livre, mais il poursuivit sa lecture. « Je réponds aussitôt : Dieu souhaite me cacher ces choses, de sorte que je m'abandonne aveuglément à Sa miséricorde. Je ne souhaite pas connaître ce qu'Il ne veut point me montrer et je désire poursuivre ma route au sein des ténèbres où Il m'aura plongé. Il Lui appartient de connaître le cours de mon cheminement, il m'appartient de n'être occupé que de Lui seul. Il veillera à tout le reste, je Lui en laisse le soin. »

— Je Lui en laisse le soin, répéta le père Quichotte à voix haute.

À cet instant, la porte de sa chambre s'ouvrit et la voix du père Herrera annonça :

— Son Excellence est ici.

Le père Quichotte eut un moment l'impression que le père Herrera avait subitement vieilli – le col ecclésiastique était du même blanc aveuglant, mais les cheveux avaient pris une couleur identique. En outre, le père Herrera ne portait ni anneau épiscopal ni grande croix pectorale – cela viendrait, se dit le père Quichotte, avec le temps cela viendrait sûrement.

— Votre Excellence, je suis confus. Si vous voulez bien me faire grâce de quelques minutes, je vous rejoindrai dans la bibliothèque.

— Restez où vous êtes, Monsignor, fit l'évêque.

(Il lâcha le titre avec une aigreur évidente.) Il tira de sa manche un mouchoir de soie blanc, épousseta la chaise à côté du lit, examina minutieusement son mouchoir afin de mesurer l'étendue des dégâts, puis il s'installa sur le siège et posa une main sur le drap. Mais le père Quichotte, qui, dans sa position, aurait eu du mal à faire une génuflexion, estima qu'il pouvait se dispenser de baiser l'anneau épiscopal, et, après un court moment, la main se retira. L'évêque pinça les lèvres, parut réfléchir, puis laissa tomber un laconique :

— Eh bien !

Le père Herrera, tel un garde du corps, se tenait dans l'encadrement de la porte. L'évêque se tourna vers lui.

— Vous pouvez nous laisser, Monsignor – le mot devait lui brûler la langue, car il grimaça – et moi, nous allons parler un peu.

Le père Herrera s'éclipsa.

L'évêque étreignit la croix sur son rabat violet, comme s'il était plongé dans la quête d'une sagesse plus qu'humaine. Le père Quichotte fut presque déçu de l'entendre déclarer simplement :

— J'espère que vous allez mieux.

— Je me porte à la perfection. Mes vacances m'ont fait beaucoup de bien.

— Pas si les rapports que j'ai reçus sont exacts.

— Quels rapports ?

— L'Église s'efforce toujours de rester au-dessus de la politique.

— Toujours ?

— Vous savez pertinemment ce que j'ai pensé de votre malheureuse association avec le groupement *In Vinculis*.

— C'était un acte de charité non médité, Votre Excellence. J'avoue que je n'ai pas vraiment réfléchi… Mais peut-être ne devrait-on pas réfléchir, lorsqu'il s'agit de charité. La charité, comme l'amour, devrait être aveugle.

— Vous avez, pour des raisons qui m'échappent quelque peu, été promu au rang de monsignor. Un monsignor doit toujours réfléchir. Il est le garant de la dignité de l'Église.

— Je n'ai pas demandé à être monsignor. Cela ne me plaît pas d'être monsignor. La dignité de prêtre de la paroisse d'El Toboso est déjà assez difficile à assumer.

— Je ne prête pas l'oreille à n'importe quelle rumeur, Monsignor. Le simple fait qu'un individu soit membre de l'Opus Dei ne rend pas nécessairement son témoignage digne de foi. Je vous croirai sur parole si vous me jurez ne pas vous être rendu dans certain magasin madrilène et avoir cherché à vous y procurer un chapeau de cardinal.

— Ce n'était pas moi. Mon ami a fait une petite plaisanterie inoffensive…

— Inoffensive ? Cet ami dont vous parlez est, si je ne m'abuse, un ancien maire d'El Toboso. Un communiste. Votre choix en matière d'amis et de compagnons de voyage est des plus malheureux, Monsignor.

— Je n'ai pas besoin de rappeler à Votre Excellence que Notre Seigneur…

— Mais oui, mais oui. Je sais ce que vous allez me dire. Le texte sur les publicains et les pécheurs a toujours été utilisé avec beaucoup de légèreté afin de justifier de nombreuses imprudences. Saint Matthieu, choisi par Notre Seigneur, était un collecteur d'impôts

– un publicain, classe méprisée. Certes, certes, mais il y a tout un monde entre un collecteur d'impôts et un communiste.

— J'imagine que dans certains pays de l'Est, il est possible d'être les deux.

— Je me dois de *vous* rappeler, Monsignor, que Notre Seigneur était le Fils de Dieu. À Lui, toutes choses étaient permises, mais la sagesse, pour un pauvre prêtre comme vous, ou comme moi, ne consiste-t-elle pas plutôt à marcher sur les traces de saint Paul ? Vous n'ignorez pas ce qu'il écrivait à Tite : « Nombreux sont en effet les insoumis, vains discoureurs et trompeurs. Il faut leur fermer la bouche. »

L'évêque s'interrompit afin de permettre au père Quichotte de parler, mais aucune réponse ne vint. Peut-être prit-il cela pour un bon signe, car lorsqu'il rouvrit la bouche, il abandonna le titre de monsignor au profit d'un amical « mon père » qui laissait augurer de meilleurs rapports.

— Il semble, mon père, que votre ami était dans un état d'ébriété assez avancé lorsqu'on vous a retrouvés tous les deux. Il ne s'est même pas réveillé quand on lui a adressé la parole. Le père Herrera a également remarqué qu'il y avait une grande quantité de vin dans votre voiture. Je conçois que dans votre état nerveux, le vin ait pu se révéler une tentation puissante. Pour ma part, je réserve le vin à la messe.

Je préfère l'eau. J'aime à m'imaginer qu'en buvant un verre d'eau, j'absorbe l'eau pure du Jourdain.

— Peut-être n'est-elle pas si pure.

— Que voulez-vous dire, mon père ?

— C'est que, Votre Excellence, je ne puis m'empêcher de songer à Naaman le Syrien, qui se baigna sept fois dans les eaux du Jourdain et y laissa toute sa lèpre.

— Une vieille légende juive qui se perd dans la nuit des temps.

— Je sais cela, Votre Excellence. Néanmoins – l'histoire peut être vraie, après tout, et la lèpre est un mal mystérieux. Combien de bons lépreux juifs auront suivi l'exemple de Naaman ? Je m'accorde avec vous pour voir en saint Paul un guide digne de confiance, et vous n'aurez certainement pas oublié qu'il écrivait également à Tite – non, je fais erreur, c'était à Timothée : « Cesse de ne boire que de l'eau. Prends un peu de vin pour soulager ton estomac. »

Le silence régna un moment dans la chambre. Le père Quichotte pensa que l'évêque était à la recherche d'une autre citation de saint Paul, mais il se trompait. Cette pause marquait un changement de sujet plutôt qu'un changement d'humeur.

— La chose qui m'échappe, Monsignor, et qui a été constatée par le garde civil, c'est l'échange de vêtements avec ce – cet ex-maire, ce communiste.

— Il n'y a pas eu échange de vêtements, Votre Excellence, mais seulement d'un col.

L'évêque ferma les yeux. Signe d'impatience ? Ou faisait-il une prière afin de comprendre ?

— Même si ce n'était qu'un col, pourquoi agir ainsi ?

— Il pensait que je devais souffrir de la chaleur avec ce col, aussi le lui ai-je donné pour qu'il l'essaie. Je ne voulais pas qu'il croie que je m'estimais particulièrement méritant. Une tenue militaire ou même un uniforme de garde doivent être autrement difficiles à supporter sous la chaleur qu'un simple col. C'est nous qui avons de la chance, Votre Excellence.

— Une histoire est revenue aux oreilles du curé de Valladolid : un évêque – ou un monsignor – a été aperçu alors qu'il sortait de la projection d'un film scandaleux – vous savez, le genre de film qu'on montre depuis la mort du généralissime…

— Peut-être ce pauvre monsignor ignorait-il à quel genre de film il allait assister. Parfois, les titres sont trompeurs.

— Le plus choquant dans l'histoire est que cet évêque, ou ce monsignor – vous savez que le rabat que nous portons, vous et moi, peut induire les gens en erreur –, enfin ce prêtre riait en sortant du cinéma.

— Il ne riait pas, Votre Excellence. Peut-être souriait-il.

— Je ne m'explique pas votre présence à un spectacle de ce genre.

— J'ai été abusé par l'innocence du titre.

— Qui était ?…

— *Prière d'une vierge.*

L'évêque poussa un profond soupir.

— Il m'arrive de souhaiter que le titre de vierge soit limité à Notre-Dame – et peut-être aux religieuses. Je n'ignore pas qu'à El Toboso, vous avez mené une existence très retirée, mais ne comprenez-vous pas que le mot « vierge », utilisé dans nos grandes villes en un sens purement temporel, ne sert souvent qu'à inciter à la débauche ?

— Je reconnais, Votre Excellence, que l'idée ne m'avait pas effleuré.

— Certes, la garde civile n'attache guère d'importance à de telles affaires – quelque scandaleuses qu'elles puissent apparaître aux yeux de l'Église. Mais mon collègue d'Ávila et moi-même avons eu la plus grande peine à persuader les autorités de passer l'éponge sur un grave délit de droit commun. Il nous a fallu approcher un haut responsable du ministère de l'Intérieur – qui, par bonheur, était un membre de l'Opus Dei…

— Et aussi, je crois, un cousin du docteur Galván ?

— Cela n'a guère de rapport. Il a vu tout de suite le tort incalculable qui serait causé à l'Église si un monsignor devait comparaître devant le tribunal sous l'accusation d'avoir porté assistance à un criminel en fuite…

— Ce n'était pas un criminel, Votre Excellence. Il a raté son coup.

— Un pilleur de banques.

— Non, non. Il s'agissait d'un supermarché.

— J'aimerais que vous cessiez de m'interrompre avec des détails insignifiants. La garde civile de León a trouvé l'homme en possession de vos souliers, avec votre nom clairement inscrit à l'intérieur.

— C'est une habitude ridicule de Teresa. La pauvre, elle croit bien faire, mais, quand elle porte mes chaussures à ressemeler, elle pense toujours que le cordonnier ne va pas lui rendre la bonne paire.

— Je ne sais si vous le faites exprès, Monsignor, mais vous semblez toujours prêt à encombrer une discussion sérieuse de détails futiles et étrangers au sujet.

— Excusez-moi – ce n'était pas dans mes intentions. J'ai pensé que la chose pourrait vous paraître bizarre – mes chaussures marquées de la sorte.

— La chose qui me paraît bizarre est de vous voir aider ce criminel à échapper à la justice.

— Il faut dire qu'il avait un pistolet – mais il ne s'en serait pas servi, naturellement. Cela ne l'aurait guère aidé de nous abattre.

— La garde civile a fini par accepter cette explication, quoique l'homme se fût débarrassé de son pistolet – il niait avoir été armé. Il semble néanmoins établi que vous avez d'abord caché cet individu dans le coffre de votre voiture, puis que vous avez menti à un garde. Vous n'avez pas pu faire cela sous la menace.

— Je n'ai pas menti, Votre Excellence – enfin, peut-être me suis-je laissé aller à user de faux-fuyants. À aucun moment le garde ne m'a demandé si l'homme se trouvait dans le coffre. Bien entendu, je pourrais plaider, au sens large, la « restriction mentale ». Le père Heribert Jone indique qu'un criminel sous le coup d'une accusation – légalement parlant, j'étais un criminel – peut plaider « non coupable », ce qui n'est qu'une manière conventionnelle de dire : « Je ne suis pas coupable aux yeux de la loi tant que ma culpabilité n'a pas été établie. » Le père Jone autorise même le criminel à soutenir que l'accusation est une calomnie et à présenter des preuves de sa prétendue innocence – mais là, je crois qu'il va un peu trop loin.

— Et qui est le père Heribert Jone ?

— Un éminent théologien moral allemand.

— Dieu merci, ce n'est pas un Espagnol.

— Le père Herrera a le plus grand respect pour lui.

— Quoi qu'il en soit, je ne suis pas venu pour débattre de théologie morale.

— J'ai toujours trouvé le sujet très déconcertant, Votre Excellence. C'est ainsi qu'à présent, je ne puis m'empêcher de m'interroger sur le concept de loi naturelle...

— Je ne suis pas plus venu m'entretenir de la loi naturelle. Vous possédez, Monsignor, une remarquable disposition à vous écarter du véritable sujet.

— De quel sujet s'agit-il, Votre Excellence ?

— Les scandales dont vous avez été la cause.

— Mais si l'on m'accuse de mensonges... nous sommes à coup sûr dans le royaume de la théologie morale.

— Je fais de très, très grands efforts – une nouvelle fois, l'évêque soupira longuement, et le père Quichotte se demanda s'il ne souffrait pas d'asthme (mais, loin de s'en réjouir, il le plaignait) – je répète, de *très* grands efforts afin de me persuader que vous êtes trop malade pour mesurer quelle dangereuse situation est la vôtre.

— Ma foi, je suppose que cela s'applique à chacun d'entre nous.

— À chacun d'entre nous ?

— Je veux dire que si l'on commence à réfléchir...

L'évêque émit un bruit curieux – le père Quichotte songea à l'une des poules de Teresa en train de pondre un œuf.

— Ah ! fit l'évêque. J'allais y venir. Pensée subversive. Votre compagnon communiste vous a sans nul doute entraîné dans des voies...

— Ce n'est pas qu'il m'ait *entraîné*, Votre Excellence. Il m'a donné l'occasion. Vous savez, à El Toboso – j'ai beaucoup d'affection pour le garagiste (il prend si bien soin de Rossinante), le boucher, lui, serait un peu filou – non qu'il y ait quelque chose de profondément mauvais chez les filous, et puis, il y a les nonnes qui font d'excellentes pâtisseries, mais, au cours de ce voyage, j'ai éprouvé un sentiment de liberté...

— Une liberté fort dangereuse, dirait-on.

— Mais c'est Lui qui nous l'a donnée, cette liberté, n'est-ce pas ? C'est pour cela qu'ils L'ont crucifié.

— La liberté, répéta l'évêque. (Ce fut comme une explosion.) La liberté d'enfreindre la loi ? Vous, un monsignor ? La liberté d'aller voir des films pornographiques ? D'aider un meurtrier ?

— Mais non, je vous ai dit qu'il avait raté son coup.

— Et votre compagnon – un communiste. Des discussions politiques...

— Non. Nous avons débattu de choses plus sérieuses que la politique. Pourtant, je dois l'avouer, j'ignorais que Marx avait aussi généreusement pris la défense de l'Église.

— Marx ?

— Un homme très mal compris, Votre Excellence. Je vous l'assure.

— Quels livres avez-vous donc lus au cours de cette... extraordinaire expédition ?

— J'emporte toujours saint François de Sales. Afin d'être agréable au père Herrera, j'ai aussi pris Heribert Jone. Et mon ami m'a prêté le *Manifeste communiste* – non, non, Votre Excellence, ce n'est pas du tout ce que vous vous imaginez. Certes, je ne puis souscrire à toutes ses idées, mais il rend un très émouvant hommage à la religion – il parle des « frissons sacrés de l'extase religieuse. »

— Je ne vais pas rester plus longtemps à écouter les divagations d'un esprit malade.

L'évêque se leva.

— Votre Excellence, je vous ai retenu beaucoup trop longtemps. C'était un geste extrêmement charitable de votre part de venir me voir à El Toboso. Le docteur Galván pourra vous certifier que je me porte bien.

— Physiquement, peut-être. Je crois que vous avez besoin d'une autre espèce de médecin. Je prendrai naturellement l'avis du docteur Galván avant d'écrire à l'archevêque. Et je prierai.

— Je vous suis très reconnaissant de vos prières.

Le père Quichotte remarqua que l'évêque ne lui présentait pas son anneau à baiser avant de quitter la pièce. Il se reprocha d'avoir parlé trop librement. J'ai troublé ce pauvre homme, songea-t-il. Comme les miséreux et les ignorants, les évêques doivent être traités avec un soin tout particulier.

Des chuchotements lui parvinrent du couloir. Puis une clé tourna dans la serrure. Je suis donc bien prisonnier, se dit-il. Comme Cervantes.

2. Du deuxième voyage
de monsignor Quichotte

1.

Le père Quichotte fut éveillé par le teuf-teuf d'une voiture. Même dans son sommeil, il avait reconnu le timbre bien particulier de Rossinante – une sonorité plaintive, d'où étaient absentes la fougue et l'impatience d'une grosse automobile, une sonorité qui se contentait d'annoncer d'une manière encourageante : « Je suis là si vous voulez de moi. » Le père alla aussitôt jeter un coup d'œil par la fenêtre, mais Rossinante devait être garée hors de sa vue, car le seul véhicule qu'il aperçut était peint en bleu vif, au lieu de la couleur rouille attendue. Le père gagna la porte de sa chambre, oubliant qu'elle était fermée à clé, et se mit à secouer la poignée. La voix de Teresa lui répondit.

— Chut, mon père. Donnez-lui encore une minute.

— À qui dois-je donner une minute ?

— Le père Herrera est au confessionnal, mais il n'y reste jamais très longtemps s'il n'y a personne qui attend, alors j'ai dit au jeune employé du garage de filer à l'église avant que le père Herrera ne s'en aille et de le retenir avec une longue confession.

Le père Quichotte nageait complètement. Tant de décennies passées à El Toboso ne l'avaient pas habitué à ce genre de vie. D'où venait le changement ?

— Pouvez-vous ouvrir la porte, Teresa ? Rossinante est revenue.

— Oui. Je sais. Je ne l'aurais jamais reconnue, la pauvre, avec toute cette peinture bleu vif, et de nouvelles plaques en plus.

— Je vous en prie, Teresa, ouvrez la porte. Il faut que je sache ce qui est arrivé à Rossinante.

— Je ne peux pas, mon père, je n'ai pas la clé, mais ne vous en faites pas, il y arrivera bien si vous lui laissez encore une minute.

— Qui ça ?

— Le maire, évidemment.

— Le maire... où est-il ?

— Dans votre bibliothèque – où voulez-vous qu'il soit ? Il est en train de forcer la serrure de votre armoire, que le père Herrera avait fermée à clé – il a pris une de mes épingles à cheveux et une bouteille d'huile d'olive.

— Pourquoi de l'huile d'olive ?

— Je ne saurais pas vous le dire, mon père, mais je lui fais confiance.

— Qu'y a-t-il dans l'armoire ?

— Votre pantalon, mon père, vos chemises et le reste.

— S'il peut ouvrir l'armoire, pourquoi ne peut-il ouvrir cette porte ?

— C'est ce que je lui ai dit, mais il m'a parlé d'objectifs prioritaires.

Le père Quichotte s'efforça d'attendre patiemment, mais le commentaire continu de Teresa ne l'y aidait guère.

— Oh, je croyais qu'il y était arrivé, mais c'est toujours bloqué, et voilà qu'il prend une des lames de rasoir du père Herrera. Ça va chauffer, parce que le père Herrera tient un compte exact de ses lames… et il l'a cassée, la lame. Bon Dieu, à présent il s'y met avec les ciseaux à ongles du père Herrera… Attendez un peu – patience – Dieu merci, ça s'ouvre. J'espère qu'il ira plus vite avec votre porte, sinon le père Herrera va nous tomber dessus – le garçon du garage ne déborde pas d'imagination.

— Ça va bien, mon père ? fit la voix de Sancho de l'autre côté de la porte.

— Moi, je vais bien, mais qu'avez-vous fait à Rossinante ?

— Je suis repassé chez mon ami de Valladolid et j'ai fait arranger Rossinante de sorte que la garde civile ne la reconnaisse pas – ou du moins, pas tout de suite. Bon, je vais m'attaquer à votre porte.

— Ce n'est pas la peine. Je peux sortir par la fenêtre.

C'est une chance, songea le père Quichotte, qu'aucun témoin ne se soit trouvé là pour voir le prêtre de sa paroisse enjamber sa fenêtre en pyjama et venir frapper à sa propre porte. Teresa se retira discrètement à la cuisine et le père Quichotte s'habilla en hâte dans la bibliothèque.

— Vous avez joliment esquinté la porte de cette armoire, fit-il remarquer.

— Elle était plus coriace que je ne l'aurais cru. Que cherchez-vous ?

— Mon col.

— En voici un. Et votre bavoir est dans la voiture.

— Il ne m'a déjà causé que trop d'ennuis. Je ne le porterai pas, Sancho.

— Néanmoins, nous le prendrons. Ça peut servir. On ne sait jamais.

— Je ne trouve pas de bas.

— J'ai vos bas violets. Et aussi vos souliers neufs.

— Je cherchais les vieux. Excusez-moi. Ils sont envolés pour de bon, naturellement.

— Ils sont entre les mains de la garde civile.

— Oui. J'oubliais : l'évêque me l'a dit. Nous devons partir, j'imagine. J'espère que ce pauvre évêque n'aura pas une attaque.

Une lettre attira son œil. Il aurait déjà dû la remarquer, car elle trônait sur deux volumes anciens du temps de son séminaire, et elle était calée contre un troisième. L'expéditeur tenait à ce qu'elle fût bien visible. Le père Quichotte examina l'enveloppe et la mit dans sa poche.

— Qu'est-ce que c'est ? demanda le maire.

— Une lettre de l'évêque, je crois. Je ne connais que trop son écriture.

— Vous ne la lisez pas ?

— Les mauvaises nouvelles peuvent attendre que nous ayons bu une bouteille de *manchego*.

Il gagna la cuisine afin de faire ses adieux à Teresa.

— Je ne sais vraiment pas comment vous allez pouvoir expliquer tout ceci au père Herrera, lui dit-il.

— C'est lui qui devra fournir toutes les explications. Quelle raison avait-il de vous enfermer dans votre propre chambre, chez vous, et de confisquer vos vêtements ?

Le père Quichotte déposa un baiser sur le front de Teresa – un geste qu'il ne s'était jamais permis durant toutes leurs années de cohabitation.

— Dieu vous bénisse, Teresa, dit-il. Vous avez été très bonne pour moi. Et patiente. Pendant fort longtemps.

— Dites-moi où vous allez, mon père.

— Mieux vaut que vous ne le sachiez pas, parce que tout le monde vous posera la question. Mais je peux vous dire que, si Dieu le permet, je vais prendre un long repos dans un endroit tranquille.

— Avec ce communiste ?

— Ne parlez pas comme l'évêque, Teresa. Le maire s'est montré un excellent ami pour moi.

— Je n'imagine pas les bonshommes dans son genre en train de prendre un long repos dans un endroit tranquille.

— On ne sait jamais, Teresa. Des choses plus étranges se sont déjà produites sur notre route.

Il se détourna, mais la voix de Teresa le rappela.

— Mon père, j'ai l'impression que ce sont des adieux définitifs.

— Non, Teresa. Pour un chrétien, il n'y a pas d'adieux définitifs.

L'habitude lui fit lever la main afin d'ébaucher un signe de croix, mais il n'acheva pas son geste.

Je crois ce que je lui ai dit, songea-t-il en allant retrouver le maire. Je le crois, naturellement, mais comment se fait-il que lorsque je parle de croyance, je perçoive toujours une ombre, l'ombre de l'incroyance qui me hante.

2.

— Et maintenant, où allons-nous ? demanda le maire.

— Faut-il que nous fassions des plans, Sancho ? La dernière fois, nous sommes allés de-ci de-là, au hasard. Vous refuserez sûrement d'en convenir, mais en un sens, nous nous en sommes remis à Dieu.

— Alors, ce n'était pas un guide très sûr. On vous a ramené prisonnier ici, à El Toboso.

— Oui. Qui sait ? Les voies du Seigneur sont impénétrables. Peut-être voulait-il que je rencontre l'évêque ?

— Dans l'intérêt de l'évêque – ou dans le vôtre ?

— Comment le dire ? Au moins, j'ai appris quelque chose de l'évêque, même si je doute que la réciproque soit vraie. Mais qui pourrait en être sûr ?

— Eh bien, quelle destination votre Dieu nous propose-t-il maintenant ?

— Pourquoi ne pas reprendre notre vieil itinéraire ?

— La garde civile pourrait avoir la même idée. Quand l'évêque l'avertira que nous sommes à nouveau en cavale.

— N'empruntons pas exactement le même itinéraire. Je n'ai pas envie de retourner à Madrid – ni à Valladolid. Je n'en conserve pas de très bons souvenirs – si ce n'est la maison de l'historien.

— L'historien ?

— Le grand Cervantes.

— Nous devons prendre une décision rapide, mon père. Au sud, il fait trop chaud. Alors, irons-nous vers le nord, chez les Basques ou les Galiciens ?

— Je suis d'accord.

— D'accord pour quoi ? Vous n'avez pas répondu à ma question.

— Laissons à Dieu le soin des détails.

— Et qui va conduire ? Êtes-vous sûr que Dieu ait passé son permis ?

— Je conduirai, naturellement. Rossinante ne comprendrait jamais que j'occupe le siège du passager.

— Alors, roulons au moins à une allure raisonnable. Mon ami de Valladolid a dit que Rossinante était tout à fait capable de monter jusqu'à quatre-vingts ou même cent kilomètres-heure.

— Il ne peut pas la juger à partir d'un bref examen.

— Je ne vais pas discuter pour le moment. Il est temps de partir.

Mais ils ne purent quitter El Toboso aussi simplement. Le père Quichotte venait de passer laborieusement la première quand il s'entendit interpeller.

— Mon père, mon père !

Derrière eux, un jeune garçon remontait la route en courant.

— N'y faites pas attention, dit le maire. Il faut que nous sortions d'ici.

— Je dois m'arrêter. C'est le jeune pompiste du garage.

Le garçon était à bout de souffle lorsqu'il parvint à leur hauteur.

— Eh bien, qu'y a-t-il ? demanda le père Qui-chotte.

— Mon père, répétait le garçon entre deux halète-ments, mon père.

— Je vous demande ce qu'il y a.

— On m'a refusé l'absolution, mon père. Est-ce que j'irai en enfer ?

— J'en doute fort. Qu'avez-vous fait ? Vous avez assassiné le père Herrera ? Je ne veux d'ailleurs pas dire que cela vous conduirait nécessairement en enfer. Si votre mobile était assez bon.

— Comment aurais-je pu l'assassiner, alors que c'est lui qui m'a refusé l'absolution ?

— Très logique. Pourquoi a-t-il refusé ?

— Il a dit que je tournais la confession en ridi-cule.

— Mon Dieu, j'oubliais. C'est vous que Teresa a envoyé… Enfin, elle agissait pour un bon motif, et je suis sûr que vous serez pardonnés tous les deux. Mais elle m'a bien précisé que vous manquiez d'imagina-tion. Pourquoi le père Herrera a-t-il refusé de vous donner l'absolution ? Qu'êtes-vous allé raconter ?

— Je lui ai simplement dit que j'avais couché avec beaucoup de filles.

— Elles ne sont pas si nombreuses à El Toboso, si l'on excepte les religieuses. Vous ne lui avez tout de même pas raconté que vous aviez couché avec une re-ligieuse ?

— Je ne me permettrais jamais de dire une chose pareille, mon père. Je suis secrétaire des Enfants de Marie.

— Et le père Herrera finira sûrement à l'Opus Dei, dit le maire. Au nom du ciel, allons-nous-en.

— Qu'avez-vous dit exactement l'un et l'autre ?

— J'ai dit, « Bénissez-moi mon père car j'ai péché… »

— Laissez tomber tous les préliminaires.

— Eh bien, je lui ai dit que j'étais arrivé en retard à la messe. Il m'a demandé combien de fois et j'ai répondu vingt, et puis je lui ai dit que j'avais un peu menti. Il m'a demandé combien de fois et j'ai répondu quarante-cinq.

— Vous n'êtes pas pour les demi-mesures. Et ensuite ?

— Je ne trouvais plus rien à raconter et j'avais peur que Teresa soit fâchée si je n'arrivais pas à retenir le père plus longtemps.

— Quand vous la verrez, dites-lui de ma part qu'elle ferait bien d'être à genoux au confessionnal dès demain.

— Alors, le père m'a demandé si j'avais vécu dans l'impureté. Ça m'a donné une idée et j'ai dit, ben, j'ai dit que j'avais couché avec des filles, alors il m'a demandé combien et j'ai dit dans les soixante-cinq, et c'est là qu'il s'est mis en colère et m'a chassé du confessionnal.

— Ça ne m'étonne pas.

— Est-ce que j'irai en enfer ?

— Si quelqu'un doit aller en enfer, ce sera Teresa, et vous pouvez le lui répéter de ma part.

— C'est rien que des mensonges que j'ai racontés au confessionnal. Je ne suis arrivé en retard à la messe qu'une seule fois et j'avais une bonne excuse – trop de touristes à la station-service.

— Et les mensonges ?

— Deux ou trois, pas plus.

— Et les filles ?

— Pas possible d'en trouver une qui veuille faire des choses à El Toboso, parce qu'elles ont peur des religieuses.

— J'aperçois le père Herrera qui arrive de l'église, fit le maire.

— Écoutez-moi, dit le père Quichotte. Récitez l'acte de contrition et jurez-moi que vous ne mentirez plus au confessionnal, même si Teresa vous le demande.

Il se tut pendant que le garçon marmonnait sa prière.

— Et la promesse ?

— Je le jure, mon père. Pourquoi pas ? De toute façon, je ne vais pas à confesse plus d'une fois par an.

— Dites : j'en fais le serment à Dieu devant vous, mon père.

Le garçon répéta la formule et le père Quichotte lui donna rapidement l'absolution.

— Ce fichu prêtre n'est qu'à une centaine de pas, mon père, dit le maire, et il accélère l'allure.

Le père Quichotte fit tourner le moteur et Rossinante fit un bond d'antilope.

— C'était moins une, dit le maire. Mais il court presque aussi vite que Rossinante. Dieu merci, ce garçon est précieux. Il vient de lui faire un croc-en-jambe.

— S'il y a eu du louche dans cette confession, dit le père Quichotte, c'est de ma faute.

S'adressait-il à lui-même, à Dieu ou au maire, on ne le saura jamais.

— Poussez au moins Rossinante jusqu'à cinquante à l'heure. Elle ne fait aucun effort. Ce curé aura prévenu la garde civile en un rien de temps.

— Ce n'est pas aussi pressé que vous le croyez, dit le père Quichotte. Il aura pas mal de choses à dire à ce garçon, ensuite il devra parler à l'évêque, et l'évêque mettra un bon moment à rentrer chez lui.

— Il parlera peut-être d'abord à la garde.

— Jamais de la vie. Il a l'âme prudente d'un secrétaire.

Ils parvinrent à la grand-route d'Alicante et le maire rompit le silence.

— À gauche, fit-il sèchement.

— Pas vers Madrid, quand même ? Tout sauf Madrid.

— Pas de villes, dit Sancho. Dès qu'on aperçoit une route de campagne, on la prend. Je me sentirai plus en sûreté quand nous aurons atteint les montagnes. Je suppose que vous n'avez pas de passeport ?

— Non.

— Alors, nous ne trouverons pas refuge au Portugal.

— Pourquoi chercher un refuge ? À cause de l'évêque ?

— Vous n'avez pas l'air de mesurer la gravité de votre crime, mon père. Vous avez libéré un galérien.

— Le pauvre gars. Il n'a récupéré que mes chaussures, et elles ne valaient guère mieux que les siennes. Il était condamné à l'échec. Je me dis toujours que ceux qui échouent perpétuellement dans leurs entreprises – il est même tombé en panne d'essence – sont plus près de Dieu que nous. Bien entendu, je ne manquerai pas d'adresser une prière en sa faveur à mon ancêtre. Combien de fois don Quichotte a-t-il connu l'échec. Même contre les moulins à vent.

— À ce compte, vous pouvez lui adresser une prière vibrante pour nous deux.

— Mais c'est ce que je fais. Nous n'avons pas encore assez connu l'échec, Sancho. Nous voici à nouveau sur la route, Rossinante, vous et moi, et en liberté.

Il leur fallut plus de deux heures, avec de multiples détours, pour atteindre une petite ville du nom de Mora. Là, ils se trouvèrent sur la grand-route de Tolède, mais ils n'y demeurèrent pas plus de quelques minutes.

— Il faut gagner les monts de Tolède, dit le maire. Cette route n'est pas pour nous.

Ils tournèrent et virèrent, et, tandis qu'ils roulaient sur un chemin très rude, ils eurent un moment l'impression, en se repérant d'après le soleil, de décrire un demi-cercle.

— Savez-vous où nous sommes ? demanda le père Quichotte.

— Plus ou moins.

La réponse du maire manquait de conviction.

— Je n'y peux rien, mais j'ai un peu faim, Sancho.

— Votre chère Teresa nous a donné une provision de saucisson et de fromage suffisante pour tenir une semaine.

— Une semaine ?

— Pas question d'hôtels pour nous. Ni de routes importantes.

Ils trouvèrent, dans les monts de Tolède, un endroit élevé où ils pouvaient s'installer confortablement pour manger et qui leur permettait de quitter la route afin de dissimuler Rossinante. Il y avait aussi un ruisseau où mettre leurs bouteilles à rafraîchir. Le ruisseau s'écoulait vers un lac situé au-dessous d'eux, que le maire repéra, non sans difficulté, sur la carte :

— Torre de Abraham – pourquoi ils l'ont baptisé d'après cette vieille canaille, je me le demande.

— Pourquoi le traitez-vous de canaille ?

— N'était-il pas prêt à tuer son fils ? Bien entendu, il y avait une canaille beaucoup plus noire : celui que vous appelez Dieu. Celui-ci a vraiment tué son fils. Quel exemple il a donné, et Staline l'a imité en tuant ses fils spirituels. Il a bien failli assassiner le communisme par la même occasion, tout comme la curie a assassiné l'Église catholique.

— Pas tout à fait, Sancho. Il y a au moins quelqu'un, à côté de vous, qui est resté catholique malgré la curie.

— Oui, et il y a aussi un communiste qui vit toujours malgré le politburo. Vous et moi, mon père, nous sommes des survivants. Ça s'arrose.

Il retira une bouteille du ruisseau.

— À deux survivants, fit le père Quichotte en levant son verre.

Sa soif avait quelque chose de très sain. Il s'étonnait toujours de voir à quel point les allusions du biographe de son ancêtre au vin étaient rares. On ne pouvait guère tenir compte de l'épisode des outres percées par le brave chevalier, qui les prenait pour ses ennemis. Le père remplit à nouveau son verre.

265

— J'ai le sentiment, dit-il à Sancho, que vous croyez plus au communisme qu'au parti.

— J'étais sur le point de vous dire la même chose, mon père : vous croyez plus au catholicisme qu'à l'Église.

— Si je crois ? Oh, la croyance. Peut-être avez-vous raison, Sancho. Mais peut-être n'est-ce pas la croyance qui importe réellement.

— Que voulez-vous dire, mon père ? Je pensais que…

— Don Quichotte croyait-il réellement à Amadis de Gaule, à Roland et à tous ses héros – ou bien croyait-il simplement aux valeurs qu'ils représentaient ?

— Nous nous engageons sur un terrain dangereux, mon père.

— Je sais, je sais. En votre compagnie, Sancho, je pense plus librement que quand je suis seul. Quand je suis seul, je lis – je me réfugie dans mes livres. Là, je retrouve la foi d'hommes meilleurs que moi, et lorsque je sens ma foi, comme mon corps, faiblir avec l'âge, alors je me dis que je dois avoir tort. Ma foi me dit que je dois avoir tort – mais n'est-ce pas seulement la foi de ces hommes qui me sont supérieurs ? Est-ce ma propre foi qui me parle ou celle de saint François de Sales ? Et cela a-t-il une telle importance ? Redonnez-moi un peu de fromage. Le vin me rend bavard.

— Savez-vous ce qui m'a attiré vers vous à El Toboso ? Pas le fait que vous soyez le seul homme instruit du village. Je n'ai pas tant d'admiration pour les
gens instruits. Ne venez pas me parler de l'intelli-
gentsia ou de la culture. Vous m'avez attiré parce que
je pensais que vous étiez le contraire de moi-même.
On se lasse de soi, de ce visage qu'on voit chaque jour
en se rasant, et tous mes amis étaient coulés dans le
même moule que moi. J'allais assister aux réunions du
parti à Ciudad Real alors que c'était devenu sans danger, après la disparition de Franco. Nous nous appe-
lions « camarade » et nous nous faisions un peu peur,
parce que nous nous connaissions les uns les autres
aussi bien que chacun se connaissait soi-même. Nous
nous renvoyions des citations de Marx et de Lénine
comme des mots de passe, afin de prouver que nous
étions dignes de confiance, et nous ne parlions jamais
des doutes qui nous venaient par les nuits d'insomnie.
J'ai été attiré vers vous parce que je vous prenais pour
un homme qui ignorait le doute. Je crois que d'une
certaine manière, j'ai été attiré vers vous par envie.

— Quelle erreur, Sancho. Je suis pénétré par le
doute. Je ne suis sûr de rien, pas même de l'existence
de Dieu, mais le doute, contrairement à ce que vous
autres communistes semblez croire, n'est pas une trahi-
son. Le doute est humain. Oh, je veux croire que tout
est vrai – et ce désir est la seule chose que j'éprouve
avec certitude. Je veux aussi que les autres croient

position légale d'un homme sans famille ? Peut-il être enfermé contre sa volonté ? Il se peut que l'évêque, avec l'assistance du père Herrera... Et puis, à l'arrière-plan, il y a toujours l'archevêque... Ils n'oublieront jamais cette fois où j'ai donné un peu d'argent à *In Vinculis*.

— Mon amitié pour vous a commencé ce jour-là, et pourtant nous ne nous étions presque jamais adressé la parole.

— C'est comme apprendre à dire la messe. Au séminaire, on apprend à ne jamais oublier. Mon Dieu, précisément, j'ai failli oublier...

— Quoi donc ?

— L'évêque a laissé une lettre pour moi.

Le père Quichotte sortit l'enveloppe de sa poche, la tourna et la retourna dans ses mains.

— Allez, ouvrez-la. Ce n'est pas un arrêt de mort.

— Qu'en savez-vous ?

— Nous ne sommes plus au temps de Torquemada.

— Tant qu'il y aura une Église, il y aura toujours de petits Torquemada. Versez-moi encore un verre de vin.

Le père but lentement afin de retarder la minute de vérité. Sancho lui prit la lettre et l'ouvrit.

— Au moins, elle est courte, fit-il. Que signifie *suspensio a divinis* ? J'ai oublié tout mon latin.

— Comme je le pensais, c'est l'arrêt de mort. Donnez-moi la lettre. (Le père Quichotte reposa son verre sans l'achever.) Je n'ai plus peur. Après la mort, ils ne peuvent plus rien me faire. Il ne reste plus que la grâce de Dieu.

Il lut à voix haute.

— « Mon cher Monsignor, c'est avec une peine immense que j'ai entendu confirmer de votre propre bouche la vérité d'accusations que j'avais jusqu'ici attribuées avec une quasi-certitude à un malentendu, une exagération ou une intention malveillante. » Quel hypocrite ! Mais je suppose que l'hypocrisie est presque nécessaire chez un évêque et que le père Heribert Jone n'y verrait qu'un péché des plus véniels. « Néanmoins je veux bien croire, compte tenu des circonstances, que l'échange de vêtements avec votre compagnon communiste ne constituait pas un geste symbolique de défi envers le Saint-Père, mais relevait plutôt de quelque grave désordre mental qui vous a également conduit à aider un criminel en fuite et à assister sans honte, et arborant votre rabat violet de monsignor, à la projection d'un film répugnant et pornographique dont la lettre S, portée sur les affiches, indiquait nettement le caractère. J'ai discuté de votre cas avec le docteur Galván, qui s'accorde à estimer qu'un long repos est souhaitable. Je me propose d'écrire à l'archevêque. Entre-temps, il est de mon devoir de vous signifier une *suspensio a divinis*. »

— Et en quoi consiste au juste cet arrêt de mort ?

— Cela signifie que je n'ai pas le droit de dire la messe, ni publiquement ni en privé. Mais, seul dans ma chambre, je la dirai quand même car je suis innocent. Le droit de confesser m'est également retiré – sauf en cas d'extrême urgence. Je reste prêtre, mais seulement à mes propres yeux. Un prêtre inutile à qui l'on interdit de servir les autres. Je suis heureux que vous soyez venu me chercher. Comment aurais-je pu supporter ce genre de vie à El Toboso ?

— Vous pouvez en appeler à Rome. Vous êtes un monsignor.

— Même un monsignor peut se perdre dans les dossiers poussiéreux de la curie.

— Je vous ai dit que j'avais quelque chose à confesser, mon père. J'ai failli ne pas venir. (Maintenant, c'était le maire qui buvait afin de se donner du courage.) Quand j'ai constaté que vous n'étiez plus là – il y avait un couple d'Américains dans les parages et ils avaient tout vu : ils vous croyaient mort, mais je savais à quoi m'en tenir –, j'ai eu envie d'emprunter Rossinante et de filer au Portugal. Là-bas, j'ai de bons amis dans le parti. Je me suis dit que j'allais rester à l'abri un moment, en attendant que les choses se tassent.

— Mais vous n'y êtes pas allé.

— J'ai roulé jusqu'à Ponferrada. Là, j'ai pris la grand-route d'Orense. J'ai repéré sur ma carte une route secondaire que je comptais prendre, car elle était à moins de soixante kilomètres de la frontière. (Il haussa les épaules.) J'ai atteint la route en question, j'ai fait demi-tour et je suis revenu à Valladolid, où j'ai demandé à mon ami garagiste de repeindre la voiture et de changer une nouvelle fois les plaques.

— Mais pourquoi n'avez-vous pas continué ?

— J'ai regardé vos foutus bas violets, votre bavoir et les souliers neufs que nous avions achetés à León. La façon dont vous aviez soufflé dans ce ballon m'est revenue en mémoire.

— Ce sont des raisons qui ne semblent guère suffisantes.

— Elles l'étaient pour moi.

— Je suis heureux que vous soyez venu, Sancho. Je me sens en sûreté ici, avec Rossinante et vous, plus que là-bas avec le père Herrera. Je ne suis plus chez moi à El Toboso, et je n'ai pas d'autre foyer, à l'exception de ce bout de terre que je partage avec vous.

— Il faut que nous vous trouvions un autre foyer, mon père, mais où ?

— Dans un endroit calme où Rossinante et moi pourrons nous reposer quelque temps.

— Et où ni la garde civile ni l'évêque ne vous trouveront.

— Il y avait cette abbaye de trappistes dont vous avez parlé, en Galice... Mais c'est *vous* qui ne vous sentiriez pas chez vous, Sancho.

— Je pourrais vous confier à eux, puis louer une voiture à Orense et passer la frontière.

— Je ne veux pas que nos voyages prennent fin. Pas avant la mort, Sancho. Mon ancêtre est mort dans son lit. Peut-être aurait-il vécu plus longtemps s'il était resté sur la route. Je ne suis pas encore prêt pour la mort, Sancho.

— Je me fais du souci à cause des ordinateurs de la garde civile. Rossinante est assez bien camouflée, mais il se peut qu'on nous guette à la frontière.

— Que cela vous plaise ou non, Sancho, j'ai l'impression que vous serez obligé de rester une semaine ou deux chez les trappistes.

— La nourriture sera mauvaise.

— Le vin aussi, peut-être.

— Nous ferions bien de prendre une bonne provision de vin de Galice en chemin. Le *manchego* est presque terminé.

3. Comment monsignor Quichotte connut sa dernière aventure parmi les Mexicains

1.

Trois nuits de suite ils dormirent à la belle étoile, progressant avec prudence sur des routes peu fréquentées. Quittant les monts de Tolède, ils franchirent la sierra de Guadalupe, effort pénible pour Rossinante, qui dut grimper au-dessus de huit cents mètres et souffrit davantage encore lorsqu'ils abordèrent la sierra de Gredos, où la route sinuait jusqu'à plus de quinze cents mètres d'altitude. En effet, ils évitèrent Salamanque pour se diriger vers le Douro, qui les séparait de l'abri sûr du Portugal. La progression par les montagnes était très lente, mais le maire préférait cette solution aux plaines de Castille, car leur itinéraire offrait de vastes perspectives où une jeep officielle serait repérée de loin, et les villages qu'ils rencontraient étaient trop petits pour abriter un poste de la garde civile. Leur cheminement était tortueux, limité aux petites routes communales, car ils évitaient même les dangereuses routes secondaires marquées en jaune sur la carte. Quant aux grandes routes marquées en rouge, il n'en était pas question.

Il faisait toujours froid à la tombée de la nuit, et ils furent bien aises de remplacer le vin par le whisky pour accompagner le fromage et le saucisson. Après avoir mangé, ils se pelotonnaient dans la voiture pour une nuit de sommeil difficile. Quand il leur fallut enfin redescendre dans la plaine, le maire contempla avec mélancolie un panneau qui indiquait la direction du Portugal.

— Si seulement vous aviez un passeport, dit-il, nous mettrions le cap sur Bragance. Je préfère mes camarades de là-bas à ceux du parti espagnol. Cunhal vaut mieux que Carrillo.

— Je croyais que Carrillo était un homme de qualité, pour un communiste.

— On ne peut pas faire confiance à un eurocommuniste.

— Vous n'êtes quand même pas stalinien, Sancho ?

— Je ne suis pas stalinien, mais au moins, avec eux, on sait où on en est. Ce ne sont pas des jésuites. Ils ne tournent pas avec le vent. S'ils sont cruels, ils le sont aussi avec eux-mêmes. Quand on parvient au terme de la plus longue de toutes les routes, il faut bien s'étendre et se reposer un peu – se reposer des débats, des théories et des modes. On peut se dire : « Je ne crois pas, mais j'accepte », et on verse dans le silence à la manière des trappistes. Les trappistes sont les staliniens de l'Église.

— Dans ce cas, Sancho, vous auriez fait un bon trappiste.

— Peut-être, quoique je n'aime pas beaucoup me lever tôt le matin.

Après qu'ils eurent pénétré en Galice, ils s'arrêtèrent dans un village afin de permettre à Sancho de se renseigner pour savoir s'il y avait dans les environs un vignoble où ils pourraient se procurer du vin de qualité, car il ne leur restait plus qu'une bouteille de *manchego* et le maire se méfiait de toutes les étiquettes. Il resta absent dix bonnes minutes et revint la mine sombre, aussi le père Quichotte l'interrogea-t-il anxieusement :

— Mauvaises nouvelles ?

— Oh, j'ai une adresse.

Sancho décrivit l'itinéraire à suivre, puis il n'ouvrit plus la bouche d'une demi-heure, se contentant d'indiquer de la main les virages à prendre. Son silence était si lourdement inquiétant que le père Quichotte voulut à toute force en percer le mystère.

— Vous êtes préoccupé, dit-il. Est-ce à cause de la garde civile ?

— Oh, la garde ! s'exclama le maire. On est de taille à s'en occuper, de la garde. Est-ce qu'on ne s'en est pas bien sortis du côté d'Ávila et sur la route de León ? La garde, je crache dessus.

— Alors, qu'est-ce qui vous tracasse ?

— Je n'aime pas ce que je ne comprends pas.

— C'est-à-dire ?

— Ces villageois ignorants et leurs accents abominables.

— Ce sont des Galiciens, Sancho.

— Et ils savent que nous sommes étrangers. Ils se figurent que nous sommes prêts à croire n'importe quoi.

— Que vous ont-ils dit ?

— Ils ont fait mine d'être très désireux de rendre service au sujet du vin. Ils ont discuté entre eux des mérites de trois vignobles – le blanc était meilleur ici, le rouge meilleur là, et ils ont conclu sur un avertissement – en se donnant l'air de prendre la chose très au sérieux. Ils m'ont pris pour un imbécile parce que je n'étais pas du coin. Le chauvinisme de ces Galiciens... Vous trouverez le meilleur vin d'Espagne, voilà ce qu'ils m'ont dit, comme si notre *manchego* n'était que de la pisse de cheval.

— Et l'avertissement ?

— Une des propriétés se trouve près d'un endroit appelé Leariz. « N'y allez pas, m'ont-ils dit. Les Mexicains sont partout. » Tels ont été leurs derniers mots. Ils me les ont criés au moment où je partais. « Évitez la terre des Mexicains. Leurs prêtres gâtent même le vin. »

— Des Mexicains ! Êtes-vous sûr d'avoir bien entendu ?

— Je ne suis pas sourd.

— Qu'est-ce qu'ils pouvaient bien vouloir dire ?

— Je suppose que Pancho Villa est revenu d'entre les morts et qu'il dévaste la Galice.

Il leur fallut encore une demi-heure pour atteindre une zone de vignobles. Sur leur droite, au sud, la vigne verdissait les coteaux, tandis qu'à gauche, le long d'une falaise, s'étendait un village décrépit, tel un cadavre abandonné – une maison en ruine par-ci par-là : une bouche aux dents cassées.

— Nous n'avons pas besoin de prendre la route du village, expliqua Sancho. Nous faisons encore une cinquantaine de mètres puis nous laissons la voiture pour grimper un sentier.

— Un sentier qui monte où ?

— Ils ont parlé du señor Diego. Ces imbéciles ont fini par se mettre d'accord pour dire que le meilleur vin venait de chez lui. « Les Mexicains n'y ont pas encore mis les pieds », voilà ce qu'ils ont déclaré.

— Encore les Mexicains. Je commence à me sentir un peu mal à l'aise, Sancho.

— Courage, mon père. Vous ne vous êtes pas laissé démonter par les moulins à vent, reculerez-vous devant quelques Mexicains ? Voici sans doute le sentier, nous allons laisser la voiture ici.

Ils garèrent Rossinante derrière une Mercedes qui avait déjà raflé la meilleure place.

Ils commençaient à gravir le sentier lorsqu'ils aperçurent un corpulent personnage, vêtu d'un complet chic et d'une saisissante cravate à rayures, qui descendait vers eux à toute allure en bougonnant. La collision fut évitée de justesse quand l'homme s'arrêta net et leur barra la route.

— Vous allez là-haut pour acheter du vin ? lança-t-il sèchement.

— Oui.

— Laissez tomber. Il est fou.

— Qui est fou ? demanda le maire.

— Le señor Diego, évidemment. Qui d'autre. Il a là-haut une cave pleine de bon vin et il refuse de me laisser goûter un seul verre, alors que j'étais prêt à lui en acheter douze caisses. Il a dit qu'il n'aimait pas ma cravate.

— Les avis au sujet de votre cravate peuvent différer, fit prudemment le maire.

— Je suis un homme d'affaires, et croyez-moi, ce n'est pas comme ça qu'on traite des affaires. Mais à présent, il est trop tard pour se procurer du vin ailleurs.

— Pourquoi tant de hâte ?

— Parce que j'ai promis au curé. Je tiens toujours mes promesses. C'est une bonne politique. J'ai promis au curé de lui procurer ce vin. Une promesse faite à l'Église.

— Pourquoi l'Église veut-elle une douzaine de caisses de vin ?

— Ma parole n'est pas seule en jeu. Ça peut me coûter ma place dans la procession. À moins que le curé n'accepte des espèces. Il ne prend pas les chèques. Laissez-moi passer, s'il vous plaît. Je ne peux pas rester là à bavarder, mais je voulais vous prévenir…

— Je ne comprends pas ce qui se passe, dit le père Quichotte.

— Moi non plus.

En haut du sentier, ils découvrirent une maison qui avait grand besoin de réparations, et, sous un figuier, une table où traînaient les restes d'un repas. Un jeune homme en blue-jeans se pressa vers eux.

— Le señor Diego ne reçoit personne aujourd'hui, annonça-t-il.

— Nous venons simplement acheter un peu de vin, dit le maire.

— Je crains que ce soit impossible. Pas aujourd'hui. Et ce n'est pas la peine de me parler de la fête. Le señor Diego ne veut rien avoir à faire avec la fête.

— Nous n'en voulons pas pour une quelconque fête. Nous sommes de simples voyageurs à court de vin.

— Vous n'êtes pas des Mexicains ?

— Non, nous ne sommes pas des Mexicains. (Le père Quichotte mit un peu de conviction dans sa voix.) Par charité, mon père... Juste quelques bouteilles. Nous nous rendons chez les trappistes d'Osera.

— Chez les trappistes ?... Comment savez-vous que je suis un prêtre ?

— Lorsque vous aurez été prêtre aussi longtemps que moi, vous saurez reconnaître un collègue. Même sans son col.

— C'est monsignor Quichotte, d'El Toboso, dit le maire.

— Un monsignor ?

— Oubliez le titre, mon père. Un simple curé, comme vous, je crois bien.

Le jeune homme courut vers la maison en appelant :

— Señor Diego, señor Diego. Venez vite. Un monsignor. Nous avons un monsignor.

— Est-il donc si rare de voir un monsignor par ici ? demanda le maire.

— Rare ? Et comment. Les prêtres du coin – ce sont tous des amis des Mexicains.

— L'homme que nous avons croisé sur le sentier – c'était un Mexicain ?

— Bien entendu. Un des mauvais Mexicains. C'est pour cela que le señor Diego a refusé de lui vendre du vin.

— Je pensais que c'était peut-être à cause de sa cravate.

Un vieil homme très digne fit son apparition sur la terrasse. Il avait le visage triste et las de quelqu'un qui a trop vu de la vie et pendant beaucoup trop longtemps. Il hésita un moment entre Sancho et le père Quichotte avant de porter son choix sur le mauvais candidat et d'étendre ses deux mains vers le maire.

— Soyez le bienvenu chez moi, Monsignor.

— Non, non ! s'exclama le jeune homme. C'est l'autre !

Le señor Diego tourna ses mains, puis ses yeux, en direction du père Quichotte.

— Pardonnez-moi, dit-il. Ma vue n'est plus ce qu'elle était. J'y vois très, très mal. Ce matin, je marchais dans les vignes avec mon petit-fils ici présent, et c'était toujours lui qui repérait les mauvaises herbes – pas moi. Asseyez-vous tous les deux, je vous en prie. Je vais vous apporter à manger et à boire.

— Ils vont à Osera, chez les trappistes.

— Les trappistes sont d'excellents hommes, mais leur vin n'est pas, je le crains, aussi excellent qu'eux, quant à la liqueur qu'ils fabriquent... Il faut que vous emportiez une caisse de vin pour eux – et une autre pour vous, naturellement. Je n'ai jamais eu de monsignor sous mon figuier auparavant.

— Asseyez-vous avec eux, dit le jeune prêtre. J'irai chercher le vin et le jambon.

— Du rouge et du blanc – et des coupes pour tout le monde. Notre fête sera plus belle que celle des Mexicains. (Quand le jeune homme fut hors de portée de leurs voix, le señor Diego ajouta :) Si tous les prêtres d'ici étaient comme mon petit-fils... je peux même lui confier le soin de la vigne. Si seulement il n'avait pas choisi d'entrer dans les ordres. C'est entièrement la faute de sa mère. Mon fils ne l'aurait jamais permis. S'il n'était pas mort... Aujourd'hui, j'observais José en train d'arracher les mauvaises herbes que je n'arrivais plus à voir nettement et je me suis dit : « Il est temps de disparaître, pour moi comme pour la vigne. »

— Sommes-nous dans la paroisse de votre petit-fils ? demanda le père Quichotte.

— Non, non. Il vit à quarante kilomètres d'ici. Les curés du coin l'ont chassé de son ancienne paroisse. Il représentait un danger pour eux. Les pauvres l'aimaient parce qu'il refusait de prendre de l'argent lorsqu'il venait dire les *responses* pour un mort. Les *responses*, quelle foutaise ! Fredonner quelques mots et empocher mille pesos. Alors les autres curés ont écrit à l'évêque, et bien qu'il se soit trouvé beaucoup de braves gens parmi les Mexicains pour prendre sa défense, il a été chassé. Vous comprendriez, si vous restiez un peu ici : vous verriez avec quelle avidité ces curés se jettent sur l'argent que les Mexicains ont apporté à cette pauvre région.

— Les Mexicains, les Mexicains. Mais qui sont-ils, à la fin ?

Le jeune prêtre revint à cet instant en portant un plateau sur lequel étaient disposées des assiettes de jambon, quatre grandes coupes de grès, ainsi que des bouteilles de vin rouge et de vin blanc.

— Goûtez d'abord le blanc, conseilla-t-il. Faites comme chez vous. Le señor Diego et moi avions mangé avant l'arrivée du Mexicain. Prenez du jambon – il est excellent, fait maison. Vous n'en trouverez pas de semblable chez les trappistes.

— Au sujet de ces Mexicains... je vous en prie, mon père, expliquez-nous.

— Oh, ils débarquent ici, se font bâtir de luxueuses maisons, et les prêtres se laissent corrompre à la vue de cet argent. Ces gens se figurent même qu'ils peuvent acheter la Sainte Vierge. Ne parlons plus d'eux. Il y a de meilleurs sujets de conversation.

— Mais qui sont-ils, ces Mexicains ?

— Oh, il y a de braves gens parmi eux. Je ne le nie pas. Beaucoup de braves gens, mais tout de même... je ne comprends vraiment pas. Ils ont trop d'argent et ils sont restés trop longtemps éloignés.

— Éloignés du Mexique ?

— Éloigné de la Galice. Vous ne prenez pas de jambon, Monsignor. Je vous en prie...

— Je suis très heureux, dit le señor Diego, d'accueillir sous ce figuier monsignor... monsignor...

— Quichotte, fit le maire.

— Quichotte ? Vous n'allez pas me dire que…

Le père ne lui laissa pas le temps d'achever.

— Un indigne descendant.

— Et votre ami ?

— Quant à moi, déclara Sancho, je ne puis prétendre être un authentique descendant de Sancho Panza : un patronyme, Zancas, est la seule chose que nous ayons en commun. Mais je puis vous assurer que monsignor Quichotte et moi avons eu notre part d'aventures étranges. Même si elles ne sont pas dignes d'être comparées…

— Ce vin est très bon, dit le señor Diego, mais, José, va donc en tirer un peu à la deuxième barrique sur la gauche… tu sais laquelle… Monsignor Quichotte et son ami le señor Sancho méritent ce qu'il y a de mieux. Et c'est seulement avec le meilleur de tous les vins que nous pouvons trinquer à la damnation des prêtres d'ici.

Une nouvelle fois, le señor Diego attendit le départ de José pour ajouter avec une pointe de profonde tristesse :

— Je ne me serais jamais attendu à voir un de mes petits-fils devenir prêtre. (Le père Quichotte vit qu'il avait les larmes aux yeux.) Oh, je ne veux pas dire du mal du clergé, Monsignor. Comment le pourrais-je ? Nous avons un bon pape, mais comme il doit souffrir chaque jour à la messe, si le vin qu'il lui faut boire est aussi mauvais que celui du vieux curé de José.

— Nous ne faisons qu'y tremper les lèvres, expliqua le père Quichotte. C'est à peine si nous remarquons le goût. Ce n'est pas pire que le vin qu'on vous habille d'une étiquette de fantaisie et qu'on vous sert au restaurant.

— Là, Monsignor, vous n'avez pas tort. Toutes les semaines, on voit débarquer de ces escrocs qui viennent acheter mon vin, le mélangent à d'autres crus, baptisent le tout Rioja et font de la réclame sur toutes les routes d'Espagne afin d'abuser les malheureux étrangers qui ne savent pas distinguer un bon vin d'un mauvais.

— Et vous, comment distinguez-vous les escrocs des honnêtes gens ?

— À la quantité qu'ils commandent, et parce que, souvent, ils ne demandent même pas à goûter d'abord. (Le señor Diego marqua un silence avant d'ajouter :) Si seulement José s'était marié, s'il avait eu un fils... J'ai commencé à lui enseigner la vigne quand il avait six ans ; aujourd'hui, il en sait presque autant que moi, et sa vue est tellement meilleure que la mienne... Bientôt, il pourrait entreprendre l'éducation de son *propre* fils...

— Ne pouvez-vous trouver un bon gérant, señor Diego ? demanda le maire.

— C'est une sotte question que vous me posez, señor Sancho – une question que j'attendrais de la part d'un communiste.

— Je suis un communiste.

— Pardonnez-moi, je n'ai rien à dire contre les communistes quand ils sont à leur place, mais leur place n'est pas dans un vignoble. Vous autres communistes pouvez mettre autant de gérants que vous le voudrez dans les cimenteries d'Espagne. Vous pouvez mettre des gérants dans les briqueteries et les arsenaux, leur confier l'administration du gaz et de l'électricité, mais pas celle d'un vignoble.

— Pourquoi, señor Diego ?

— Le vin est vivant, comme une fleur ou un oiseau. Il n'est pas fait par l'homme : l'homme ne peut que l'aider à vivre – ou à mourir, ajouta-t-il avec une profonde mélancolie qui chassa toute expression de son visage.

Il s'était fermé, comme un homme referme un livre quand il s'aperçoit qu'il n'a pas envie de lire.

— Voici le meilleur de tous les vins, annonça le père José – ils ne l'avaient pas entendu approcher. Le jeune prêtre tenait un gros pichet et se mit à remplir les coupes.

— Tu es sûr de l'avoir pris au bon fût ? insista le señor Diego.

— Naturellement. Le deuxième sur la gauche.

— Alors, nous pouvons boire à la damnation des prêtres de la région.

— Peut-être – j'ai vraiment très soif – m'autoriserez-vous à goûter un peu ce bon vin avant que nous ne décidions du toast ?

— Bien entendu, Monsignor. Et nous allons d'abord porter un autre toast. Au Saint-Père ?

— Au Saint-Père et à ses bonnes intentions. (Cette légère correction apportée, le père Quichotte poursuivit :) Ce vin est vraiment somptueux, señor Diego. Je dois reconnaître que notre coopérative d'El Toboso n'est pas en mesure de présenter son égal, quoique notre vin soit tout à fait honnête. Mais votre vin est plus qu'honnête : il est noble.

— Je remarque, dit le señor Diego, que votre ami n'a pas levé son verre avec nous. Même un communiste peut boire aux bonnes intentions du Saint-Père, non ?

— L'auriez-vous fait pour saluer les bonnes intentions de Staline ? rétorqua le maire. On ne peut pas connaître les intentions d'un homme et on ne peut pas leur consacrer un toast. Croyez-vous que l'ancêtre de Monsignor représentait vraiment la chevalerie espagnole ? Oh, c'était peut-être son intention, mais nous finissons tous par donner de cruelles caricatures de ce que nous avions projeté.

Il y avait dans sa voix une nuance de tristesse et de regret qui étonna le père Quichotte. Sancho l'avait habitué à une manière agressive, qui n'était peut-être qu'une forme d'autodéfense, mais le regret, à coup sûr, était la manifestation d'un désespoir, d'une démission, voire d'un changement intime. Le père Quichotte se demanda, pour la première fois, où leur voyage allait finir.

Le señor Diego s'adressa à son petit-fils :

— Explique-leur qui sont les Mexicains. Je croyais que toute l'Espagne était au courant.

— Nous n'en avons pas entendu parler à El Toboso.

— Les Mexicains, dit le père José, sont arrivés du Mexique, mais ils sont tous nés ici. Ils ont quitté la Galice pour échapper à la misère, et ils y ont réussi. Ils voulaient de l'argent, ils en ont trouvé, ils sont revenus le dépenser. Ils donnent de l'argent aux prêtres d'ici et s'imaginent faire des dons à l'Église. Les prêtres sont devenus gourmands. Ils profitent des pauvres et ils profitent de la superstition des riches. Ils sont pires que les Mexicains. Peut-être quelques-uns des Mexicains croient-ils sincèrement qu'ils peuvent acheter leur place au paradis. Mais à qui la faute ? Leurs prêtres savent ce qu'il en est, et ils mettent la Sainte Vierge sur le marché. Vous devriez assister à la fête qu'ils célèbrent aujourd'hui dans une ville située pas loin d'ici. Les prêtres vendent la Sainte Vierge à l'encan. Les quatre Mexicains qui auront payé le plus porteront sa statue pendant la procession.

— Mais c'est incroyable ! s'écria le père Quichotte.

— Allez vérifier par vous-même.

Le père Quichotte reposa sa coupe.

— Nous devons partir, Sancho.

— La procession ne commence pas encore. Finissez d'abord votre vin, conseilla le señor Diego.

— Je suis désolé, señor Diego, mais je n'ai plus de palais, même s'il s'agit de votre meilleur vin. Vous venez de m'indiquer mon devoir : « Allez vérifier par vous-même. »

— Que pouvez-vous faire, Monsignor ? L'évêque lui-même les soutient.

Le père Quichotte se souvint de la formule qu'il avait employée à propos de son évêque. Il résista à la tentation de la reprendre, mais l'envie le démangeait aussi de se servir des paroles de son ancêtre : « Sous mon manteau, je fais la figue au roi. »

— Je vous remercie de votre généreuse hospitalité, señor Diego, dit-il, mais je dois partir. Venez-vous avec moi, Sancho ?

— J'aimerais boire un peu plus du vin du señor Diego, mon père, mais je ne puis vous laisser y aller seul.

— Peut-être serait-il préférable, dans cette affaire, que je parte seul avec Rossinante. C'est l'honneur de l'Église qui est en jeu, aussi n'y a-t-il aucune raison pour que vous…

— Mon père, nous avons couru les routes ensemble assez longtemps, nous n'allons pas nous séparer à présent.

— José, dit le señor Diego, mets deux caisses de notre meilleur vin dans leur voiture. Je n'oublierai jamais comment, sous ce figuier, il m'a été donné de recevoir un court moment un descendant du grand don Quichotte.

2.

Ils surent qu'ils approchaient de la ville lorsqu'ils commencèrent à dépasser sur la route des villageois, toujours plus nombreux, qui se rendaient à la fête. La ville elle-même n'était d'ailleurs guère plus qu'un village. L'église, bâtie sur une colline, se voyait de loin. Ils passèrent devant une banque – Banco Hispano Americano – fermée, comme tous les magasins.

— Une bien grosse banque pour une aussi petite ville, commenta le maire.

Un peu plus loin, ils remarquèrent cinq autres banques.

— L'argent mexicain, fit Sancho.

— Il y a des moments, répondit le père Quichotte, où je suis tenté de vous appeler *compañero*,
mais ce n'est pas encore l'heure, pas encore.

— Que comptez-vous faire, mon père ?

— Je n'en sais rien. J'ai peur, Sancho.

— Vous avez peur d'*eux* ?

— Non, de moi-même.

— Pourquoi vous arrêtez-vous ?

— Donnez-moi mon rabat. Il est sur la plage
arrière. Et mon col, aussi.

Il descendit de voiture. Un petit attroupement se
forma dans la rue afin de le regarder s'habiller. Il avait
l'impression d'être un comédien qui se prépare dans
sa loge sous les yeux de ses amis.

— Nous allons au combat, Sancho. J'ai besoin de
mon armure. Même si elle est aussi absurde que l'armet de Mambrin.

Il revint s'installer au volant de Rossinante et déclara :

— Je me sens mieux préparé maintenant.

Ils devaient bien être cent à attendre devant
l'église. Pauvres, pour la plupart, et ils se reculèrent ti-
midement afin de laisser le père Quichotte et Sancho
accéder à de meilleures places, près de l'entrée, là où
se tenait un groupe d'hommes et de femmes bien vê-
tus – des commerçants, peut-être, ou des employés de
banque. Le père Quichotte s'informa auprès de l'un
des pauvres qui s'écartait pour le laisser passer.

— Les enchères sont terminées, Monsignor. Ils vont sortir la Sainte Vierge de l'église.

— Ça s'était mieux passé l'an dernier, précisa un autre. Vous auriez dû voir tout l'argent qu'ils mettaient.

— La mise à prix était de mille pesetas.

— Le gagnant en a versé quarante mille.

— Non, trente.

— Ça, c'était l'avant-dernière offre. On ne croirait pas qu'il y ait autant d'argent dans toute la Galice.

— Et le vainqueur ? demanda le père Quichotte. Que gagne-t-il ?

Un homme dans la foule se mit à rire et cracha par terre.

— La rémission de ses péchés. À ce prix-là, c'est donné.

— Ne l'écoutez pas, Monsignor. Il se moque de tout ce qui est sacré. Le vainqueur gagne la meilleure place – et ce n'est que justice – parmi les porteurs de la Vierge. La lutte est serrée.

— Et quelle est la meilleure place ?

— Devant, à droite.

Le railleur revint à la charge :

— L'an dernier, il y avait seulement quatre porteurs. Cette année, le prêtre a pris un plus grand socle, de manière à pouvoir placer six porteurs.

— Les deux derniers n'ont versé que quinze mille pesetas.

— Ils avaient moins de péchés à racheter. L'an prochain, moi je vous dis qu'il y aura huit porteurs.

Le père Quichotte se rapprocha de la porte de l'église.

Un homme le tira par la manche et lui présenta deux pièces de cinquante pesetas.

— Monsignor, auriez-vous un billet de cent pesetas ?

— Pour quoi faire ?

— Je veux les donner à la Vierge.

Un cantique résonnait à présent dans l'église, et le père Quichotte sentit la foule tendue dans l'expectative.

— La Vierge n'accepte pas les pièces ? demandat-il.

Il distingua, par-dessus les rangées d'épaules, le balancement d'une tête couronnée et il se signa en même temps que les gens qui l'entouraient. Les pièces glissèrent de la main de son voisin, qui se mit à quatre pattes pour les récupérer. L'espace d'un instant, entre deux têtes, il aperçut l'un des porteurs. C'était l'homme à la cravate rayée. Puis, alors que la foule s'écartait pour faire de la place, la statue fut un moment visible dans son entier.

Le père Quichotte ne comprenait pas ce qu'il avait sous les yeux. Ce n'était pas l'image traditionnelle, avec son visage de plâtre et ses yeux bleus vides de toute expression, qui le scandalisait – mais la Vierge semblait entièrement habillée de papier. Un homme le bouscula et se fraya un chemin jusqu'à la statue en agitant un billet de cent pesetas. Les porteurs s'arrêtèrent afin de lui donner le temps de l'épingler aux plis de la robe. Il était d'ailleurs impossible d'apercevoir le moindre bout de vêtement à cause de tous les billets : billets de cent pesetas, de mille pesetas, un billet de cinq cents francs, et, à l'endroit exact du cœur, un billet de cent dollars. Le père Quichotte n'était plus séparé de la statue que par le prêtre et les fumées de l'encens. Il leva son regard vers la tête couronnée et les yeux vitreux, pareils à ceux d'une femme morte et délaissée à qui personne n'aurait pris la peine de fermer les paupières. Est-ce donc pour ceci qu'elle a vu son fils agoniser ? songea-t-il. Pour ramasser de l'argent ? Pour enrichir un prêtre ?

Sancho – il avait pratiquement oublié sa présence, juste derrière lui – Sancho lui parla.

— Venez, mon père.

— Non, Sancho.

— N'allez pas faire de bêtises.

— Voilà que vous parlez comme l'autre Sancho. Je vais vous répondre de la même manière que mon ancêtre quand il vit les géants que vous affirmiez être des moulins à vent : si tu as peur, ôte-toi de là et te mets en oraison.

Il avança de deux pas et fit face au prêtre qui balançait son encensoir à toute volée.

— C'est un sacrilège, dit-il.

— Un sacrilège ? répéta le prêtre avant de remarquer le col et le rabat du père Quichotte et d'ajouter : Monsignor.

— Oui. Un sacrilège. Si vous connaissez le sens du mot.

— Que voulez-vous dire, Monsignor ? C'est notre jour de fête. La fête de notre église. Nous avons la bénédiction de l'évêque.

— Quel évêque ? Aucun évêque ne permettrait…

Le porteur à la cravate extravagante intervint.

— Cet homme est un imposteur, mon père. Je l'ai vu plus tôt dans la journée. Il ne portait ni rabat ni col et il allait acheter du vin à cet athée, le señor Diego.

— Vous avez marqué votre réprobation, mon père, dit Sancho. Maintenant, allons-nous-en.

Le Mexicain interpella la foule :

— Appelez la garde civile.

— Espèce de…, commença le père Quichotte, mais, dans sa colère, il ne put trouver le mot qui convenait. Reposez la Sainte Vierge. Comment osez-vous, dit-il au prêtre, l'habiller ainsi avec de l'argent. Mieux vaudrait encore la montrer nue dans les rues…

— Allez chercher la garde, répéta le Mexicain, mais la situation devenait beaucoup trop intéressante et personne ne se décidait à bouger.

Le contestataire s'en mêla à son tour :

— Demandez-lui où passe cet argent.

— Au nom du ciel, venez, implora Sancho.

— Reprenez la procession, ordonna le prêtre.

— Il faudra me tuer d'abord, dit le père Quichotte.

— Qui êtes-vous ? De quel droit venez-vous interrompre notre fête ? Quel est votre nom ?

Le père Quichotte hésita. Il répugnait à user du titre auquel il ne se sentait aucun droit véritable. Mais l'amour de la femme dont l'image se dressait au-dessus de lui vint à bout de ses réticences.

— Je suis monsignor Quichotte d'El Toboso, annonça-t-il fermement.

— Mensonge, fit le Mexicain.

— Mensonge ou non, vous n'avez aucune autorité dans ce diocèse.

— J'ai l'autorité de tout catholique qui lutte contre le sacrilège.

— Demandez-lui où passe l'argent.

La voix du contestataire monta une nouvelle fois de la foule, trop arrogante au goût du père Quichotte, mais on ne choisit pas toujours ses alliés.

Le père fit un pas en avant.

— C'est ça. Cognez-le. Ce n'est qu'un curé. On est en république, à présent.

— Appelez la garde. Cet homme est un communiste, fit le Mexicain.

Le prêtre tenta de balancer son encensoir entre la statue et le père Quichotte, pensant peut-être que les fumées de l'encens feraient reculer l'adversaire. La cassolette frappa le père Quichotte sur le côté du visage. Un filet de sang coula le long de son œil droit.

— Mon père, il faut partir d'ici, insista Sancho.

Le père Quichotte repoussa le prêtre et arracha le billet de la robe de la statue, déchirant à la fois le vêtement et le billet. Le billet de cinq cents francs, épinglé de l'autre côté, se détacha facilement, et le père Quichotte le laissa tomber au sol. Il lacéra encore plusieurs billets de cent pesetas en tirant dessus. Il en fit une boule qu'il jeta vers la foule. Le contestataire l'acclama et fut imité par trois ou quatre autres voix. Le Mexicain lâcha le brancard et tout l'édifice vacilla. La couronne de la Vierge glissa de travers sur son œil gauche. Un autre Mexicain, trouvant sa charge trop lourde, lâcha prise à son tour. La statue de la Vierge acheva de s'écrouler avec fracas. On se serait cru à la fin d'une orgie. Le contestataire prit la tête d'un commando afin de récupérer quelques billets, et il s'ensuivit une mêlée confuse avec les porteurs.

Sancho saisit le père Quichotte par l'épaule et l'entraîna à l'écart. Le Mexicain à la cravate rayée fut le seul à remarquer la manœuvre. Il se mit à hurler par-dessus la bagarre :

— Voleur ! Blasphémateur ! Imposteur ! (Il respira profondément avant d'ajouter :) Communiste !

— Vous en avez assez fait pour aujourd'hui, dit Sancho.

— Où m'emmenez-vous ? Pardonnez-moi. Je ne sais plus où j'en suis…

Le père Quichotte porta la main à son visage et la retira tachée de sang.

— Quelqu'un m'a frappé ?

— On ne lance pas une révolution sans effusion de sang.

— Je n'avais pas vraiment l'intention… (Dans son désarroi, il se laissa guider par le maire jusqu'à l'endroit où Rossinante les attendait.) La tête me tourne un peu, avoua-t-il. Je ne sais pas pourquoi.

Le maire jeta un coup d'œil derrière eux. Il vit que le Mexicain s'était détaché de la mêlée et parlait au prêtre en agitant les bras.

— Montez vite, dit-il au père Quichotte. Il faut qu'on s'en aille d'ici.

— Pas de ce côté. Je dois conduire Rossinante.

— Vous n'êtes pas en état de conduire. Vous êtes blessé.

— Mais elle n'aime pas sentir une main étrangère.

— Mes mains ne lui sont pas étrangères. Ne l'ai-je pas pilotée sur tout le trajet afin d'aller vous délivrer ?

— Je vous en prie, ne l'épuisez pas. Elle est vieille.

— Elle est assez jeune pour faire du cent à l'heure.

Le père Quichotte céda sans plus protester. Il se laissa aller sur son siège autant que Rossinante le permettait. Les manifestations de colère l'avaient toujours

exténué – et, plus encore, les pensées qui ne manquaient pas de lui venir ensuite.

— Mon Dieu, mon Dieu, soupira-t-il, que va dire
l'évêque s'il entend parler de cette histoire ?

— Il en entendra sûrement parler, mais ce qui me
préoccupe, c'est ce que dira la garde civile – et ce
qu'elle fera.

L'aiguille du compteur monta vers le cent.

— Incitation à l'émeute. C'est votre délit le plus
grave jusqu'à présent. Il faut que nous trouvions un
refuge. (Le maire s'interrompit avant d'ajouter :) J'aurais préféré le Portugal mais le monastère d'Osera,
c'est mieux que rien.

Ils roulaient en silence depuis une demi-heure
quand le maire reprit la parole.

— Vous dormez ?

— Non.

— Ça ne vous ressemble pas de rester silencieux.

— Je suis victime d'un aspect indiscutable de la
Loi de la Nature. J'ai une très forte envie de me soulager.

— Ne pouvez-vous tenir une demi-heure de
plus ? Ça devrait nous suffire pour atteindre le monastère.

— Je crains d'en être incapable.

À contrecœur, le maire arrêta Rossinante au bord
d'un champ, près d'une sorte d'antique croix celte.

Pendant que le père Quichotte soulageait sa vessie, il s'efforça de déchiffrer l'inscription presque effacée.

— Ça va mieux, annonça le père Quichotte en revenant. Maintenant, je peux parler à nouveau.

— C'est très étrange, dit le maire. Avez-vous remarqué cette vieille croix dans le champ ?

— Oui.

— Elle n'est pas aussi ancienne qu'on pourrait le croire. La date inscrite dessus est 1928, et elle a été plantée dans ce champ à la mémoire d'un inspecteur d'académie. Pourquoi à cet endroit ? Et pourquoi un inspecteur d'académie ?

— Peut-être est-il mort ici même. Un accident de voiture ?

— Ou bien la garde civile, fit le maire en jetant un coup d'œil dans le rétroviseur, mais la route derrière eux était vide.

4. Comme quoi monsignor Quichotte rejoignit son ancêtre

1.

Le grand bâtiment gris du monastère d'Osera étire sa silhouette dans une solitude presque totale au creux d'une cuvette des monts de Galice. Une petite boutique et une buvette à l'entrée même du domaine constituent tout le village d'Osera. La façade sculptée qui date du XVIe siècle dissimule un intérieur du XIIe siècle – un escalier imposant, large de vingt mètres peut-être, et que tout un peloton pourrait gravir au coude à coude, mène aux longs couloirs où s'alignent les chambres d'hôte qui dominent la grande cour et les cloîtres. L'unique son, ou presque, qu'on entende de la journée est le tintement des marteaux maniés par la demi-douzaine de travailleurs qui s'efforcent de réparer les dommages de sept siècles. On voit parfois filer une silhouette en surplis blanc qui se hâte d'accomplir une mission qu'on peut penser sérieuse. Dans les coins d'ombre se dessinent les figures de bois des papes et celles des chevaliers dont l'ordre fonda le monastère. Ces silhouettes se donnent une apparence de vie, à la manière des souvenirs tristes qui s'animent après la nuit tombée. Le visiteur se croit sur une île délaissée qu'une poignée d'aventuriers vient seulement de coloniser, s'efforçant de bâtir un foyer sur les ruines d'une civilisation éteinte.

Les portes de l'église, qui donnent sur un petit parvis devant le monastère, ne s'ouvrent qu'aux heures des visites et des messes dominicales, mais les moines disposent d'un escalier privé par où ils descendent du couloir où sont les chambres d'hôte jusqu'à la nef, aussi imposante que celle de bien des cathédrales. C'est seulement aux heures de visite, ou lorsqu'il y a des hôtes, qu'on entend des voix humaines résonner parmi les vieilles pierres, un peu comme si un bateau de plaisance avait débarqué une poignée de touristes sur l'île.

2.

Le père Leopoldo n'était que trop conscient d'avoir cuisiné un piètre déjeuner pour l'hôte du monastère. Il ne se faisait aucune illusion sur ses talents culinaires, mais ses frères de la Trappe étaient habitués à une nourriture encore plus déplorable et ne pouvaient guère se plaindre : chacun d'entre eux, son tour venu, devait s'illustrer aux fourneaux, pour le meilleur ou pour le pire. En revanche, la plupart des hôtes trouvaient sans doute le régime un peu rude, et le père Leopoldo était d'autant plus malheureux à la pensée du repas de ce midi que l'unique pensionnaire du moment avait droit à toute sa vénération : il s'agissait du titulaire de la chaire d'études hispaniques à l'université Notre-Dame, aux États-Unis. À en juger par son assiette, le professeur Pilbeam n'avait pas pris plus d'une ou deux cuillerées de soupe, et il avait à peine touché au poisson. Le frère convers qui assistait le père Leopoldo aux cuisines s'était permis un froncement de sourcils appuyé, accompagné d'un clin d'œil, en voyant revenir la vaisselle du déjeuner. Quand on a fait vœu de silence, un clin d'œil peut transmettre autant qu'un mot, et nul entre ces murs n'avait juré de s'interdire la communication non verbale.

Le père Leopoldo fut heureux de pouvoir enfin quitter la cuisine pour se rendre à la bibliothèque. Il espérait y trouver le professeur, afin de pouvoir exprimer de vive voix tous ses regrets au sujet du repas. Il n'était pas défendu de parler à un hôte, et le père ne doutait pas que le professeur Pilbeam comprendrait sa distraction à propos du sel. Au moment crucial, il songeait, comme souvent, à Descartes. La présence du professeur Pilbeam, dont c'était la deuxième visite à Osera, l'avait enlevé à la paix d'une existence de routine pour le replonger dans un monde plus confus, celui de la spéculation intellectuelle. Le professeur Pilbeam était peut-être la plus grande autorité contemporaine sur la vie et l'œuvre d'Ignace de Loyola, et tout débat intellectuel, fût-ce sur un sujet aussi peu attrayant pour le père Leopoldo qu'un saint jésuite, revenait à présenter de la nourriture à un affamé. La chose pouvait présenter des dangers. Si souvent, les hôtes du monastère étaient des jeunes gens très pieux qui s'imaginaient avoir vocation à mener la vie d'un trappiste ; ils ne manquaient jamais de l'irriter par leur ignorance, leur respect exagéré pour ce qu'ils croyaient être son grand sacrifice. Ils désiraient, dans un élan romantique, donner leur propre vie. Lui n'était venu que pour trouver une paix précaire.

Le professeur ne se trouvait pas dans la bibliothèque. Le père Leopoldo s'assit et se remit à penser à Descartes. Descartes l'avait tiré du scepticisme pour le mener vers l'Église, tout comme il l'avait fait pour la reine de Suède. Descartes n'aurait certainement pas mis trop de sel dans la soupe, il n'aurait pas trop fait griller le poisson. Descartes était un homme doté de sens pratique, il avait poursuivi des recherches concernant des lunettes destinées à remédier à la cécité et des sièges roulants pour les infirmes. Jeune homme, le père Leopoldo ne songeait pas à prendre l'habit. Il s'était attaché à Descartes sans savoir où cela risquait de le mener. Il voulait tout remettre en question, à la manière de Descartes, quêtant une vérité absolue, et, pour finir, il avait, comme Descartes, accepté ce qui lui semblait être le plus proche de la vérité. Mais, parvenu à ce stade, il avait fait un plus grand bond que son maître – un bond qui l'avait projeté dans le monde silencieux d'Osera. Il n'était pas malheureux – si l'on oublie la soupe et le poisson – mais il n'en accueillait pas moins avec joie l'occasion de parler à un homme intelligent, même s'il fallait s'entretenir de saint Ignace plutôt que de Descartes.

Au bout d'un moment, ne voyant aucun signe du professeur Pilbeam, il gagna le couloir des chambres d'hôte et descendit jusqu'à la grande église, qui serait probablement vide à cette heure, alors que le portail était fermé. À l'exception des touristes, qui avaient leurs horaires, peu de gens venaient à l'église – même le dimanche –, de telle sorte qu'il s'y sentait un peu comme dans l'intimité d'un foyer, à l'abri des intrus. Là, il pouvait prier à sa manière : il priait souvent pour Descartes, et parfois même il adressait des prières à Descartes. L'église était mal éclairée ; en y pénétrant par le passage privé, il ne reconnut pas tout de suite la silhouette figée devant un tableau assez ridicule qui représentait un homme nu pris dans un buisson d'épines. Mais le visiteur parla avec son accent américain – c'était le professeur Pilbeam.

— Je sais que vous n'aimez pas beaucoup saint Ignace, dit-il, mais au moins c'était un bon soldat, et un bon soldat saurait souffrir d'une manière plus utile qu'en se jetant dans les épines.

Le père Leopoldo renonça à son idée de prière solitaire ; de toute façon, cette occasion de discuter constituait, par sa rareté, un plus grand privilège.

— Je ne suis pas du tout certain, répondit-il, que saint Ignace ait été à ce point préoccupé par les choses utiles. Un soldat peut être un grand romantique. Tous les Espagnols sont romantiques, au point parfois de prendre les moulins à vent pour des géants.

— Les moulins à vent ?

— Vous savez qu'un de nos grands philosophes modernes a comparé saint Ignace avec don Quichotte. Ils avaient beaucoup en commun.

— Je n'ai pas lu Cervantes depuis mon adolescence. Trop fantaisiste à mon goût. La fiction a vite fait d'user ma patience. Les faits, voilà ce que j'aime. Si je pouvais exhumer un seul document inédit à propos de saint Ignace, je mourrais heureux.

— Les faits et la fiction – ils ne sont pas toujours faciles à distinguer. Vous, en tant que catholique...

— Catholique de nom, mon père, j'en ai bien peur. Je ne me suis pas donné la peine de changer l'étiquette que je portais à ma naissance. Et, bien sûr, le fait d'être catholique m'aide dans mes recherches – ça ouvre des portes. Mais vous, mon père, vous étudiez Descartes. Ça ne doit guère vous ouvrir de portes, j'imagine. Qu'est-ce qui vous a amené ici ?

— Descartes m'a sans doute mené jusqu'au point où il s'est mené lui-même – jusqu'à la foi. Les faits ou la fiction – pour finir, on ne peut pas les distinguer. Il faut choisir simplement.

— Mais entrer à la Trappe… ?

— Vous savez, professeur, je crois que si l'on doit sauter, il est nettement plus sûr de sauter en eaux profondes.

— Et vous n'avez pas de regrets ?

— On trouve toujours beaucoup de choses à regretter, professeur. Les regrets font partie de la vie. On n'y échappe pas, fût-ce dans un monastère du XIIe siècle. Pouvez-vous y échapper à l'université Notre-Dame ?

— Non, mais j'ai décidé depuis longtemps que je n'étais pas un sauteur.

La remarque était malheureuse, car à cet instant précis le professeur sursauta. Une explosion venait de se produire à l'extérieur, suivie, quelques secondes plus tard, de deux autres et d'un choc violent.

— Une crevaison ! s'exclama le professeur Pilbeam. Je crains qu'il n'y ait eu un accident.

— Il ne s'agissait pas d'un pneu, dit le père Leopoldo. C'étaient des coups de feu. (Il se dirigea vers l'escalier privé tout en lançant par-dessus son épaule :) Les portes de l'église sont fermées. Suivez-moi.

Il courut le long du couloir des chambres d'hôte, aussi vite que sa soutane le lui permettait, et arriva hors d'haleine en haut de l'escalier monumental. Le professeur le suivait de près.

— Allez trouver le père Enrique. Dites-lui d'ouvrir les portes de l'église. S'il y a un blessé, nous n'allons pas le transporter en passant par tous ces escaliers.

Le père Francisco, qui tenait la petite boutique près de l'entrée du monastère, avait laissé là ses cartes postales, ses chapelets et ses bouteilles de liqueur. Il paraissait effrayé et il lui indiqua le portail d'un geste, tout en continuant d'observer scrupuleusement la règle du silence.

Une petite Seat avait embouti le mur de l'église. Deux gardes civils étaient descendus d'une jeep et s'approchaient prudemment, l'arme au poing. Un homme au visage en sang s'efforçait d'ouvrir la portière de la Seat. Il interpella furieusement les gardes.

— Venez donc nous aider, bande d'assassins. Nous ne sommes pas armés.

— Êtes-vous blessé ? demanda le père Leopoldo.

— Bien sûr, je suis blessé. Mais ce n'est rien. Je crois qu'ils ont tué mon ami.

Les gardes rangèrent leurs armes.

— Nous avons seulement tiré dans les pneus, fit l'un d'eux.

Et l'autre expliqua :

— Nous avions des ordres. Ces hommes sont recherchés pour incitation à l'émeute.

Le père Leopoldo considéra le passager à travers le pare-brise fracassé.

— Mais c'est un prêtre, s'écria-t-il, et l'instant d'après : un monsignor.

— Oui, fit rageusement l'étranger, un monsignor – et si le monsignor ne s'était pas arrêté pour pisser, nous serions sains et saufs dans votre monastère, à cette heure.

Les deux gardes parvinrent à débloquer la portière de la Seat.

— Il est vivant, constata l'un d'eux.

— Pas grâce à vous.

— Vous êtes tous les deux en état d'arrestation. Montez dans la jeep pendant que nous dégageons votre compagnon.

Le portail de l'église s'ouvrit et le professeur Pilbeam vint rejoindre le groupe.

— Ces hommes sont blessés, fit le père Leopoldo. Vous ne pouvez pas les emmener dans cet état.

— Ils sont recherchés pour incitation à l'émeute et pour vol.

— Absurde. Cet homme dans la voiture est un monsignor. Les monsignors n'ont que faire de voler de l'argent. Comment s'appelle votre ami ?

— Monsignor Quichotte.

— Quichotte ! Impossible, fit le professeur Pilbeam.

— Monsignor Quichotte, d'El Toboso. Un descendant du grand don Quichotte lui-même.

— Don Quichotte n'a pas laissé de descendants. Comment l'aurait-il pu ? C'est un personnage de fiction.

— Les faits et la fiction, encore une fois, professeur, dit le père Leopoldo. Si difficiles à distinguer.

Les gardes avaient réussi à dégager le père Quichotte de l'épave et ils l'étendirent sur le sol. Il essayait de parler. L'autre homme se pencha au-dessus de lui.

— S'il meurt, dit-il aux gardes, je vous jure que je vous le ferai payer.

L'un des gardes parut mal à l'aise, mais l'autre demanda sèchement :

— Votre nom ?

— Zancas, Enrique, mais Monsignor – il fit sonner le titre comme si c'était un salut ou un roulement de tambour – préfère m'appeler Sancho.

— Profession ?

— Je suis l'ancien maire d'El Toboso.

— Vos papiers.

— Je vous en fais cadeau, si vous pouvez les retrouver dans ce tas de ferraille.

— Señor Zancas, demanda le père Leopoldo, comprenez-vous ce que Monsignor essaie de dire ?

— Il demande si Rossinante va bien.

— Rossinante ! s'exclama le professeur Pilbeam. Rossinante était un cheval.

— Il veut parler de la voiture. Je n'ose pas lui dire ce qu'il en est. Le choc pourrait être trop fort.

— Professeur, voulez-vous téléphoner à Orense pour qu'on envoie un médecin ? Le père Francisco connaît le numéro.

— On s'occupera du médecin, fit le garde hargneux. On les emmène à Orense.

— Pas dans cet état. Je vous l'interdis.

— On fera venir une ambulance.

— Vous pouvez toujours faire venir votre ambulance, mais elle risque d'attendre longtemps : ces deux hommes resteront au monastère jusqu'à ce que le médecin les autorise à partir. Je parlerai à l'évêque d'Orense, et je suis sûr qu'il aura des choses à dire à votre officier supérieur. Et ne venez pas me menacer de votre arme !

— Nous ferons un rapport, dit l'autre garde.

Le professeur Pilbeam revint en compagnie d'un moine. Ils portaient un matelas.

— Le père Francisco est en train de téléphoner, dit le professeur. C'est tout ce que nous avons pu trouver en guise de civière.

Avec difficulté, le père Quichotte fut installé sur le matelas, puis les quatre hommes le transportèrent à l'intérieur de l'église et remontèrent la nef. Le blessé marmonnait des bribes de phrases qui pouvaient être

313

aussi bien des malédictions que des prières. Lorsqu'ils tournèrent devant l'autel afin de se diriger vers l'escalier, il tenta de se signer mais ne put achever son geste. Il avait à nouveau perdu conscience. La montée de l'escalier fut pénible et les porteurs durent s'arrêter pour souffler en haut des marches.

— Quichotte n'est pas un nom espagnol, déclara le professeur Pilbeam. Cervantes lui-même dit que son véritable nom était sans doute Quixana et qu'El Toboso n'était pas son village.

— Monsignor Quichotte n'y est pas né non plus, dit le maire.

— Alors où est-il né ?

— En un village de la Manche, du nom duquel je ne me veux souvenir…, cita le maire.

— Mais tout ceci est absurde. Et Rossinante…

Le père Leopoldo intervint.

— Occupons-nous de le coucher dans la chambre numéro trois avant de débattre de la délicate distinction entre les faits et la fiction.

Le père Quichotte ouvrit les yeux.

— Où suis-je ? demanda-t-il. J'avais… j'avais l'impression… d'être dans une église.

— Vous y étiez, Monsignor. L'église d'Osera. À présent, nous vous emmenons dans une chambre d'hôte où vous pourrez dormir confortablement en attendant l'arrivée du docteur.

— Encore un docteur. Mon Dieu, mon Dieu, ma santé est-elle donc si mauvaise… ?

— Un peu de repos et vous serez à nouveau sur pied.

— Je croyais… à l'église… ensuite, il y a eu des marches… je pensais que si seulement je pouvais dire une messe…

— Demain, peut-être… quand vous aurez pris du repos.

— Trop longtemps que je n'ai pas dit de messe. Malade… en voyage…

— Ne vous inquiétez pas, Monsignor. Peut-être demain.

Ils le mirent en sûreté dans sa chambre, et le médecin d'Orense ne tarda pas à faire son apparition. Il leur déclara qu'il n'y avait rien de très sérieux – le choc et une légère coupure au front, causée par un éclat du pare-brise. Mais évidemment à son âge… Demain, il procéderait à un examen plus complet. Une radiographie serait peut-être nécessaire. Dans l'intervalle, il ne fallait pas qu'il s'agite. Pour l'heure, le maire réclamait plus de soins – et à plus d'un titre, car à peine le docteur en avait-il fini avec lui (une demi-douzaine de points de suture) que le chef de la garde civile d'Orense était au bout du fil. Il s'était renseigné sur le père Quichotte par téléphone – son évêque avait bien confirmé sa qualité de monsignor (quelque étourderie du Saint-Père), mais en précisant que son état mental le rendait irresponsable de ses actes. Quant à son compagnon, c'était une tout autre histoire. Ancien maire d'El Toboso, il avait perdu les dernières élections, et c'était un communiste notoire.

Par bonheur, ce fut le père Leopoldo qui répondit au téléphone.

— À Osera, dit-il, nous ne nous occupons pas des options politiques des individus. Il restera ici jusqu'à ce qu'il soit en état de voyager.

3.

Le médecin avait administré un sédatif au père Quichotte. Celui-ci dormit profondément et ne s'éveilla pas avant une heure du matin. Il n'avait pas la moindre idée de l'endroit où il se trouvait. Il appela : « Teresa », mais aucune réponse ne vint. Des voix venaient de quelque part – des voix masculines, et il se figura que le père Herrera et l'évêque s'entretenaient à son sujet dans le salon. Il se leva, mais ses jambes ployèrent sous lui et il retomba sur le lit en appelant Teresa d'une voix plus pressante.

Le maire entra dans la chambre, suivi du père Leopoldo. Le professeur Pilbeam les observait depuis la porte.

— Est-ce que vous souffrez, Monsignor ? demanda le père Leopoldo.

— Je vous en prie, docteur Galván, ne m'appelez pas monsignor. Je n'ai même pas le droit de dire la messe. L'évêque me l'interdit, sauf en privé. Il voudrait même brûler mes livres.

— Quels livres ?

— Les livres que j'aime. Saint François de Sales, saint Augustin, la señorita Martin de Lisieux. Je crois qu'il ne me confierait même pas saint Jean. (Il porta la main à son pansement.) Je suis content d'être de retour à El Toboso. Mais peut-être qu'à cette minute, le père Herrera est dehors en train de brûler mes livres.

— Ne vous tourmentez pas, mon père. D'ici un jour ou deux, vous serez rétabli. Pour l'instant, il faut vous reposer.

— C'est difficile de se reposer, docteur. Il y a dans ma tête tant de choses qui veulent sortir. Votre blouse blanche – vous n'allez pas m'opérer, n'est-ce pas ?

Le père Leopoldo le rassura.

— Bien sûr que non. Je vais simplement vous donner une autre pilule afin de vous faire dormir.

— Est-ce vous, Sancho ? Je suis content de vous voir. Vous avez pu vous débrouiller pour revenir. Comment va Rossinante ?

— Très fatiguée. Elle se repose au garage.

— Quel vieux couple nous faisons. Je suis fatigué, moi aussi.

Il prit sa pilule sans résister et s'endormit presque aussitôt.

— Je vais rester auprès de lui, dit Sancho.

— Je vais veiller avec vous. L'inquiétude m'empêcherait de dormir, fit le père Leopoldo.

— Moi, je vais m'étendre un moment, leur déclara le professeur Pilbeam. Vous savez où est ma chambre. Réveillez-moi si je puis être d'une quelconque utilité.

Ce fut vers trois heures du matin que le père Quichotte se mit à parler, tirant ses deux compagnons de leur léger assoupissement.

— Votre Excellence, dit-il, l'agneau est peut-être capable de dompter l'éléphant, mais je vous supplie de ne pas oublier les chèvres dans vos prières.

— Rêve ou délire ? s'interrogea le père Leopoldo.

— Il me semble me rappeler..., commença Sancho.

— Vous n'avez pas le droit de brûler mes livres, Votre Excellence. L'épée, je vous en supplie, pas la mort par piqûres d'épingle.

Il y eut un court moment de silence, puis « un pet », dit le père Quichotte, « peut être musical ».

— Je crains, chuchota le père Leopoldo, que son état ne soit plus grave que le docteur ne nous l'a dit.

— Mambrin, fit la voix qui venait du lit. L'armet de Mambrin. Qu'on me le donne.

— Que veut dire Mambrin ?

— C'est le plat à barbe que portait don Quichotte, dit Sancho. Son ancêtre, croit-il.

— Le professeur semble considérer tout cela comme des balivernes.

— L'évêque également, ce qui me porte à croire que cela peut être vrai.

— Je me repens, je demande pardon pour la demi-bouteille. C'était un péché contre l'Esprit-Saint.

— Qu'est-ce qu'il veut dire ?

— Ce serait trop long à expliquer maintenant.

— L'homme a appris beaucoup de choses importantes des animaux : des cigognes, il a appris le lavement ; des éléphants, la chasteté ; et la loyauté du cheval.

— On dirait du saint François de Sales, souffla le père Leopoldo.

— Non, je crois que c'est du Cervantes, corrigea le professeur Pilbeam en entrant dans la pièce.

Ils furent un moment silencieux. Puis le père Leopoldo chuchota :

— Peut-être sera-t-il plus calme à son réveil.

— Le silence chez lui n'est pas toujours une preuve de calme, dit Sancho. Il peut signifier une souffrance spirituelle.

La voix qui montait du lit était pourtant forte et décidée.

— Je ne vous offre pas un poste de gouverneur, Sancho. Je vous offre un royaume.

— Parlez-lui, fit le père Léopoldo d'un ton pressant.

— Un royaume ? répéta Sancho.

— Venez avec moi, et vous trouverez le royaume.

— Je ne vous abandonnerai jamais, mon père. Nous sommes ensemble sur la route depuis trop longtemps pour cela.

— À ces tressaillements, on reconnaît l'amour.

Le père Quichotte se dressa sur le lit et repoussa les draps.

— Votre Excellence, vous me condamnez à ne pas dire la messe, pas même en privé. C'est une honte. Car je suis innocent. Je vous répète face à face ce que j'ai dit au docteur Galván : « Qu'il aille se faire foutre, l'évêque ! » (Il posa ses pieds sur le sol, chancela un court moment, puis se tint droit.) À ces tressaillements, répéta-t-il, on reconnaît l'amour.

Il marcha jusqu'à la porte, tripota un moment la poignée, puis il se retourna et son regard traversa les trois hommes debout dans la chambre comme s'ils avaient été de verre.

— Pas de ballons, remarqua-t-il avec une note de profonde tristesse, pas de ballons.

Le père Leopoldo s'adressa à Sancho :

— Suivez-le.

— Ne faudrait-il pas le réveiller ?

— Non. Cela pourrait être dangereux. Laissons-le jouer son rêve jusqu'au bout.

Le père Quichotte s'avança lentement et prudemment dans le couloir en direction du grand escalier, mais quelque vague souvenir de l'itinéraire suivi quand on l'avait porté dans sa chambre le fit s'arrêter. Il s'adressa à l'une des silhouettes de bois peint – pape ou chevalier ? – et demanda, assez lucidement :

— Est-ce ici le chemin de votre église ?

Il dut recevoir une réponse, car il tourna les talons, passa devant Sancho sans un mot, et, prenant cette fois la bonne direction, il gagna l'escalier privé. Les trois hommes le suivirent prudemment, faisant en sorte de ne pas le troubler.

— Supposez qu'il fasse une chute dans l'escalier, souffla le maire.

— Le réveiller serait encore plus dangereux.

Le père Quichotte les entraîna dans l'ombre de la grande église, éclairée seulement par la demi-lune qui brillait à travers le vitrail situé à l'est. Il marcha d'un pas décidé jusqu'à l'autel et se mit à réciter les paroles de l'ancienne messe en latin, mais dans une version bizarrement tronquée. Il commença par la réponse :

— *Et introibo ad altare Dei, qui laetificat juventutem meam.*

— Est-il conscient de ce qu'il fait ? chuchota le professeur Pilbeam.

— Dieu seul le sait, répondit le père Leopoldo.

Le rituel défila rapidement : ni épître ni lecture de l'Évangile, le père Quichotte semblait décidé à se hâter vers la consécration. Craignait-il une interruption de l'évêque ? se demanda le maire. Ou de la garde civile ? Même la longue liste des saints, de Pierre à Damien, fut passée sous silence.

— Il s'éveillera sûrement quand il ne trouvera ni calice ni patène, dit le père Leopoldo.

Le maire s'avança de quelques pas vers l'autel. Il craignait que le père Quichotte ne tombe au moment du réveil et il voulait être assez près pour le recueillir dans ses bras.

— Qui, avant le jour de Son supplice, prit le pain...

Le père Quichotte ne semblait nullement s'apercevoir de l'absence d'hostie ou de patène. Il éleva ses mains vides, « *Hoc est enim corpus meum* », puis il passa sans hésiter à la consécration d'un vin imaginaire dans un calice qui ne l'était pas moins.

Par habitude, le père Leopoldo et le professeur s'agenouillèrent quand les mots de la consécration furent prononcés. Le maire resta debout, mais il se rapprocha encore un peu de l'autel : il voulait se tenir prêt en cas d'une défaillance du père Quichotte.

— *Hic est enim calix sanguinis mei.*

Les deux mains vides semblaient sculpter un calice dans le vide.

— Sommeil ? Délire ? Folie ? chuchota le professeur Pilbeam.

Le maire se rapprocha encore, discrètement. Il avait peur de distraire l'attention du père Quichotte. Au moins, tant qu'il récitait les formules latines, il était heureux dans son rêve.

Au cours des années écoulées depuis sa jeunesse à Salamanque, le maire avait presque tout oublié de la messe. Seuls lui restaient dans l'esprit certains passages clés qui avaient su l'émouvoir à cette lointaine époque. Le père Quichotte paraissait souffrir des mêmes défaillances de mémoire – peut-être, après avoir pendant des années dit de façon presque automatique le texte d'une messe qu'il savait par cœur, ne se souvenait-il à présent que de ces seules phrases, pareilles aux lumières de l'enfance, et dont la chambre obscure de la routine se trouvait éclairée.

Ainsi se rappelait-il le Notre-Père, et de là sa mémoire faisait un saut jusqu'à l'Agnus Dei.

— *Agnus Dei qui tollis peccata mundi.*

Il s'interrompit et hocha la tête. Le maire crut un moment qu'il allait sortir de son rêve. Il murmura, si doucement que seul Sancho saisit les paroles :

— Agneau de Dieu, mais et les chèvres, les chèvres.

Il passa ensuite directement à la prière du centurion :

— Seigneur, je ne suis pas digne que tu entres dans ma maison ; mais dis seulement une parole et mon âme sera guérie.

Le moment de sa communion approchait.

— Enfin, dit le professeur, quand il ne trouvera rien pour communier, il faudra bien qu'il se réveille.

— Je me le demande, répondit le père Leopoldo. (Puis il ajouta :) Je me demande s'il se réveillera jamais.

Le père Quichotte demeura silencieux pendant quelques secondes. Il se balançait légèrement d'avant en arrière devant l'autel. Sancho fit un pas de plus, prêt à le rattraper, mais à cet instant le père parla à nouveau :

— *Corpus Domini nostri.*

Sans la moindre hésitation, il tira de l'invisible patène une invisible hostie que ses doigts déposèrent sur sa langue. Puis il leva l'invisible calice et le porta à ses lèvres. Le maire pouvait voir le mouvement de sa gorge pendant qu'il avalait.

Pour la première fois, il sembla s'apercevoir qu'il n'était pas seul dans l'église. Il regarda autour de lui d'un air perplexe. Peut-être cherchait-il les communiants. Il aperçut le maire à quelques pas de lui et prit entre deux doigts l'hostie irréelle ; il fronça les sourcils, comme intrigué par quelque chose, puis il sourit.

— *Compañero*, dit-il, il faut t'agenouiller, *compañero.*

Il fit trois pas en avant, les doigts étendus, et le maire s'agenouilla. Tout ce qui pourra lui apporter la paix, songea-t-il, absolument tout. Les doigts se rapprochèrent. Le maire ouvrit la bouche et sentit leur contact, comme une hostie sur sa langue.

— Par ces tressaillements, dit le père Quichotte, par ces tressaillements, puis ses jambes ployèrent sous lui.

Le maire n'eut que le temps de le rattraper et de le déposer doucement sur le sol.

— *Compañero.* (Il répéta le mot à son tour.) C'est Sancho.

Et il palpa, encore et encore, mais en vain, la poitrine du père Quichotte à la recherche d'un battement de cœur.

4.

L'hôtelier du monastère – un très vieil homme, le père Felipe – dit au maire qu'il trouverait le père Leopoldo à la bibliothèque. C'était l'heure des visites, et il s'occupait de montrer à une troupe désordonnée de touristes les parties des bâtiments accessibles au public. Il y avait là des dames âgées qui écoutaient chaque mot avec une apparence de profond respect, quelques évidents maris occupés à faire savoir par leur air détaché qu'ils suivaient le cortège uniquement afin de faire plaisir à leurs épouses, et trois adolescents qu'il fallut empêcher de fumer – ils étaient visiblement tout déconfits parce que les deux jolies filles de la troupe ne leur accordaient pas la moindre attention. Leur virilité ne semblait nullement séduire ces demoiselles, mais la marque du célibat et le silence qui régnait dans le vieux bâtiment agissaient comme un parfum provocant : les jeunes filles contemplèrent avec fascination la pancarte « *Clausura* » qui, à un moment donné, interrompit leur visite à la façon d'un feu rouge – au-delà, peut-être y avait-il des secrets plus intéressants et plus pervers que tout ce que les adolescents pouvaient leur offrir.

L'un des garçons voulut ouvrir une porte mais la trouva fermée à clé. Désireux de se rendre intéressant, il appela :

— Dites, mon père, qu'y a-t-il là-dedans ?

— C'est un de nos hôtes qui dort tard, répondit le père Felipe.

Un sommeil bien long et bien tardif, songea le maire. C'était la chambre où reposait le corps du père Quichotte. Il regarda le groupe s'éloigner dans le long couloir aux chambres d'hôte, puis il se dirigea vers la bibliothèque. Il y trouva le professeur et le père Leopoldo en train de faire les cent pas.

— Encore les faits et la fiction, disait le père. Impossible de les distinguer avec une quelconque certitude.

— Mon père, je suis venu prendre congé, annonça le maire.

— Si vous voulez demeurer quelque temps ici, vous êtes le bienvenu.

— Je suppose que le corps du père Quichotte va repartir pour El Toboso aujourd'hui même. Je pense que je me débrouillerai mieux au Portugal où j'ai des amis. Puis-je me servir du téléphone afin d'appeler un taxi ? Je vais me faire conduire à Orense, où je pourrai louer une voiture.

— Je vous emmène, dit le professeur. Je dois aussi aller à Orense.

— Vous ne voulez pas assister aux funérailles du père Quichotte ? demanda le père Leopoldo.

— Ce qu'on fait du corps n'a guère d'importance, n'est-ce pas ? répondit le maire.

— Une pensée très chrétienne, fit observer le père Leopoldo.

— De plus, je crois que ma présence dérangerait l'évêque, qui assistera certainement à la cérémonie si le père est enterré à El Toboso.

— Ah oui, l'évêque. Il a déjà téléphoné ce matin. Il voulait que je dise à l'abbé de veiller à ce que le père Quichotte ne soit pas autorisé à dire la messe, fût-ce en privé. J'ai décrit les tristes événements qui pouvaient lui donner l'assurance que son ordre serait obéi – en tout cas à l'avenir.

— Qu'est-ce qu'il a dit ?

— Rien, mais il m'a semblé entendre un soupir de soulagement.

— Pourquoi avez-vous dit « à l'avenir » ? demanda le professeur. Ce que nous avons entendu la nuit dernière ne peut guère être qualifié de messe.

— En êtes-vous sûr ? demanda le père Leopoldo.

— Naturellement. Il n'y a pas eu de consécration.

— Je répète : en êtes-vous sûr ?

— Mais oui j'en suis sûr. Ni vin ni hostie.

— Descartes se serait, me semble-t-il, montré plus prudent que vous en disant qu'il n'avait *vu* ni pain ni vin.

— Vous savez aussi bien que moi qu'il n'y avait en fait ni pain ni vin.

— Je sais aussi bien que vous – ou aussi peu : oui, je suis d'accord sur ce point. Mais monsignor Quichotte croyait manifestement à la présence du pain et du vin. Lequel d'entre nous avait raison ?

— Nous avions raison.

— Très difficile à prouver d'une façon logique, professeur. Très, très difficile.

— Voulez-vous dire, demanda le maire, qu'il se peut que j'aie reçu la communion ?

— Absolument – dans *son* esprit. Cela importe-t-il pour vous ?

— Pas pour moi. Mais aux yeux de votre Église, je crains d'être fort peu digne de recevoir un sacrement. Je suis un communiste. Quelqu'un qui ne s'est pas confessé depuis trente ans ou plus. Quant à ce que j'ai fait pendant ces trente ans – vous n'aimeriez pas que j'entre dans les détails.

— Peut-être monsignor Quichotte connaissait-il votre état d'esprit mieux que vous-même. Vous étiez amis. Vous avez voyagé ensemble. Il vous a incité à recevoir l'hostie. Il n'a montré aucune hésitation. Je l'ai distinctement entendu vous dire : « Il faut t'agenouiller, *compañero* ! »

— Il n'y avait pas d'hostie, insista le professeur d'un ton exaspéré, quoi qu'en eût dit Descartes. Vous débattez pour le plaisir. Vous faites un mauvais usage de Descartes.

— Croyez-vous qu'il soit plus difficile de changer de l'air en vin que du vin en sang ? Nos sens limités peuvent-ils décider d'une chose pareille ? Nous sommes placés devant un mystère infini.

— Je préfère penser qu'il n'y avait pas d'hostie, dit le maire.

— Pourquoi ?

— Parce que jadis, dans ma jeunesse, j'ai partiellement cru en Dieu et qu'il m'est resté un peu de cette superstition. Le mystère me fait peur, et je suis trop vieux pour changer de camp. Je préfère Marx au mystère, mon père.

— Vous avez été un ami intègre, vous êtes un homme intègre. Vous ne voulez pas de ma bénédiction, mais il vous faudra l'accepter quand même. Ne soyez pas gêné. C'est simplement une habitude chez nous, un peu comme d'envoyer des cartes de Noël.

Tout en attendant le professeur, le maire acheta une bouteille de liqueur et deux cartes postales au père Felipe, car les moines avaient refusé de le laisser payer sa pension, et même le téléphone. Il ne voulait pas éprouver de reconnaissance – la reconnaissance est comme une paire de menottes, que le gardien seul peut ouvrir. Il voulait se sentir libre, mais il éprouvait le sentiment d'avoir perdu sa liberté quelque part sur la route depuis El Toboso. Le doute est humain, lui avait dit le père Quichotte, mais douter, songea-t-il, c'est perdre la liberté d'agir. Dans le doute, on hésite entre une action et une autre. Ce n'était pas en doutant que Newton avait découvert la loi de l'attraction universelle, ni Marx l'avenir du capitalisme.

Il alla jusqu'à la carcasse disloquée de Rossinante. Il était heureux que le père Quichotte ne l'eût pas vue dans cet état, à demi renversée contre le mur, avec le pare-brise en miettes, une porte arrachée à ses gonds et l'autre enfoncée, les pneus crevés par les balles des gardes : il n'y avait pas plus d'avenir pour Rossinante que pour le père Quichotte. Tous deux étaient morts à quelques heures d'intervalle – une masse de métal fracassée, un cerveau rompu. Il s'attarda avec une sorte de férocité sur le parallèle, cherchant une certitude : que l'être humain est aussi une machine. Mais le père Quichotte avait éprouvé de l'amour pour cette machine.

Il y eut un coup de klaxon. Le maire tourna le dos à Rossinante afin d'aller rejoindre le professeur Pilbeam. Tandis qu'il s'installait, le professeur prit la parole :

— Le père Leopoldo tient des propos un peu absurdes au sujet de Descartes. Je suppose qu'au milieu de ce silence qu'ils doivent tous observer ici, les idées bizarres poussent comme des champignons dans une cave sombre.

— Oui. Peut-être.

Le maire n'ouvrit plus la bouche jusqu'à Orense ; une idée qui lui était assez étrangère s'était logée dans son cerveau. Pourquoi la haine d'un homme – même d'un homme tel que Franco – meurt-elle avec lui, tandis que l'amour, l'amour qu'il avait commencé d'éprouver pour le père Quichotte, semblait à présent vivre et grandir, en dépit de la séparation finale et du silence final – combien de temps, s'interrogea-t-il avec une sorte de peur, cet amour pouvait-il durer ? Et quelle en serait la fin ?

Table

Première partie

1. Comment le père Quichotte devint un monsignor 13

2. De quelle manière monsignor Quichotte entreprit ses voyages 35

3. Comment certaine lumière fut jetée sur la sainte Trinité 57

4. Où Sancho éclaire à son tour une vieille croyance d'un jour nouveau 69

5. Où le père Quichotte et Sancho visitent un lieu saint 101

6. Qui traite de la visite que monsignor Quichotte et Sancho firent à un autre lieu saint 137

7. Comment le père Quichotte poursuivit ses études à Salamanque 147

8. De la curieuse rencontre que fit le père Quichotte dans la ville de Valladolid 155

9. De l'étrange spectacle
    auquel assista le père Quichotte...................... 177
10. Qui traite de la manière
    dont le père Quichotte affronta la justice...... 185

Deuxième partie

1. Où monsignor Quichotte
    rencontre son évêque 225
2. Du deuxième voyage
    de monsignor Quichotte 251
3. Comment monsignor Quichotte
    connut sa dernière aventure
    parmi les Mexicains................................... 275
4. Comme quoi monsignor Quichotte
    rejoignit son ancêtre 303

Pavillons Poche

Titres parus

Peter Ackroyd
Un puritain au paradis

Woody Allen
Destins tordus

Niccolò Ammaniti
Et je t'emmène

Sherwood Anderson
Le Triomphe de l'œuf

Margaret Atwood
Faire surface
La Femme comestible
Mort en lisière
Œil-de-chat
La Servante écarlate
La Vie avant l'homme

Dorothy Baker
Cassandra au mariage

Nicholson Baker
À servir chambré
La Mezzanine

Ulrich Becher
La Chasse à la marmotte

Saul Bellow
La Bellarosa connection
Le Cœur à bout de souffle
Un larcin

Robert Benchley
Le Supplice des week-ends

Adolfo Bioy Casares
Journal de la guerre au cochon
Le Héros des femmes

Un champion fragile
Nouvelles fantastiques

William Peter Blatty
L'Exorciste

Jorge Luis Borges, Adolfo Bioy Casares
Chroniques de Bustos Domecq
Nouveaux Contes de Bustos Domecq
Six problèmes pour Don Isidro Parodi

Mikhaïl Boulgakov
Le Maître et Marguerite
Le Roman théâtral
La Garde blanche

Vitaliano Brancati
Le Bel Antonio

Emily Brontë
Les Hauts de Hurle-Vent

Anthony Burgess
L'Orange mécanique
Le Testament de l'orange
Les Puissances des ténèbres

Dino Buzzati
Bestiaire magique
Le régiment part à l'aube
Nous sommes au regret de…
Un amour
En ce moment précis
Bàrnabo des montagnes
Panique à la Scala
Chroniques terrestres

Lewis Carroll
Les Aventures d'Alice sous terre

Michael Chabon
Les Mystères de Pittsburgh
Les Loups-garous dans leur jeunesse
La Solution finale

Upamanyu Chatterjee
Les Après-midi d'un fonctionnaire très déjanté

Susanna Clarke
Les Dames de Grâce Adieu

Collectif
Rome, escapades littéraires
Saint-Pétersbourg, escapades littéraires
Berlin, escapades littéraires
New York, escapades littéraires
Londres, escapades littéraires
Moscou, escapades littéraires
Paris, escapades littéraires
Naples, escapades littéraires
Madrid, escapades littéraires
Séville, escapades littéraires

John Collier
Le Mari de la guenon

Sir Arthur Conan Doyle
Sherlock Holmes : son dernier coup d'archet

William Corlett
Deux garçons bien sous tous rapports

Avery Corman
Kramer contre Kramer

Helen DeWitt
Le Dernier Samouraï

Joan Didion
Maria avec et sans rien
Un livre de raison
Démocratie

E. L. Doctorow
Ragtime

Roddy Doyle
La Femme qui se cognait dans les portes
The Commitments
The Snapper
The Van
Paula Spencer

Andre Dubus III
La Maison des sables et des brumes

Lawrence Durrell
Affaires urgentes

F. Scott Fitzgerald
Un diamant gros comme le Ritz

Zelda Fitzgerald
Accordez-moi cette valse

E. M. Forster
Avec vue sur l'Arno
Arctic Summer

Carlo Fruttero
Des femmes bien informées

Carlo Fruttero et Franco Lucentini
L'Amant sans domicile fixe

Graham Greene
Les Comédiens
La Saison des pluies
Le Capitaine et l'Ennemi
Rocher de Brighton
Dr Fischer de Genève
Tueur à gages
Monsignor Quichotte
Mr Lever court sa chance, nouvelles complètes 1
L'Homme qui vola la tour Eiffel, nouvelles complètes 2
Un Américain bien tranquille
La Fin d'une liaison
Voyages avec ma tante
Le Fond du problème

Kent Haruf
Colorado Blues
Le Chant des plaines
Les Gens de Holt County
Nos âmes la nuit

Jerry Hopkins et Daniel Sugerman
Personne ne sortira d'ici vivant

Bohumil Hrabal
Une trop bruyante solitude
Moi qui ai servi le roi d'Angleterre
Rencontres et visites

Henry James
Voyage en France
La Coupe d'or

Erica Jong
Le Complexe d'Icare

Thomas Keneally
La Liste de Schindler

Janusz Korczak
Journal du ghetto

Jaan Kross
Le Fou du tzar

Jhumpa Lahiri
Longues distances

D. H. Lawrence
Le Serpent à plumes

John Lennon
En flagrant délire

Siegfried Lenz
La Leçon d'allemand
Le Dernier Bateau
Une minute de silence
Le Bureau des objets trouvés

Ira Levin
Le Fils de Rosemary
Rosemary's Baby

Tessa de Loo
Les Jumelles

Norman Mailer
Le Chant du bourreau
Bivouac sur la Lune
Les vrais durs ne dansent pas
Mémoires imaginaires de Marilyn

Morceaux de bravoure
Prisonnier du sexe

Dacia Maraini
La Vie silencieuse de Marianna Ucrìa

Guillermo Martínez
Mathématique du crime
La Mort lente de Luciana B
La Vérité sur Gustavo Roderer

Tomás Eloy Martínez
Santa Evita
Le Roman de Perón

Richard Mason
17 Kingsley Gardens

Somerset Maugham
Les Trois Grosses Dames d'Antibes
Madame la Colonelle
Mr Ashenden, agent secret
Les Quatre Hollandais

James A. Michener
La Source

Arthur Miller
Ils étaient tous mes fils
Les Sorcières de Salem
Mort d'un commis voyageur
Les Misfits
Focus
Enchanté de vous connaître
Une fille quelconque
Vu du pont *suivi de* Je me souviens de deux lundis

Pamela Moore
Chocolates for breakfast

Daniel Moyano
Le Livre des navires et bourrasques

Vitězslav Nezval
Valérie ou la Semaine des merveilles

Geoff Nicholson
Comment j'ai raté mes vacances

Joseph O'Connor
À l'irlandaise

Pa Kin
Le Jardin du repos

Katherine Anne Porter
L'Arbre de Judée

Mario Puzo
Le Parrain
La Famille Corleone *(avec Ed Falco)*

Mario Rigoni Stern
Les Saisons de Giacomo

Saki
Le Cheval impossible
L'Insupportable Bassington

J. D. Salinger
Dressez haut la poutre maîtresse, charpentiers,
suivi de Seymour, une introduction
Franny et Zooey
L'Attrape-cœurs
Nouvelles
L'Attrape-cœurs *(bilingue)*

Roberto Saviano
Le Contraire de la mort *(bilingue)*

William Shakespeare
Roméo et Juliette *(bilingue)*

Sam Shepard
Balades au paradis
À mi-chemin

Robert Silverberg
Les Monades urbaines
Le Château de Lord Valentin
Chroniques de Majipoor
Valentin de Majipoor
Les Montagnes de Majipoor

Johannes Mario Simmel
On n'a pas toujours du caviar

Alexandre Soljenitsyne
Le Premier Cercle
Zacharie l'Escarcelle
La Maison de Matriona
Une journée d'Ivan Denissovitch
Le Pavillon des cancéreux

Robert Louis Stevenson
L'Étrange cas du Dr Jekyll et de Mr Hyde

Quentin Tarantino
Inglourious Basterds

Edith Templeton
Gordon

James Thurber
La Vie secrète de Walter Mitty

John Kennedy Toole
La Bible de néon

John Updike
Jour de fête à l'hospice

Alice Walker
La Couleur pourpre

Evelyn Waugh
Retour à Brideshead
Grandeur et décadence
Le Cher Disparu
Scoop
Une poignée de cendres
Ces corps vils
Hommes en armes
Officiers et gentlemen
La Capitulation

Tennessee Williams
Le Boxeur manchot
Sucre d'orge

Le Poulet tueur et la folle honteuse
Un tramway nommé Désir

Tom Wolfe
Embuscade à Fort Bragg

Virginia Woolf
Lectures intimes

Richard Yates
La Fenêtre panoramique
Onze histoires de solitude
Easter Parade
Un été à Cold Spring
Menteurs amoureux
Un dernier moment de folie
Un destin d'exception

Stefan Zweig
Lettre d'une inconnue *suivi de* Trois nouvelles de jeunesse
La Peur
Le Joueur d'échecs

Titres à paraître

Dino Buzzati
Nouvelles oubliées
Nouvelles inquiètes

Collectif
Rencontres avec le diable

Tennessee Williams
Une chatte sur un toit brûlant

Composition et mise en pages
Nord Compo à Villeneuve-d'Ascq

Achevé d'imprimer en France par EPAC Technologies

N° d'édition: 4550414321118

Dépôt légal: août 2018